KB181846

열애

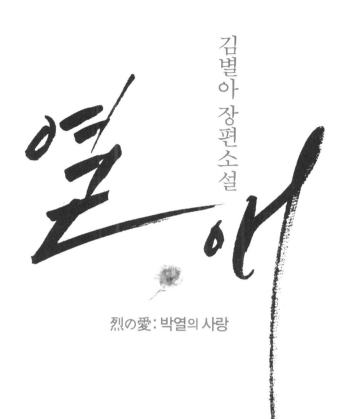

김별아 장편소설

열애

烈の愛: 박열의 사랑

해냄

차례

그날

"'인디언 서머'가 이런 날씨일까?"

장마를 지나 선선해졌던 바람이 다시 심술궂은 열기를 풀어놓고 있었다. 아침 햇살에 지붕이 달아올라 방 안이 푹푹 쪘다. 견디다 못해 뛰쳐나와 마당 풀밭에 다다미를 깔고 앉았다.

"인디언 서머는 한가을과 늦가을 사이의 더위를 가리키지 않나? 서리가 내린 후에도 종종 그런 현상이 발생한다던데."

"기간은 얼마 정도?"

"길어도 일주일이라네."

"일주일씩이나?"

"'일주일씩이나'라니, 겨우 일주일뿐인걸. 원주민들은 그 틈에 바지런히 겨울 양식을 준비한다지. 그래서 인디언 서머가 절망 가운데 뜻밖에 만난 희망을 비유하는 말로도 쓰이잖아."

"'늙은 아낙네의 여름'이라는 별명이 붙은 이유는 뭐야? 늙은 아낙네는 그 여름에 무얼 준비하는 거지?"

"이런 거 아닐까? 쥐꼬리만큼 남은 젊음을 깡그리 즐기는, 이루어질 수 없는 사랑에 대한 마지막 시도 같은 것!"

"꿈보다 해몽이야. 역시 가즈오 씨는 못 말리는 로맨티시스트라니까!"

"언제나 철통같은 리얼리스트 후미코 씨! 우릴 위해 양식을 좀 풀어볼 생각은 없나요? 뱃가죽이 등에 붙은 지경에 여름인지 가을인지 따지기가 무색하구려."

"곳간에 쌓아둔 양식 같은 게 있을 리 없지만 쌀독 바닥을 긁어서라도 밥을 끓여볼게. 인디언 서머에 쌀밥 피크닉! 꽤 그럴듯한 조화인걸?"

때마침 조선인 고학생들의 숙소인 고려사를 방문하러 외출했던 박열도 돌아왔다. 그의 윗도리가 땀으로 펑 젖어 있었다. 후미코는 없는 쌀을 몽땅 털어 밥을 지었다. 더부살이하던 가즈오와 다른 동인까지 모두 넷이 밥상 앞에 모여 앉았다. 미소 된장국에 반찬은 우메보시뿐이었지만 그날은 까닭 없이 밥이 달았다. 새콤하고도 짭조름한 매실 장아찌처럼 느닷없는 더위는 몸과 마음을 알알한 감상에 젖게 했다.

두서없이 많은 이야기를 나누었다. 바쿠닌과 크로폿킨의 노선 차이로부터 영국인과 사랑에 빠져 혼혈아를 낳고 상해로 떠나버린 여류 인사의 스캔들까지. 이웃에 사는 중학생 아이가 멍하니 지켜 선 채 어수선한 대화를 엿듣고 있었다.

"후미코 씨, 가메자와에는 가봤어? 어때? 진행은 순조로운가?"

"응. 아직 가메자와의 현장에 가보지는 못했지만 가게 터를 확인하고 집세와 그릇과 테이블과 양념 따위의 견적은 다 뽑았어. 이제 잔금만 치르면 끝이야."

"끝이 아니라 시작이지."

낮지만 부드러운 목소리였다. 후미코를 바라보는 박열의 눈길에는 격려가 담뿍 실려 있었다.

"평소 존경하던 모씨가 어느 날 갑자기 우리를 불러 그런 제안을 해주실지 어찌 알았겠나? 장황한 서설도 없이 단도직입적으로 말씀하셨지. '자네들의 운동도 경제적인 측면을 고려하지 않으면 안 될걸세. 그쪽에도 힘을 써야 해. 어떤가, 내가 자금을 지원할 테니까 밥집이든 뭐든 해보는 게?' 후미는 너무 좋아서 겸양을 차릴 겨를도 없이 그러겠노라고 승낙했지. 후미가 그렇게 기뻐하는 모습은 처음 보았어."

"당신, 놀리지 마! 그렇게 고마운 행운이 우릴 찾아올 줄은 꿈도 꾸지 못했던걸. 나는 경험자니까 간이식당 정도 꾸리는 건 보리밥알로 잉어 낚기지. 장사를 해서 얼마간 이윤이 남으면 동지들에게 도움을 청하지 않고도 기관지 정도는 걱정 없이 만들 수 있을 거야. 나는 요즘 나물 무치는 법을 연구하고 있어."

"무정부주의자의 나물이라! 그 맛이 어떨지 정말 궁금한걸?"

가즈오의 농담에 모두 배를 잡고 웃었다. 작은 가게와 앙증맞은 문패의 모습이 눈에 삼삼했다. 사상운동을 지지하는 사람에게서 경제적인 후원까지 약속받은 건 예상 못했던 일이었다. 불령사 동인이던 김중한이 도쿄를 떠나고 하쓰요도 잠적해 뒤숭숭한 마당에 이보다 더 조직에 활력을 불어넣는 소식은 없었다. 식당을 운영하게 된다면 안정적으로 생활과 운동을 함께 꾸릴 수 있으리라. 해야 할 일도 하고 싶은 일도 너무 많았다.

아렴풋이 악기 소리가 들려왔다. 둑 아래에서 만삭의 여인이 다이쇼고토를 타고 있었다. 건반을 갖추고 두 줄의 쇠줄을 퉁기는 현악기의 선율은 애처롭고 애틋했다. 드넓은 초원 저쪽에는 진홍빛으로 벼가 불타고 있었다. 지평선으로 하현달이 저녁놀을 머금은 태양처럼 두둥실 떠올랐다.

"아아, 무섭도록 아름다운 황혼이다!"

박열이 외쳤다. 후미코는 불현듯 육박하는 삶의 물질감에 몸을 떨었다. 조마조마하고도 황홀했다. 삶을 온몸으로 뻐근하게 느끼며 살아가는 일! 그야말로 그들이 소망했던 단 하나였다. 사랑하는 사람이 곁에 있고 동지들이 함께한다. 짧은 생애에 끈질기게 도사리고 있던 허기마저 잊히는 듯했다. 박열을 바라보는 후미코의 눈이 행복감에 젖어 있었다.

그날이었다. 낯선 행복에 들떠 있던 순간 꿈틀럭대는 여진의 검은 손아귀가 소박한 희망을 향해 뻗쳐오고 있었다. 그들의 셋집은 무너지지도 불타지도 않았지만 아무것도 모르고 아무것도 느끼지 못한 채 파국의 구렁텅이 속으로 빠져들었다. 행운을 경계하고 행복을 의심하던 그들조차 예상할 수 없었던 운명의 요동이었다.

1923년 9월 1일 오전 11시 58분.

도쿄와 요코하마를 중심으로 한 간토[關東] 지방에 최대 진도 7의 대지진이 일어났다. 여진과 함께 해일과 토네이도가 이어지는 가운데 대규모의 화재가 도시를 휩쌌다. 때마침 점심 식사를 마련하기 위한 취사가 끝나갈 무렵이라 화재의 피해가 컸다. 거대한 화산처럼 불기둥이 하늘로 솟구쳤다. 도쿄는 검고 두꺼운 연기로 뒤덮였다. 무너진 건물에 깔려 죽은 사람보다 불타 죽은 사람들이 훨씬 많았다.

살이 타는 냄새, 뼈가 녹는 냄새가 천지간에 진동했다. 삽시간에 새카맣게 그을어 바짝 오그라든 일상 앞에서 사람들은 공황 상태에 빠졌다. 모른 척 외면하던 죽음이 눈앞에 다가들자 그것이 애당초 삶과 다붙어 있었다는 사실 따윈 기억해낼 수 없었다. 공포에 질린 사람들을 마음대로 다루어 부리기란 너무 쉬웠다. 누군가의 손가락이 가리키기만 하면 그들은 낭떠러지라 할지라도 달려갈 것이었다. 방향을 감지할 수 없기에 공포에 사로잡혔고, 줄달음의 끝이 지옥일지라도 어쨌거나 혼자는 아니니까.

기괴한 소문들이 퍼지기 시작한 것은 그날 오후 3시 무렵부터였다.

"조선인들이 우물에 독을 푼다더라!"

"조선인들과 사회주의자들이 불을 지르고 폭동을 일으켜 여자들을 겁탈한다더라!"

"조선인들이 권총을 들고 쳐들어온다더라!"

본 사람은 없었다. 들은 사람뿐이었다. 누군가가 누군가에게, 그 누군가는 다시 누군가에게, 수상쩍고 흉흉한 바람의 말을 들었다. 들은 것만으로 그들은 움직이기 시작했다. 무너진 집과 타 죽은 가족의 시신 앞에 망연자실해 앉아 있던 사람들이 돌연 야릇한 생기를 얻었다. 초점 잃은 눈동자에 원한과 증오와 적의가 깃들었다. 거친 숨을 몰아쉬며 죽창과 곤봉을 들었다. 희번덕이는 눈으로 단도와 철봉을 그러잡았다. 소위 자경단, 혹은 청년단이라는 급조된 조직의 이름으로 조선인을 사냥하는 폭도로 돌변한 이들은 대지진으로 당장의 생계가 어려워진 평범한 이재민들에 다름 아니었다.

공포와 분노는 동전의 양면이다. 두렵기에 두려움을 참을 수 없었다. 두려움을 피하려 필사적으로 몸부림치는 가운데 끓어오른 분노를 분출할 희생 제물을 찾았다. 작은 것들이 더 작은 것을, 약한 것들이 더 약한 것을.

"조선인이다!"

단 한마디 외침에 이리 떼처럼 수백 명이 동서남북에서 몰려들었다. 수십 명이 조선인 한 명에게 달려들어 칼로 찌르고 곤봉으로 때리고 발로 차서 쓰러뜨렸다. 잔혹은 더욱 극심한 잔혹을 광기는 더욱 기괴한 광기를 부추겼다. 몸을 전신주에 묶고 눈알을 도려내고 코를 자른 후 심장 한복판에 칼을 박아 넣었다. 머리에 못을 박아 죽이기도 했다. 살아 있는 사람의 팔을 톱으로 자르기도 했다. 만삭의 임산부의 배를 가를 때 배 속에서 영아가 나오자 우는 아이까지 칼로 베어 죽였다. 부모들이 보는 앞에서 일렬로 늘어선 아이들의 목을 자르고 얼빠진 부모들을 기둥에 묶어 죽창으로 찔러 죽였다. 죽인 것만으로도 분이 풀리지 않아 시체를 끌고 다니며 능욕했다. 눈알을 칼로 파내고 머리를 찢어 끊고 여자의 음부에 쇠사슬과 죽창을 꽂았다.

대지진 후에 발생할 가능성이 있는 '폭동'을 진압하겠다는 명분 하에 계엄령이 발동되어 군대와 경찰이 거리마다 진을 치고 있었지만 정작 이 광기의 폭동을 제어하는 자는 아무도 없었다. 도리어 그들은 광장과 병영과 경찰서 구내에 조선인들을 모아놓고 총을 난사해 수백 수천을 집단 학살했다. 그들, 민중의 지팡이이며 파수꾼인 경찰과 군인들은 자신들의 책무에 충실했다. 일본인들이 총성에 놀랄까 봐 대검으로 죽이길 장려했다. 조선인들을 호송하고 있다는 정보를 공공연히 흘려 촌민들이 습격하길 부추겼고, 썩은 시체들로 인해 전염병이 돌지 않도록 짐차에 석유와 장작을 싣고 다니며 시체를 태웠다.

늦더위는 좀처럼 가실 줄을 몰랐고 가을바람은 여전히 휘불어 올 기미를 보이지 않았다.

"여기다!"

"아니, 저기야!"

남자들은 일그러진 얼굴로 골목을 뒤지고 다녔고 여자들은 그들을 위해 정성껏 도시락을 쌌다.

"청천백일에 공공연하게 사람을 죽일 수 있다니, 이 얼마나 호기로운 일인가?"

어른들은 조선인을 체포하면 충성의 표식인 황금올빼미[金鵄] 훈장을 받을 거라고 기대했고, 아이들은 국적(國賊)을 소탕하는 영웅들을 위해 만세를 불렀다.

며칠 동안 비 한 방울 내리지 않았다. 느닷없는 가뭄더위에 세상이 빠짝빠짝 타들었다. 조선인이 독을 푼 우물물을 먹고 죽은 일본인은 단 한 명도 없었지만 독살의 공포에 갈증을 참았다. 깔깔한 입안에 감도는 것은 썩은 시체가 쌓여 흐름마저 멈춘 강에서 풍기는 악취로 인한 거위침뿐이었다.

그해 여름과 가을 사이, 일본인은 일본인이라는 이유만으로 괴물이 되었고 조선인은 조선인이라는 이유만으로 추격당하는 잔짐 승이 되었다. 도쿄에서 7백여 명, 가나가와 현에서 1천여 명, 사이 타마 현과 지바 현에서 각각 2백여 명…… 일본 각지에서 6천 6백 여 명에 달하는 조선인들이 그렇게 사냥당했다.

언제 어떻게 흘렸는가를 기억해낼 수 없듯 어느 순간 알 수 없 는 이유로 마침내 멈춰 섰다. 그제야 자기들의 손에 무고한 피가 묻어 있음을 보고 한겨울 혹한보다 더한 한기에 몸을 떨었다. 면 죄부가 필요했다. 이 우연 아닌 우연에 정당성을 부여할 무언가가 간절했다. 배후에서 혹은 공공연히 학살을 선동하고 조장했던 일 본 정부가 나서야 할 차례였다.

정부는 군대와 경찰 등 관헌의 학살을 철저히 은폐했다. 학살의 성격을 민간의 우발적인 집단행동으로 규정하면서 책임을 자경단 에 돌리는 태도를 취했다. 하지만 재판에 회부된 자경단원들은 증 거 불충분을 이유로 모두 석방되었다. 이미 공범이 되어버린 민중 은 이쯤에서 회유가 되겠지만 일본 정부가 가장 두려워한 것은 구 미 대국들과 조선 본토로부터 책임을 추궁당하는 일이었다. 학살 이 진행되는 동안 일본 정부는 외국인들이 목격하지 못하도록 각 지역 경찰서에 집합시켜 외출을 금지하고 감시했다. 그럼에도 무 언가가 여전히 부족했다. 가해자들을 정상 참작으로 방면하기 위 해서는 이것이 피해자에 의해 '도발'되었다는 결정적인 증거가 필 요했다.

일본 민중의 의식에 새겨진 조선인은 이중적인 존재였다. 더럽고 미개하여 당연히 차별해야 할 족속인 한편, 폭탄과 단총으로 습격과 살상을 일삼는 공포의 대상이었다. 언론이 일상적으로 선전해대는 바대로라면 조선은 산적이 사는 나라이며 조선인은 맹호와도 같은 자들이었다. 그들이 동양 제일의 수도 대(大)도쿄를 뒤흔들고 2천6백 년이 넘도록 이어진 신성한 황실의 혈통을 위협한다! 이보다 더 확실한 '정상 참작'의 근거는 없었다.

이제 일본 정부에게 남은 지상 과제는 '불령선인'의 폭동을 선동한 '적화선인'의 존재를 날조하는 것뿐이었다.

매운 사랑

"기오쓰케(차렷)!"

담임선생이 교실 문을 드르륵 열고 들어오자 반장이 벌떡 일어나 외쳤다. 와글거리며 장난질하던 아이들이 삽시에 등을 곧추세우고 눈을 부릅뜬 채 교단을 바라보았다.

"게레(경례)!"

행여 책잡힐까 긴장한 아이들이 일제히 절했다.

"오하요 고자이마스(안녕하십니까)!"

옆구리에 긴 일본도를 찬 담임은 교실 안을 둘러보며 까딱 고개인사를 했다.

새로 부임한 교장은 '조행(操行)'을 목청 높여 강조했다. 어렸을 때부터 태도와 행실을 훈련해야 커서 제대로 된 '대(大)국민'이 된다는 것이었다. 그런데 조행 교육의 첫 실천으로 내세운 방침이라는 것이 별별스러웠다.

"학교 내에서는 절대 조선어를 써서는 안 된다. 오직 '국어'만 써야 한다!"

차렷과 경례, 안녕의 인사말이 사라져버렸다. 기오쓰케와 게레, 오하요에 곤니치와에 곤방와가 그것을 대신했다. 교장이 말한 '국어'란 지배국의 언어인 '일본어'였다.

그러나 하루아침에 모국어를 쓰지 않고 살기란 불가능했다. 아이들은 선생의 눈을 피해 조심스럽게 조선어로 속삭이거나 다급할 때면 자기도 모르게 불쑥 조선어로 말해버렸다. 담임은 조선인이었다. 처음에 그는 몇 번인가 아이들의 실수를 모른 체하며 넘어갔다. 하지만 날카로운 감시의 눈을 번뜩이며 뒷짐을 지고 복도를 오락가락하는 교장에게 주의를 받았는지 언젠가부터 태도를 바꾸었다.

담임은 아이들끼리 서로 감시하는 방법을 썼다. 교실 뒤에 '조행 기록표'라는 것을 붙여놓고 신고자에게는 더하기 1점을, 신고당한 자에게는 빼기 1점을 기록했다. 그것이 고스란히 학기말 성적표의 조행 점수가 되었다.

"오이, 기미다치 조센고오 쓰캇타 다로(어이, 너희들 조선말을 썼지)?"

"기미 센세니 윳테 아게루조(너 선생님한테 일러버린다)!"

교실, 복도, 운동장 어디에서나 그런 고함 소리를 들을 수 있었다.

박열은 치를 떨며 귀를 틀어막았다. 알량한 점수에 혈안이 되어 경쟁적으로 서로를 고발하는 친구들의 모습이 무참했다. 이러려고 고향 마을을 떠나 읍내까지 온 것이 아니다. 이런 공부를 하려고 어머니와 형을 졸랐던 것이 아니다. 열은 점점 과묵한 아이가 되어갔다. 교실 뒤의 기록표에서 열의 점수는 언제나 더하고 뺄 것 없는 '0'이었다.

고향의 서당에서 『자치통감』 6권을 떼었을 때 박열의 나이는 열 살이었다. 조선이 일본에 먹혔다는 이야기가 어린 열의 귀에까지 들려왔다. 그런데도 서당의 훈장님은 장죽을 뻑뻑 빨며 여전히 공자 왈 맹자 왈만 읊어댔다. 중국의 한자야말로 진짜 글인 '진서(眞書)'이며, 한글은 상말을 적는 천한 문자인 '언문'이라고 했다.

'나라를 빼앗긴 주제에!'

작은 가슴에 배알티가 싹텄다.

'섬나라 왜놈들의 총칼 앞에 꼼짝도 못하는 처지가 된 주제에!'

전통이라는 미명의 유교 관습과 양반이라는 허울에 붙매인 어른들에 대한 반항심이 솟아올랐다.

어머니와 큰형 정식을 따라 장승백이에 사는 누님 댁에 다니러 갔을 때 보았다. 보고도 믿기지 않는 광경이 눈에 삼삼했다.

화려한 장식의 안장을 얹은 말을 타고 일본 헌병과 경찰들이

거리를 순시하고 있었다. 잡화점과 양복점, 과자 가게와 찻집까지 일본인들이 새로 연 상점도 곳곳에서 눈에 띄었다. 열은 게다짝을 끌고 하오리 자락을 펄럭이며 종종걸음 치는 일본인들을 얼떨떨하게 바라보았다.

"매형! 이상해요. 땅은 조선 땅인데 그들이 주인이고 우리는 객인 것 같아요!"

"쉿! 여기서 십 리 떨어진 낙동강 강변 태봉에 오래전부터 일본군이 진을 치고 있다고!"

매형이 검지를 세워 말조심을 시켰다.

열 살 아이의 눈이 정확했다. 고을의 양반들이 드나들던 향회 관아에는 일본도를 찬 제복 순사들이 지키고 서 있었다. 백성들 앞에서 서슬 퍼렇던 양반들도 순사에게 용건을 고해바친 후에야 관아 안으로 들어갔다. 굽실굽실 조아리는 머리와 곱사등이 비루했다.

"양반들의 세상은 끝났어요. 일본인들이 신식 학문을 가르치는 학교를 세운다지요. 신학문을 배우지 않으면 그들에게 맞서지도 따라잡지도 못할 거예요."

개화한 매형의 조언을 인상 깊게 들은 큰형은 박열을 이 지방에서 최초로 설립된 함창보통학교에 입학시키기로 결정했다.

"개안타. 서당에서 했던 대로만 공부하믄 되는 기다. 신식 학문을 배아야 왜놈들 이길 방도도 알게 되지 않겠나?"

샘골 집에서 함창까지 오십 리를 소달구지로 바래다주며 큰형이 열을 다독였다. 첫 조카를 보고 둘째 형까지 혼인시켜 대가족을 이끌게 된 큰형은 얼굴도 기억나지 않는 아버지의 맞잡이였다.

아버지는 조상 대대로 살던 문경을 떠나 상주의 샘골로 이사한 지 얼마 되지 않아 세상을 떠났다. 피로와 근심에 지병인 위장병이 악화된 것이었다. 맏아들인 정식이 스물다섯 살, 막내 열이 네 살 때였다. 호주가 된 정식이 상속받은 것은 논밭 10두락씩이 고작이었다. 문경에서 삼난가(三難家)라는 이름으로 불리며 지방의 명문가로 행세했던 일이 무색했다.

삼난가란 세 가지 어려운 일을 모두 이룬 집안이란 뜻이었다. 아들 다섯을 낳기도 어렵고 다섯 아들이 급제하기도 어렵고 다섯 아들이 문과에 급제하기는 더욱 어려운데, 함양 박씨 20대조의 오 형제가 모두 문과에 급제해 얻은 명예로운 이름이었다.

그러나 왕조는 몰락하고 세상은 바뀌었다. 바뀌어도 욕되고 모질게 바뀌었다.

아버지가 사망한 해에 조선은 일본과 을사늑약을 맺고 외교 독립권을 빼앗긴 종이호랑이가 되었다. 집안의 몰락도 나라의 그것과 같았다. 이루기는 어려워도 무너지기는 삽시간이었다. 할아버지 때까지만 해도 위세 당당했던 가세가 아버지의 죽음과 함께 기울었다. 아버지의 죽음과 함께 듣도 보도 못했던 보증 문서와 약값 영수증을 든 사람들이 몰아닥쳤다. 눈 깜짝할 사이에 땅임

자에서 남의 집 소작과 자작을 겸해야만 가족의 생계를 유지할
수 있는 처지가 되었다.

혼란과 고난의 시대는 숫보기와 악바리의 자리를 뒤바꾸었다.
영합하는 자만이 살아남고 나머지는 도태되었다.

"아이고, 어무이요! 어무이가 만다꼬 이러십니까?"

"아이다. 자식새끼들이 살아보겠다고 고생하는데 어예 어미가
되어 두고만 보겠노?"

약질에 잔병치레가 끊이지 않는 어머니까지 호미를 쥐고 한들
에 나서는 모습을 보고 열은 어금니를 단단히 물었다.

'무언가를 이루리라!'

그것이 무언지는 아직 알 수 없었다. 하지만,

'나를 사랑하고 믿어주는 가족들을 위해서라도 반드시 해내
리라!'

배움에 대한 열망과 의지가 강했던 박열은 함창보통학교에서
단연 두각을 드러냈다. 무슨 일이든 앞장서는 당찬 아이였기에 친
구들 사이에서 '독종'이라는 별명으로 불렸다. 시기이거나 오해이
거나, 어느 편이든 못마땅하게 보는 아이들에겐 건방지다는 소리
를 듣기도 했다. 하지만 딴생각을 품거나 곁눈질할 겨를이 없었다.
어머니의 약값에다 열의 학비까지 조달하느라 허리가 휠 큰형을
생각하면 책상에 바싹 다가앉는 수밖에 없었다.

입학 초기 박열은 서당에 비해 진보되어 있는 보통학교의 교육

'붉은 것들이 쏟아진다. 붉은 것들은 사납다. 붉은 것들은 뜨겁다.'

씨근거리는 담임의 숨소리와 고통스러운 싱겁이의 신음 소리가 열의 가슴을 사납고 뜨겁게 물들였다.

담임의 편에 서서 급우가 두들겨 맞는 꼴을 구경할 수 없었다. 싱겁이를 동정하며 고통을 공유할 수도 없었다. 가해자도 피해자도 될 수 없었다. 아니, 그러하기에 더욱 비겁하고 잔혹한 가해자이면서 피해자였다.

담임은 좀처럼 매질을 멈출 기세를 보이지 않았다. 쌍코피에 입술까지 터져 뭉개진 싱겁이의 얼굴을 더는 지켜보기 힘들어 열은 고개를 모로 꼬았다. 그러다 우연히 마주쳤다. 복도 유리창을 통해 이 광경을 지켜보는 교장의 뱀처럼 차가운 눈빛을.

"네놈의 형이라는 작자가 폭도라는 걸 알고 있다! 그러니 네게도 불온한 피가 흐르는 게지. 마음껏 흘려! 피를 더 흘려서 완전히 몸을 깨끗하게 비워버려!"

담임은 무엇엔가 홀린 듯 미쳐 날뛰었다. 어른들의 이야기를 귀동냥한 아이들이 싱겁이의 형이 의병에 나갔다가 죽었다고 수군거리는 것을 들은 적이 있었다. 조선인의 입장에서는 의인이자 지사인 의병을 일본 정부는 폭도라고 불렀다. 담임은 토벌대라도 된 양 싱겁이를 두들겨 팼고, 싱겁이는 이 산골짝 저 산골짝에서 붉은 흙을 움켜쥐고 죽어간 의병들처럼 말이 없었다.

교실 앞에 일장기와 함께 나란히 걸린 노기 장군의 초상이 이

장면을 내려다보고 있었다.

"순사(殉死)다! 노기 장군이 순사하셨다!"

1912년 여름, 메이지 천황이 죽었다. 방학 중인데도 비상소집령이 내려 천황의 장례식 때까지 매일 학교에 가서 애도 의식을 치러야 했다. 그리고 천황의 장례식이 치러진 바로 다음 날, 노기 마레스케[乃木希典] 장군이 천황을 따라 자살했다는 호외가 뿌려졌다.

머리 위에서 한여름의 태양이 작열하는 가운데, 교장은 노기 장군이 죽기 전에 써놓은 글이 실린 신문을 아이들 앞에서 낭독했다.

"천황 폐하 만세! 소신(小臣)은 기쁜 마음으로 죽습니다. 일곱 번 다시 태어나도 천황 폐하를 위해 그리하겠습니다!"

노기 마레스케는 일본 육군 대장으로 그들이 서남전쟁이라고 부르는 러일전쟁에서 사령관을 지낸 인물이었다. 그는 전장에서 적에게 깃발을 빼앗기는 불명예를 당하고 "죽어야지, 죽어야지!" 하며 살다가 마침내 천황을 따라 영광스럽게 자살할 기회를 얻게 되었다고 했다.

"그뿐인가? 노기 장군의 부인 시즈코 여사도 남편과 함께 명예를 택했도다! 이 얼마나 갸륵하고 장렬한 죽음인가?"

교장은 노기 장군이 '셋푸쿠(할복) 의식'을 거행하기 전 목을 베어 자결했다는 부인의 사진이 실린 신문을 펼쳐 보이며 감동을 이기지 못해 눈물을 짜냈다. 마음 약한 아이들 몇도 따라서 훌쩍거렸다.

열은 저린 다리를 풀기 위해 코끝에 침을 찍어 바르며 생각했다.

'우리에게는 을지문덕 장군도 있고 이순신 장군도 있는데, 기껏해야 천황을 따라 죽었다는 이유만으로 일본 장군의 자살에 눈물까지 흘릴 건 무언가? 유서대로라면 노기 장군은 몇 년 동안 죽을 기회만 엿보면서 살았다는 건데, 그게 무어 그리 영광스런 일인가?'

배를 가르고 창자를 꺼내 죽은 덕에 군신(軍神)이란 이름을 얻은 노기 장군이 식민지 아이들의 머리통 위에 있었다.

"조선 놈들은 말로는 안 돼, 매를 맞아야 알아듣는다!"

그 아래 싱겁이는 멸시의 욕설을 들으며 개돼지처럼 구타당하고 있었다.

배꼽노리로부터 명치끝을 지나 뜨거운 기운이 솟구쳤다. 어머니는 늦둥이를 잉태할 때 커다란 불덩이를 꺼안았다고 했다. 데거나 불탈까 봐 두려워하지도 않고 덥석 품어 안았다고 했다. 열이 그 불덩이였다. 어떤 모양이나 상태로도 머물러 있지 않은 살아움직이는 뜨거움.

"어무이! 치매, 치매 쫌!"

기억하지 못하는 자신이 있다. 어린 열은 언젠가 집으로 달려들어와 다짜고짜 어머니에게 치마를 내놓으라고 졸라댔다고 한다.

"치매는 뭐 할라꼬?"

어머니가 물으니 마음을 따라잡지 못하는 말이 답답했던지 손을 끌어 나가더랬다. 대문 밖에는 낯선 노파 하나가 서 있는데, 열은 노파를 가리키며 다시 소리쳤다.

"어무이, 치매 쫌!"

노파의 행색은 한눈에 보기에도 거지꼴이었다. 낡은 베치마는 걸치나 마나 한 넝마였다. 열은 길에서 만난 헐벗은 노파를 데려와 어머니에게 치마를 주라고 조른 것이었다.

프로메테우스의 불은 인간을 살렸다. 추위에서 벗어나게 했고 날것을 익혀 먹게 했다. 늙고 가난한 이를 불쌍히 여기는 마음은 그 따뜻한 불의 발로였다. 한편 세상의 마지막을 예고하는 큰불 또한 있을지니, 겁화(劫火)는 세상을 멸하는 불이었다.

늦둥이에 막내라지만 열은 어머니의 풀치마 자락에 감겨 사는 응석받이가 아니었다. 호적상의 이름은 준식이었지만 집에서는 모두 열(烈)이라고 불렀다. 맹렬하고 세차기에 열이었다. 뜨겁고 억척스럽기에 열이었다.

범띠 해에 태어나 기질도 호랑이 같았다. 서당에서 천자문을 배우며 공부 재미에 빠져들었을 때부터 열은 흙벽에 글자와 함께 호랑이를 그렸다. 눈알을 화등잔처럼 박아 넣고 이빨과 발톱을 날카롭게 그렸다. 천하에서 제일 무섭고 힘세다는 그 동물이 좋았다. 한 번 뛰어 서른세 자를 솟구쳐 오르는, 누구도 함부로 못할 백수의 왕.

지금 가슴속의 어린 호랑이는 신음처럼 으르렁거릴 뿐이었다. 아직은 모순과 기만과 불합리와 차별로 가득 찬 세상을 향해 이빨과 발톱을 곤두세우고 뛰어오를 힘이 없었다.

졸업이 다가올수록 고민은 깊어졌다. 어려운 집안 형편에 사립학교에 진학하는 것은 불가능했다. 성적이 훨씬 낮은데도 불구하고 걱정 없이 유학을 준비하는 친구들을 보면 부(富)에 대한 부러움과 동시에 돈으로 모든 것이 결정되는 사회 구조에 대한 증오심이 솟구쳤다. 궁여지책으로 박열은 도지사의 추천을 받아 관비로 입학할 수 있는 경성 제2고등보통학교 사범과에 입학하기로 결정했다. 차선의 선택이라도 최선의 각오가 있었다.

'좋은 선생님이 되겠어! 무슨 수를 써서라도 공부를 계속해 후진을 양성하는 일에 헌신할 테야!'

졸업식은 3월의 마지막 주였다. 그런데 졸업식이 열리기 바로 전날, 담임이 학교 뒷산 솔밭으로 아이들을 소집했다는 전갈을 받았다.

"내일이면 끝인데 뭐 할라꼬 소집을 하나?"

"내도 모르겠다. 담임을 다시 보지 않아도 된다는 생각만으로 졸업이 이래 기쁘고 후련한데!"

뜻밖의 소집에 어리둥절한 친구들과 함께 학교 뒷산 솔밭을 향했다. 소집 장소도 희한스러웠다. 뒷산 솔밭은 주인 없는 무덤 몇 개만이 자리한 황량하고 을씨년스러운 장소였다.

저만치에 먼저 와서 기다리는 담임의 모습이 보였다. 묏등에 기대앉은 채 고개를 푹 숙이고 있었다. 자세도 낯설었지만 차림새는 더욱 그랬다. 포마드를 발라 빤드럽게 정돈한 머리는 어지러이 헝클어져 있었고 허리에 차고 다니던 일본도도 보이지 않았다.

"너희들…… 왔구나."

모두가 화들짝 놀랐다. 담임이 아이들을 보며 조선어로 알은체를 한 것이었다. 항시 '국어'로만 말하던 담임의 조선어는 낯설게 들렸다. 그는 다시 고개를 숙이며 픽 웃었다. 숨결에서는 언젠가 맏형에게서 맡았던 구텁지근한 술내가 풍겼다. 아이들은 어쩔 줄 몰라 주저주저하며 그를 지켜보았다.

"내일이면 너희가 졸업을 하는구나. 이제 학교를 떠나는구나. 그래서, 너희에게 할 말이 있단다. 꼭 해야 할 말이지. 암, 그렇지."

학교 밖에서 처음 만난 담임은 완전히 다른 사람처럼 보였다. 그는 충혈된 눈으로 아이들을 하나하나 바라보더니 조심스레 입을 열었다.

"부디 나를…… 용서해라. 이제까지 마음에도 없는 거짓 교육을 했다. 조선의 역사를 존중하지 않으면 안 된다. 일본 학교의 교사는 경찰서의 형사나 다름없다. 나는 너희들의 선생이 아니라 순사였다. 나는 지금껏 너희들을 속이고…… 나를 속였다."

담임은 말끝에 사죄의 인사인 양 고개를 떨어뜨렸다. 흐트러진 머리에 가려 보이지 않는 얼굴에서 닭똥 같은 눈물이 뚝뚝 떨어졌다. 놀란 아이들이 앞다투어 담임 앞에 꿇어앉았다. 그리고 함께 울기 시작했다. 담임에게 구타당한 후유증으로 한동안 학교를 쉬어야 했던 싱겁이는 뒷전에서 소맷부리로 눈가를 쓱쓱 문지르고 있었다.

'그도 조선인이었다. 그도 조선인이다!'

열은 가슴을 휘젓는 불뭉치를 제어할 수가 없었다. 모두가 슬프고 초라한 노예였다. 때리는 자도 맞는 자도, 미워하는 자도 미움받는 자도. 식민지에 예외란 없었다.

어디에도 없는 아이

"후미, 이 돈 가지고 나가 놀아라."

아버지가 호주머니를 뒤져 잡히는 대로 동전을 꺼내 주었다.

"지금요? 어머니가 삼실을 팔아 올 때까지 다카토시의 기저귀
를 다 접어놓으라고 했는데……."

"기저귀 따위야 나중에 접으면 어때? 지금 당장 나가!"

나가 놀라는 말이 반갑지 않을 리는 없지만 아버지가 다그치니
왠지 이상한 기분이 들었다. 해안 거리 창고의 관리자인 아버지는
오늘도 빈약한 핑곗거리로 일을 나가지 않았다. 어머니는 아침부
터 동생을 들쳐 업고 며칠간 밤낮으로 뽑은 삼실 뭉치를 싸 들고
공장에 갔다. 어머니가 부업이라도 하지 않으면 식구들은 당장의

저녁거리를 걱정할 형편이었다.

집 안에는 아버지와 후미코, 그리고 몇 달 전 보따리를 들고 찾아온 이모뿐이었다. 어머니의 여동생인 다카노 이모는 무슨 부인병인가를 앓는다고 했다. 야마나시 현 산골의 외갓집에서는 치료를 받을 수 없어서 요코하마에 사는 후미코네 집에 머물며 병원에 다니는 것이랬다.

"이 돈으로 뭘 하라고요?"

후미코는 아버지가 반강제로 쥐여준 동전들을 펼쳐보며 물었다.

"아무거나 네가 하고픈 대로 해! 사탕을 사 먹든 어쩌든, 빨리나가지 않고 뭘 꾸물대는 거냐?"

아버지가 신경질을 부리는 바람에 후미코는 일단 밖으로 나왔다. 모처럼 받은 용돈으로 무얼 할까 새록새록 궁리가 떠올랐다. 친구들과 큰길에 있는 과자 가게에 갈까 보다 생각했다. 과자 가게 유리창 너머로 보이는 튀김 과자와 단팥빵은 언제나 아이들을 감질나게 했다. 그런데 오늘따라 골목에 왁작거리던 친구들이 보이지 않았다. 엊그제 기요가 오사카의 외갓집에 간다고 자랑했던 일이 떠올랐다. 쓰유코는 도쿄로 시집 간 언니가 신행을 오는지라 잔치 준비에 바쁘다고 했다. 도미도 혼자 먹으면 맛이 없다더니, 친구들이 없으니 평소에 그토록 소원하던 군것질조차 시들했다.

후미코는 별사탕 한 봉지를 사 들고 어슬렁어슬렁 동네를 돌아다녔다. 심심했다. 재미없었다. 할 수 없이 별사탕을 오도독오도독

씹으며 다시 집으로 돌아왔다. 집 안은 조용했다. 다카토시의 옹알이 소리가 들리지 않는 걸 보니 어머니는 아직 돌아오지 않은 모양이었다.

'아버지와 이모는 어디 갔지? 산보라도 나간 걸까?'

하지만 현관에 게다짝이 얌전히 벗어져 있는 걸 보니 둘은 집 안에 있는 모양이었다. 문득 현관 입구의 3장짜리 작은 다다미방에서 인기척이 느껴졌다. 아버지는 평소 그 방에서 낮잠을 자다가 어머니가 외출하자마자 이모를 불러들이곤 했다. 이야기 소리가 들리지도 않는데 이모는 꽤 오래 그 방에 머물렀다. 호기심 많은 후미코가 그들이 무얼 하는지 궁금해하는 건 당연했다.

미닫이문은 꼭 닫혀 있었다. 두려움 때문에 문을 열어젖힐 수는 없었다. 변덕스런 아버지의 심기를 거스르면 어떤 치도곤을 먹게 될 지 알 수 없기에 조용히 집 안으로 들어가려 했다. 그때 미닫이문 안쪽에서 야릇한 소리가 새어 나왔다.

'이모가 어디서 새끼 고양이라도 얻어 온 걸까?'

후미코는 살금살금 다가가 미닫이문에 붙어 섰다.

"아아, 분이치! 장난치지 말아요. 아프잖아요."

"좋으면서 아프긴 뭐가 아프다고 그래? 어쩌면 이렇게 부드러워? 솜털이 아주 보송보송하네!"

분명 방 안에 고양이가 있는 모양이었다. 후미코를 따돌려놓고 아버지와 이모 둘이서만 고양이와 장난질하며 노는 듯했다. 후미코는 고양이와 같이 놀고 싶어서 애가 탔다. 까치발을 세우고 미닫이문 윗부분의 찢어진 문종이 틈으로 방 안을 엿보았다.

'앗!'

하마터면 소리를 지를 뻔했다. 재빨리 손으로 입을 틀어막고 뒷걸음질했다. 방 안에 고양이는 없었다. 장난을 치면 좋아서 데굴데굴 구르는 솜털이 보송한 새끼 고양이 따위는 없었다. 아버지와 이모는 고양이 없이 고양이 놀이를 하고 있었다. 이모는 가랑가랑 고양이 소리를 냈다. 허리를 곱작 구부렸다가 뒤젖히기를 반복하며 웃는 듯 우는 듯 신음했다. 아버지는 갈팡질팡 내빼는 고양이를 뒤쫓는 듯 헐떡거렸다. 몸을 버둥거리며 용틀임을 하느라 거친 숨을 씨근거렸다. 아버지와 이모의 고양이 장난이 해괴하게 보인 건 그들이 실 한 오리 걸치지 않은 알몸뚱이이기 때문이었다.

후미코가 이런 광경을 목격한 건 처음이 아니었다. 자식 교육에 관심이 없고 주의력이 부족한 부모는 후미코 앞에서 스스럼없이 부부 관계를 가졌다. 고작 서너 살짜리 어린애가 뭘 알겠냐는 식이었다. 하지만 후미코는 조숙한 아이였다. 마구잡이로 자극에 노출된 결과 네 살 무렵부터 성에 대한 인지와 관심이 시작되었다.

그런데 이건 특별히 달랐다. 아버지는 어머니와 하던 그 짓을 이모와 하기 시작했다. 어린 후미코가 보기에도 뭔가 잘못되어가고 있는 게 분명했다.

이모는 스물두 살의 깔끔하고 예쁜 아가씨였다. 뚱한 성격에 행동이 둔한 어머니와 달리 상냥하고 무얼 하든 꼼꼼했다. 아버지의 꼬임에 빠져 야반도주하면서 일찍 고향을 떠난 어머니와 달리 교육을 잘 받았기에 예의 바르고 사교적이었다. 어머니에 대한 열정이 사라진 아버지는 매력적인 아가씨에게 홀딱 반했다.

그렇지만 아버지와 이모는 그러면 안 되는 관계였다. 그들은 어머니를 배신하고 후미코를 기만했다. 비로소 후미코는 아버지가 왜 어머니를 따라 공장에 가지 못하게 말렸는지 알았다. 후미코를 이용해 이모와 하는 짓을 감추고 어머니의 의심을 가라앉히고자 했던 것이었다. 달라고 하지도 않은 돈을 평소보다 많이 주고 나가 놀라고 했던 것도 다 그런 꿍꿍이셈이었다.

벌거벗은 채 뒤엉킨 팔다리들이 눈앞에 어른거렸다. 털이 숭숭한 송충이가 기어오르는 듯 온몸이 근지러웠다. 한편으로는 어머니가 금방이라도 들이닥쳐 이 장면을 보게 될까 봐 조마조마했다.

"사장이 없어서 돈을 주지 못한다는 바람에 지금까지 기다리다가 돈을 받아왔어요."

어머니는 한참 후에야 지친 얼굴로 돌아왔다. 다카토시의 기저귀를 갈아주려니 한나절 내내 척척한 기저귀를 갈지 못해 사타구니가 짓무른 다카토시는 죽겠다고 악을 쓰며 울어댔다.

"언니도 참, 집을 나갈 때 여벌의 기저귀를 몇 개 준비해 가지 그랬어?"

어느새 머리까지 새로 빗었는지 이모의 매무새가 말쑥했다.

나카무라는 집요하게 후미코를 괴롭혔다.

"빨리 보낼수록 나아. 어차피 가야 한다면 너무 크기 전에 가야지."

잠결에 쇠를 긁는 듯한 나카무라의 쉰 목소리를 들었다.

"아이를 그런 인간에게 주면 어떡해? 걱정이 돼서 미칠 것 같아. 하지만…… 어쩔 수 없지."

어머니의 한숨 소리에 후미코는 벌떡 일어나 뛰쳐나갔다.

"어머니. 다카토시를 누구한테 보낼 거예요?"

그들은 후미코를 보고도 별로 놀라지 않았다. 어머니가 대답했다.

"아버지와 헤어질 때 그렇게 약속했단다. 내가 너를 기르고 아버지가 다카토시를 기르기로."

후미코는 충격과 두려움에 부들부들 떨었다. 다카토시는 비록 젖먹이지만 후미코의 가장 가까운 친구였다. 아니, 후미코는 사랑할 수 있는 누군가를 간절히 원하고 있었다.

"어머니, 제발! 내일부터 나가 놀지 않을게요. 아침부터 밤까지 다카토시를 돌볼게요. 다카토시가 절대 울지 않도록 잘 돌볼게요. 다카토시를 아버지에게 주지 마셔요! 제발, 어머니! 혼자서는 너무 외로울 거예요!"

도조, 도조…… 제발, 제발.

어머니는 듣지 않았다. 후미코의 말은 아무도 듣지 않았다. 후미코가 아무리 울며 애원해도 어머니는 꿈쩍도 하지 않았고 나카무라는 뻐끔뻐끔 담배만 피워댔다. 어른들은 그들만의 이유를 갖고 있었다. 후미코가 아무리 두들겨도 열리지 않는 육중한 문과 같았다. 문 저편의 비밀의 방에서는 후미코의 가슴을 갈기갈기 찢는 끔찍한 일들이 모의되고 있었다.

다카토시는 떠났다. 후미코는 다카토시를 아버지에게 데려다주기 위해 기차역으로 가는 어머니를 따라 뛰며 울부짖었다.

"어머니, 다카토시가 아버지에게 가야 한다면 나도 함께 보내주세요! 나 혼자 저 남자랑 같이 지내기는 무서워요!"

집에 돌아온 후미코는 눈물을 멈출 수 없었다. 동생마저 잃었다는 서러움과 외로움에 눈물샘이 고장 난 듯했다. 나카무라는 사나운 움펑눈으로 후미코를 쏘아보았다.

"그만 울어! 시끄러워!"

헝클어진 흰머리를 양손으로 움켜잡고 마구 쥐어뜯으며 소리쳤다. 하지만 후미코의 눈물은 나카무라의 윽박질에 그칠 수 있는 게 아니었다. 작은 몸 어느 구석엔가 검은 눈물로 가득 찬 깊은 우물이 있는 모양이었다. 퍼내고 퍼내도 끊임없이 솟구쳤다.

"당장 그치지 못해? 그만해! 그만하라고!"

나카무라는 벌떡 일어나 다다미방 한구석에 밀쳐져 있던 담요를 끌어왔다. 예전처럼 담요에 말아서 옷장에 던져 넣으려는가 싶었다. 그런데 이번엔 그로도 성이 차지 않는지 노끈으로 후미코의 손발을 묶고 목에 둘렀던 더러운 수건으로 재갈을 물렸다. 나카무라가 향한 곳은 집 근처의 강이었다. 강가 나뭇가지에 담요에 말아 밧줄로 꽁꽁 묶은 후미코를 통째로 매달았다.

밤이 깊어 주변이 조용해지자 물의 정령은 음산한 노래를 불렀다.

쏴쏴…… 우우…… 울렁출렁.

몸을 비틀자 나뭇가지가 우지끈 곧이라도 부러질 듯 소리를 냈다. 공포에 질려 더 이상 요동칠 수 없었다. 눈물은 이제 몸속으로 구멍을 파고 기어들었다. 너무 놀라고 질려서 울거나 소리칠 수조차 없었다.

"어머니…… 다카토시…… 어머니……!"

어둠 속에서 그들의 이름을 불렀다. 재갈이 물린 입에서 새어 나오는 것은 비명도 절규도 아닌 신음이었다. 죽음의 아가리처럼 음습한 물결이 후미코의 신음 소리마저 야멸치게 삼켰다.

어른들의 세상은 '이나이이나이-바아' 놀이와 같았다. 이불이나 손바닥으로 얼굴을 가리고 이나이이나이―없다, 없다고 속살거리다가 바아―까꿍 하고 외치며 별안간 모습을 드러내는 놀이.

후미코를 괴롭히던 나카무라는 어느 날 갑자기 사라졌다. 어머니가 후미코를 보호하기 위해 헤어지기로 결심했다거나, 아버지가 그리움과 죄책감으로 후미코를 데리러 왔기 때문이 아니었다. 나카무라는 주물 공장에서 해고당했다. 그러자 생활의 편의를 위해 유지되었던 동거 생활은 끝났다.

그러나 기만적인 까꿍 놀이는 끝나지 않았다. 어머니는 서너 달도 지나지 않아 새 남자를 데려왔다. 두 번째 남자의 이름은 고바야시였다. 후미코가 세상에서 만나본 가장 게으르고 무책임한 사내.

어머니보다 일곱 살 연하인 고바야시는 푸른 비단 목도리에 포마드를 바른 긴 머리를 휘날리는 헛바람이 든 젊은 사내였다. 그는 성실한 부두 노동자인 체하며 어머니를 꾀었지만 동거가 시작되자 본색을 드러냈다. 두 사람은 아무 대책도 없이 다다미 6장짜리 단칸방에서 온종일 이불 위에 누워 뒹굴었다.

하루는 밤 9시가 지나 후미코가 방구석에서 숙제를 하고 있을 때였다. 이부자리에서 고바야시와 장난을 치던 어머니가 느닷없이 후미코에게 군고구마를 사 오라고 심부름을 시켰다. 어머니는 베개 밑에서 동전 지갑을 꺼내 후미코에게 던졌다. 서너 개의 구리 동전과 은화가 시커멓게 탄 다다미 위를 데굴데굴 굴렀다.

"이 시간에 군고구마요? 군고구마 장수는 일찍 문을 닫아요. 지금쯤 잠자리에 들었을걸요?"

"요코하마 시내에 군고구마 장수가 한 사람뿐이냐? 뒷거리 목욕탕 옆에도 하나 있잖아. 거기는 아마 문을 닫지 않았을 거야!"

뒷거리 목욕탕 옆! 후미코는 부르르 몸서리를 쳤다. 그곳에 가려면 나무들이 빽빽이 우거진 하치만 신사 숲길을 지나야 하기 때문이었다.

"어머니, 군고구마 대신 케이크는 안 될까요? 불이 켜진 케이크 가게가 바로 앞에 있어요."

"안 돼! 내가 군고구마라고 했잖아!"

어머니가 버럭 고함을 질렀다.

"시키는 대로 해. 가! 겁쟁이 계집애야! 무서울 게 뭐 있어?"

마지못해 탁자 다리 옆으로 굴러 들어간 동전들을 주웠다. 현관 계단을 내려와 문을 열고 내다보니 바람은 거세고 어둠은 깊었다. 야경꾼의 나무 딱따기 소리가 멀리서 들려왔다. 고개를 내밀자 캄캄한 하치만 신사가 어렴풋이 보였다. 죽음 같은 고요가 드리운 숲은 낮보다 훨씬 무서웠다. 거길 혼자 지나가야 한다. 발길이 떨어지지 않아 머뭇거리는 후미코를 본 어머니가 벌떡 일어나 다가왔다.

"빨리 가! 빨리 가라니까!"

어머니는 후미코를 바깥으로 밀어내고 뒤에서 힘껏 문을 닫았다.

달렸다. 아랫배에 단단히 힘을 주고 달리기 시작했다. 머리를 풀어 헤치고 허공을 휘젓는 나무귀신에게 발목을 잡히지 않으려 죽을힘을 다해 달음질쳤다. 어떻게 숲을 통과했는지 기억할 수 없다. 뜨거운 고구마를 보자기에 싸 들고 또 한걸음에 숲을 가로질렀다. 허겁지겁 집 안으로 들어온 후에야 턱 끝까지 차오른 숨을 토해낼 수 있었다. 나무귀신은 따라 들어오지 못했다. 우우

아버리려는 궁리까지 했던 것이다. 후미코는 어머니가 처분할 수 있는 마지막 '소유물'이었다.

아프고 슬픈 민족

골목이 깊다. 한번 빠지면 헤어나지 못할 듯한 굴길처럼 어둡고 멀다. 그늘진 모퉁이마다 뒤숭숭스럽다. 금방이라도 무언가 불쑥 튀어나와 목덜미를 움켜잡을 것만 같다.

"후테센진(불령선인)! 널 이제야 잡았다!"

쇠 방망이를 움켜쥔 순사가 득달같이 달려 나와 옆구리에 낀 가방을 잡아챈다.

"안 돼! 이건 안 돼!"

뺏기지 않으려 용을 써보지만 왁살스런 아귀힘을 이길 수 없다. 어느새 순사의 얼굴은 기숙사 사감의 얼굴로 변해 독기를 내뿜으며 씨근덕댄다.

"이 새끼! 여기서 뭘 하고 있어?"

사감은 방문을 걷어차고 들어와 다짜고짜 따귀를 갈기기 시작한다.

왼 뺨, 오른 뺨, 다시 왼 뺨, 오른 뺨.

두툼한 손바닥이 부드레한 볼에 부딪혀 리듬을 탄다.

짝, 짝, 짝짝.

신음을 흘리지 않으려 이를 악문 게 더욱 밉살스러운지, 사감은 좀처럼 체벌을 멈출 기색을 보이지 않는다.

"왜 조례에 빠지고 숨어 있는가? 무슨 불순한 생각이라도 품고 있는 겐가?"

몰라서 묻나? 아침마다 운동장에서 열리는 조례는 교육적인 행사가 아니라 정치적 선전장이 되어버린 지 오래다. 제복을 입고 일본도를 엇찬 교사들만으로도 모자라 허리에 육혈포를 찬 경찰과 총독부 관리들까지 수시로 나타나 침을 튀기며 연설한다. 고장 난 축음기처럼 끊임없이 감동도 없는 말을 되풀이한다.

"대일본 제국은 신의 보호를 받는 나라이기에 세계 어느 나라보다 우월하다! 우리는 천황 폐하를 중심으로 혼연일체가 되어야 한다! 미래의 교원인 학생 제군은 영광된 대일본 제국 건설에 충량한 신민을 육성하기 위해 최선의 노력을 다해야 한다!"

등 뒤로 북악산이 우뚝하다. 좌우에 인왕산과 낙산이 병풍처럼 펼쳐져 있고, 멀리 북한산과 남산이 마주한다. 산천은 변함없지만 인간계는 무상하다. 덕수궁, 경복궁, 창덕궁과 창경궁…… 한때 당당한 위세를 자랑하던 궁궐들이 폐가가 되어 즐비하다.

그 풍경의 한가운데 차렷 자세로 붙박여 서서 지배국의 찬가를 듣는 일은 슬프고 비참했다. 부모를 잃어서만 고아가 아니었다. 나라 없이 떠도는 인민은 뼛속까지 외롭고 서러운 고아였다.

뺨따귀를 맞는 정도는 열여덟 살의 박열에게 대단한 일이 아니었다. 그는 소년에서 청년이 되어가고 있었다. 육체의 구속으로 정신까지 강제할 수 없었다. 그러나 식민지의 예속민으로서는 달랐다. 영원히 사회적으로 성장할 수 없었다. 그러하기에 일본인 사감에게 어린애 취급을 받으며 '사랑의 매'로 미화된 악의적인 매질을 당하는 것이었다.

스무 대를 맞았을까, 서른 대를 맞았을까? 종내 때리는 데 지친 사감이 아픈 팔을 휘휘 돌리며 방을 나가버렸다.

"으으으……."

그제야 열은 상처받은 맹수의 신음 소리와 함께 참았던 눈물을 폭포수처럼 쏟아냈다. 아파서였다면 차라리 다행이겠다. 부어오른 볼을 두 손으로 감싸 쥐고 화끈거리는 분노와 원한을 식힐 길이 없어 어금니를 물고 소리 죽여 흐느꼈다.

흐느끼다가, 잠이 깼다. 창밖에 새벽빛이 부옇게 밝아오고, 어젯밤 늦게 박창수의 하숙집에서 돌아온 박노영은 낮은 코를 골며 잠들어 있었다. 바야흐로 오늘이 결전의 날이다.

'너무 긴장한 모양이다. 꿈은 생시와는 반대라지 않은가?'

간밤의 사나운 꿈자리에 짐짓 켕긴 마음을 다잡으며 열은 책상 밑에 고이 모셔둔 보따리를 끌어냈다. 신중하게 매듭을 풀자 '독립선언서'라는 다섯 글자가 비수처럼 눈에 박혔다.

오등(吾等)은 자(玆)에 아(我) 조선(朝鮮)의 독립국(獨立國)임과 조선인(朝鮮人)의 자주민(自主民)임을 선언(宣言)하노라!

경성 각 학교의 학생 대표들이 은밀히 모여 시위를 계획한 것은 올해 1월부터였다. 박열이 다니는 경성 제2고등보통학교에서도 박쾌인과 김백평이 대표로 회의에 참석했다. 그런데 시위를 준비하던 중 국내외 지도자들과 연락이 닿으면서 독자 행동 계획이 수정되었다. 고종의 국장일을 이틀 앞둔 3월 1일에 파고다 공원에서 집결해 대규모 군중 시위를 벌이기로 한 것이다.

계획이 세워졌으니 행동은 최대한 민첩해야 했다. 경성 제2고보 대표로 독립선언서 2백 매를 받아온 김백평은 적선동 박창수의 하숙집으로 박노영과 박쾌인 등을 불러 세부 사항을 논의했다.

3월 1일 정오에 학생들을 모아 항쟁에 참여할 것을 알린다. 혹시 벌어질지 모르는 불상사에 대비해 교실 입구를 경비하는 것도 잊지 않는다. 고종 황제 국장 참례에 따르는 예습을 하고, 오후 1시경 신호가 떨어짐과 동시에 전교생을 인솔해 파고다 공원으로 행진한다!

"자네가 이 시위의 행동대가 되어주게!"

박노영이 박열을 찾아와 부탁했다. 평소에는 조용하고 침착해 돌같이 무거운 인상이지만 일단 실행에 나서면 누구보다 저돌적이고 헌신적인 열의 성격을 알고 있기 때문이었다.

"좋아! 내가 할 수 있는 일이라면 기꺼이 하지."

오래 고민하지 않았다. 박열은 흔쾌히 제안을 받아들였다.

열은 그즈음 현실과 이상, 사상과 행동의 문제를 두고 깊은 고민에 빠져 있었다. 얼마 후면 사범과를 졸업하고 교사로 임용될 터였다. 하지만 후진을 양성하는 훌륭한 선생이 되겠다는 포부는 차차로 사라지고, 이대로 제국주의자들의 개가 되어 식민지 노예를 기르는 데 앞장설 수는 없다는 생각이 뇌리를 떠나지 않았다.

경성으로 유학 온 지 벌써 4년이 흘렀다. 가족과 고향 사람들의 기대 속에 최고 수재들만 모인다는 경성 제2고등보통학교 사범과에 입학했다. 친구들은 일류 학교를 다닌다는 자부심으로 교표가 달린 가슴을 내밀고 거리를 활보했다. 쏟아지는 선망의 시선을 즐기며 명문이 주는 후광을 마음껏 누렸다.

박열은 그럴 수 없었다. 아무리 집안 형편 때문이래도 일본 정부의 관비로 공부한다는 사실이 부끄러웠다. 정작 교육 과정도 실망스럽기 그지없었다. 조선인 수재들을 모아 가르치는 게 고작해야 일본인의 실업 교육이었다. 저급한 학과 수준도 모자라 내용까지도 황국신민화와 우민화의 반복이었다. 모든 교과목은 일본어 보급을 위한 일본 역사와 지리 등으로 채워졌고 영어나 상업 교육은 금지되었다. 게다가 조선인의 고등보통학교와 일본인의 중학교는 차별화된 학제로 편성되어 있어 조선인은 아예 상급 학교 진학과 고등 전문교육을 받을 길이 막혀 있었다.

숨이 막혔다. 학교 안에서조차 끊임없이 감시당했다. 학교 당국은 학생들의 교외 활동과 교내 집단 활동을 엄격히 제한해 사상적으로 통제했다. 조선인의 적개심이나 경쟁심을 뿌리 뽑으려 운동회에서 단체 대항 시합까지 금지시켰다. 이어달리기와 줄다리기조차 할 수 없었다.

"저게 무슨 조선 학교인가? 저들은 다 된 왜놈들 아닌가?"

사립학교 학생들이 비웃어도 할 말이 없었다. 박열은 점점 학교 생활에 흥미를 잃어갔다.

'제국주의자들이 장악한 학교에서는 내가 배우고픈 것들을 배울 수 없다. 그렇다고 배움을 멈출 수는 없지 않은가? 알을 깨고 나아가리라. 이제부터는 세상이 나의 학교다!'

학교 당국의 눈을 피해 기독교 교회에서 열리는 강연회에 참석했다. 상대적으로 자유로운 종교 집회에서는 조선인 강연자와 서양인 목사가 반어와 은어를 사용해 인류의 자유와 평등과 독립에 대해 설파했다.

반어와 은어는 약한 자들의 저항 수단이었다. 조선인 학생들은 수업 시간에서 교사가 눈치채지 못하는 한도에서 '국가(國家)'를 '곡가(穀價)'로 읽거나, '우리나라(와가쿠니)'를 '우리 먹으니(와가쿠이)'로 읽었다. 1차 세계대전에 참전하는 일본군을 환송한다며 정류장에 강제 동원되었을 때는 만세를 부르는 대신 '일본 망(亡)세'라고 외쳤다. 소극적이고 유치한 방법일망정 그런 반항들을 통해 답답한 가슴을 조금이나마 달랠 수 있었다.

교과목 외에 와세다 대학의 영어 강의록을 구해 공부하기 시작한 것도 그때부터였다. 새로운 것을 배우는 박열의 노력은 탐욕스러울 정도였다. 기노시타 나오에, 나쓰메 소세키, 오가와 미메이, 다케고시 요사부로, 구로이와 루이코 등의 저서를 닥치는 대로 읽었다. 와세다 대학의 정치, 경제, 상업에 관한 강의록은 좁은 식민지 조선 땅에 갇힌 박열의 시야를 세계를 향해 넓혀주었다.

관립 학교의 일본인 교사들은 대부분이 형편없는 수준이었다. 그러나 모든 일에는 예외가 있기 마련이었다. 신학기에 새로 부임한 심리학 담당 교사는 일본에서 막 고등사범학교를 졸업한 젊은이였다.

"제군들은 고토쿠 슈스이라는 이름을 들어본 적이 있는가?"

젊은 선생은 교과서 진도를 나가는 대신 낯선 이름을 입에 올렸다. 그의 목소리에 실린 은밀한 열기에 학생들의 눈이 또릿또릿해졌다.

"그는 몇 해 전 이른바 '대역사건'으로 사형당한 12인의 무정부주의자 중 한 명이다. 평민주의, 사회주의, 평화주의를 내걸고 언론 활동과 조직 운동을 전개하던 고토쿠는 폭탄으로 메이지 천황을 암살하려는 모의를 했다는 죄목으로 판결이 내린 지 일주일 만에 처형당했지. 고토쿠 슈스이는 사회주의 운동을 비판하며 일본에 무정부주의를 소개한 최초의 인물이다."

평민주의, 사회주의, 무정부주의…… 모든 용어가 생소했지만 그것에 실린 불온한 기운만은 선명했다. 숨을 죽이고 선생의 한마디 한마디에 귀를 기울이던 열은 마른침을 꿀꺽 삼켰다.

"천황은 살아 있는 신이라고 하지. 태양신의 직계 자손이라고……. 그걸 믿는가? 정말로 믿어서 숭배하는가? 지금 같은 과학의 시대에 이런 신화와 전설이 언제까지 통할 것인가?"

창백한 이마 위로 흘러내린 곱슬머리를 쓸어 올리며 선생은 고개를 절레절레 저었다.

박열은 선생이 쏟아낸 금기의 언어들에 불안과 매혹을 동시에 느꼈다. 이런 말을 하는 일본인은 처음이었다. 처음으로 정직한 일본인을 본 셈이었다. 그런 열의 마음을 읽은 듯 선생이 낮은 목소리로 중얼거렸다.

"나는 일본인이 아니다!"

학생들의 눈이 휘둥그레졌다. 교실에 긴장 어린 정적이 흘렀다.

"나는 일본인이되, 일본인이기보다 세계인이고 싶다. 국경의 장벽을 뛰어넘어 자유롭고 평화로운 세계 시민 말이다. 제군들은 어떤 사람이 되고 싶은가?"

젊은 선생의 정체는 알 수 없었다. 그는 낭만적인 몽상가일지 모른다. 혹은 고토쿠 사건 이후 '겨울 세계'로 들어가버린 일본 사회운동의 좌절한 '주의자'일지도.

어쨌든 그의 소망은 현실에서 배척될 수밖에 없는 것이었다. 감시의 눈과 귀는 도처에 있었다. 고등관으로 조선에 부임했던 선생은 곧 판임관으로 강등되었다. 그리고 끝내 창가(唱歌) 담당으로 바뀌어버렸다.

'심리학 전공자가 창가 선생이라니!'

식민지에서는 어이없는 일이 수시로 벌어졌다. 어이없는 일투성이라 식민지였다. 음악실을 지날 때면 오르간 건반을 천천히 짚으며 슬프고 느린 음악을 연주하는 선생을 볼 수 있었다. 선생이 가르치는 창가는 장송곡처럼 처량하고 우울했다.

하지만 그 역시 깨닫지 못했을 것이다. 자신이 했던 말들이 예민하고 반항적인 식민지 소년에게 얼마나 큰 영향을 미쳤는지.

"대한 독립 만세!"

"대한 독립 만세! 만세! 만세!"

닫힌 교문이 열렸다. 학생들이 어깨를 맞걸고 쏟아져 나왔다. 목청껏 만세를 외치며 파고다 공원을 향해 달려갔다. 박열은 박노영과 함께 행렬 선두에 서 있었다.

"파고다 공원으로 갑시다! 그곳에서 독립선언서가 발표될 것입니다!"

대열을 이끄는 열의 가방에는 책과 노트 대신 어젯밤 받아온 독립선언서가 들어 있었다.

갈수록 무리는 커졌다. 손에 손에 태극기를 든 군중들이 열광적으로 만세를 부르며 합세했다. 순식간에 거리는 수십만의 군중들로 가득 메워졌다.

"이것이다! 내가 원했던 것이, 원하는 것이!"

불덩이가 온몸을 휘저었다. 성난 호랑이가 거리를 내달렸다. 열은 인사동과 낙원동과 관훈동 골목골목을 누비며 행인들에게 독립선언서를 전했다.

봄이었다. 그해 봄은 꽃보다 먼저 만개했다. 나라를 잃은 지 10년 만에 비로소 봄 같은 봄, 찬란한 자유의 봄이 찾아온 것이었다. 3월 1일에 시작된 시위는 일제의 탄압에도 불구하고 전국으로 확산되었다. 연일 가두 투쟁이 벌어지고 곳곳에서 시위대가 경찰과 충돌했다.

하루도 빠짐없이 시위에 참가하며, 박열은 특히 선전 활동의 중요성에 주목했다. 통신 시설이 발달되지 않아 정보가 차단된 상태에서는 독립선언 사실을 널리 알리는 게 무엇보다 시급했다. 천도교에서 제작한 《조선독립신문》을 받아 들고 집집을 돌아다녔다. 발이 부르트고 입에서 단내가 나도록 뛰었다. 5천 부에 이르는 유인물이 민가에 투입되었다. 《조선독립신문》과 경고문, 격문

등이 9호까지 발행되어 경성 시내 전역에 살포되었다.

경성 제2고보뿐만 아니라 경성의 모든 학교가 휴교에 들어갔다. 3월 하순에 이르러서는 만세 운동에 앞장섰던 학생들이 고향으로 내려가기 시작했다. 그들은 지역 인사들과 합세해 장터와 마을 어귀에서 시위를 주도했다. 전국 방방곡곡에서 남녀노소가 하나 된 대한 독립 만세의 함성이 울려 퍼지게 되었다.

4월은 황홀하고도 잔인했다. 군중의 합세와 응원의 열기가 거세질수록 이를 진압하려는 일제의 발악 또한 지독해졌다. 전국적으로 7천5백 명이 살해당했다. 1만 6천 명이 부상당하고, 4만 7천 명이 체포되었다. 피의 꽃이 폈다. 붉은 흙이 뜨겁게 물들었다.

경찰의 추적을 피해 고향 문경으로 내려간 박열의 귀에도 친구들의 체포 소식이 잇따라 들려왔다.

"그 짐승 같은 것들이, 아니, 짐승만도 못한 것들이 불령선인의 씨를 말리겠다며 시위자들을 지독하게 고문한다더라. 혀를 자르고 온몸에 전기를 통하게 한다더라. 부인들은 음모를 뽑고 자궁에 증기를 통하게 하고, 남자들은 음경에 비튼 종이를 쑤셔 넣는다더라. 그렇게 끔찍한 일을 당한 사람들이 결국은 어떻게 되겠어? 죽거나, 살아도 반병신이 되어버리는 거지!"

활짝 핀 꽃도 시간이 지나면 이울기 마련이었다. 그런데 만개하기도 전에 피바람이 휘몰아치니 봉오리째 뚝뚝 떨어졌다. 열망은 도저했으나 조직과 역량이 부족했던 만세 운동의 열기는 5월이 되자 소강 국면에 접어들었다. 얻은 만큼 잃은 것도 많았다. 잃은 만큼 다시 채워야 할 것도 많았다.

학교는 여전히 휴교 상태였다. 학교는 언젠가 다시 열리겠지만, 박열은 더 이상 학교로 돌아갈 생각이 없었다. 무자비한 폭력과 탄압과 살육이 얼룩진 자리에 어떤 일그러진 꽃이 피어날지 알 수 없었다. 그것은 기형적이되 교묘할 것이다. 희생자들의 피를 흠 뻑 머금어 기괴하고도 농염할 것이다. 사람들은 쉽게 피의 꽃에 현혹될 것이다. 피의 향기와 꿀에 취한 사람들이 외면하는 사이, 엄중한 단속과 탄압은 더욱 가열될 것이다.

고민 끝에 박열은 제2고보를 자퇴했다. 마침내 조선을 떠나기로 결심한 것이었다. 한번 잡히면 끝장인 지경에야 영속적인 독립운동을 할 수 없었다. 이미 많은 독립지사와 청년 학생과 농민들이 떠나고 있었다. 상해로, 만주로, 연해주로…… 독립운동의 근거지를 찾아 떠나고 있었다.

"나는 상해로 가서 임시정부에 결합하겠어!"

"의병 세력이 남아 있다는 서간도로 가겠어! 평화적인 방법은 한계가 있어."

주동자로 분류되어 수배당한 동료들이 각자의 망명지를 말하는 가운데 박열이 무거운 입을 열었다.

"나는 일본으로 갈 거야!"

"왜 하필 일본이야?"

"호랑이를 잡으려면 호랑이 굴로 들어가야지!"

박열이 일본행을 결심한 한편에는 비록 자퇴했지만 못다 한 공부를 마치고 싶다는 열망도 숨어 있었다. 그러나 박열의 일본행은 고관대작과 부르주아의 자식들 사이에서 유행하는 화려한 '동경 유학' 같은 것이 아니었다.

"어쩌려고 그래여? 남들처럼 시시맨큼 돈을 부쳐줄 수도 없는 우리 집안 형편에 어쩌자고 거를 갈라케여……."

"어머니, 형님, 걱정 마시여. 어찌 됐든 인간으로서 생존해가는 이상은 어떤 방법을 찾아서라도 생활하게 되지 않겠나여? 금전이나, 재보의 적재나, 어떠한 이익을 좇기보다는 전심으로 공부한 후에 제자의 교육을 업으로 할래요. 저를 믿어주시요."

지난봄의 기억이 아련한 10월의 볕 좋은 날, 박열은 일본으로 떠나기 위해 경성역에서 부산을 향해 출발했다. 시모노세키행 관부 연락선은 일본과 조선 사이를 잇는 유일한 교통수단이었다. 어느새 그 바다에는 현해탄(玄海灘)이라는 이름이 붙어 있었다. 검푸르고 거친 바다라는 뜻이었다. 수많은 사람들이 건넜고 또 건너갈 원한의 뱃길, 피눈물의 바다.

뱃전에 서서 일렁이는 물결을 바라보는 박열의 표정은 담담하고 평온했다. 알 수 없는 열정과 충동으로 들썩이던 불안한 소년기는 지나갔다. 청년은 그 불안까지도 지르밟고 전진할 것이다. 험난한 길이겠지만 두려움은 없다. 그는 더 이상 아이가 아니었다.

하늘 아래 가장 무거운 것

처녀성을 잃은 때는 열일곱 살의 여름이었다.

기차가 엔잔 역에 닿은 것은 오후 2시가 조금 넘어서였다. 첫덩이의 불규칙한 요동으로 내내 멀미에 시달렸던 후미코는 창백한 얼굴로 열차에서 내렸다.

폭우가 쏟아지고 있었다. 승객들은 마중 나온 이들과 우산을 나눠 쓰고 동동걸음으로 사라졌다. 후미코는 주위를 두리번댈 생각조차 않고 맥없이 대합실 의자에 주저앉았다. 아무도 마중 나오지 않았으리라는 걸 알고 있었다. 비가 아니라 태풍이 몰아친대도 후미코를 기다릴 사람은 없었다.

할머니를 쫓아갔던 열 살짜리 철모르쟁이 계집아이는 열일곱 살의 아가씨가 되어 돌아왔다. 조선에서 보낸 7년은 죽음처럼 아득했다. 죽음보다 못한 삶으로 몸과 마음이 너덜거렸다.

　더 이상 팔아먹을 것이 없어진 고바야시는 어머니와 후미코를 자기 고향인 야마나시 현의 산골 마을로 데려갔다. 비록 더부살이 신세였지만 후미코는 으름덩굴과 산배와 밤으로 배를 채우고 야생 토끼와 메추라기를 쫓으며 난생처음 '행복'을 경험했다. 하지만 노동을 통해 자유를 얻기보다는 속박될지언정 편안하게 살기를 바란 어머니는 고바야시를 떠나 잡화상 주인의 후처로 들어갔다.
　덤받이를 반기는 사내는 없었다. 어머니는 새 남편의 눈치가 심상치 않자 냉큼 후미코를 외갓집에 맡겨버렸다. 아버지에 이어 어머니까지! 또다시 버림받은 후미코의 충격은 엄청났다.
　'어쩌면 나는, 내 신세는 이토록 가련할까? 나 같은 건 애초에 태어나지 말았어야 했어. 모두가 이렇게 버릴 거라면 차라리 낳지 않았으면 좋았잖아?'
　그런 차에 친할머니가 나타나 후미코를 원한다니 구세주처럼 보일 수밖에 없었다.
　"분이치가 기쿠노를 버리고 떠났다는 이야기를 들었을 때 너무 부끄럽고 마음이 아팠습니다. 아들이 처자식을 버린 셈이니 저희도 책임을 느낄 수밖에요. 허락하신다면 아이를 조선에 데려가 아이 고모 부부와 함께 키우고 싶습니다. 예전에 분이치에게서 만약 동생에게 자식이 없으면 아이를 입양해 기르라는 허락을 받았는데, 지금이라도 약속을 지키고 싶군요."

할머니는 우아한 달변가였다. 그런 면에서 아버지는 할머니를 빼닮은 듯싶었다. 그런데 모두가 그 비단 같은 말에 홀려 한 가지 중요한 사실을 잊고 말았다. 온갖 미사여구를 능란하게 늘어놓는 아버지는 사실 사기꾼에 불과하다는 것을.

할머니는 후미코에게 많은 선물을 안겨주었다. 코트와 하카마와 가문의 문장이 새겨진 기모노 정장, 숄과 나막신과 리본 등등. 후미코는 비단 크레이프 겉옷에 새틴 오비를 매고 빨간 리본으로 머리를 장식한 뒤 학교와 이웃에 작별 인사를 다녔다. 후미코가 부자 할머니를 만나 조선으로 가게 되었다는 소식을 듣고 재혼한 어머니까지 달려왔다.

"이제 떠나면 언제 다시 보게 될지 모르니 같이 사진이라도 찍는 게 어때요?"

어머니의 말에 할머니가 거드름을 피우며 대꾸했다.

"사진? 조선에 도착하자마자 찍어서 보내주지. 한 달에 한두 번씩 사진사가 집에 들르거든!"

주위에서 탄성이 터져 나왔다. 특별한 날에나 출장 오는 사진사가 한 달에 한두 번씩 들른다니 그들은 대단한 지위와 재력을 가진 게 분명했다. 할머니는 싱긋 웃으며 덧붙였다.

"못 보는 건 잠시뿐이야. 우린 후미가 소학교를 졸업하면 여자고

등학교에 보낼 거야. 좋은 성적을 얻는다면 대학에도 보내고. 도쿄에서 공부를 하면 가족들을 수시로 만날 수 있겠지."

할머니의 매끄러운 혀는 쉴 새 없이 움직이며 수많은 약속을 했다. 조선에 가면 후미코는 원치 않는 것은 아무것도 강요받지 않을 것이다. 이와시타 가족은 후미코의 생필품이나 학용품만이 아니라 장난감도 제공할 것이다. 후미코가 원하는 것이라면 무엇이든 다 해주겠다.

모두가 감격해 기쁨의 눈물을 흘렸다. 후미코도 너무나 행복했다. 행복, 행복, 교활한 웃음과 거짓된 혀에 농락당해 잠시 느꼈던 행복의 착각!

할머니를 따라 조선에 와서 이와시타 가족과 함께 살게 된 지 일 년 만에 거짓의 가면은 벗겨지고 진실의 얼굴이 드러났다. 진실은 아름답지 않았다. 추악하고 냉혹했다.

"어머! 저 낯선 여자아이는 누군가요? 참 귀엽고 영리하게도 생겼네!"

조치원과 대전 사이 부강 마을의 고모네에 도착한 지 며칠 지나지 않아서였다. 이웃집 여자가 할머니를 방문했다가 후미코를 보고 누군지 물었다.

"쟤 말이야? 내가 좀 아는 가난한 집안에서 온 애야. 보고 배운 게 없어서 천방지축으로 날뛰며 흉악한 말만 써대지. 그래도 아이가 불쌍해서 동정을 베풀어 여기까지 데려왔지!"

할머니의 대답에 후미코는 깜짝 놀랐다. 가난한 집안 출신인 건 인정한대도 도대체 왜 할머니는 이웃에게 후미코가 자기 손녀이며 장남의 딸이라고 밝히지 않는 걸까?

이웃 여자가 돌아간 뒤 할머니는 당황한 후미코의 멱살을 추켜잡고 을러댔다.

"아직도 뭘 모르는 것 같으니 확실하게 말해두지. 호적상으로 넌 우리와 전혀 연계가 없어. 그러니 만약 이 사실이 새어 나가면, 너와 네 가족은 붉은 옷을 입게 될 거야!"

의미를 완전히 이해할 수는 없었지만, 붉은 옷이 상징하는 모욕과 두려움은 후미코의 입을 틀어막기에 충분했다. 조선으로 떠나오기 직전 후미코는 외할아버지의 다섯 번째 딸로 호적에 올랐다. 집안 체면상 무적자를 양녀로 들이기는 곤란하다는 할머니의 의견에 따른 것이었다. 정식으로 고모에게 입양이 되면 고모부의 성을 따 '이와시타 양'으로 바뀔 거라고 했다. 물론 그 또한 거짓이었다.

할머니와 고모 부부는 칭찬에 인색하고 처벌에 가혹했다. 열심히 공부해서 학업우수상을 받아도 잘했다는 소리 한번 없었다. 쌀 씻기, 아궁이에 불 때기, 남포 등피 닦기, 변소 청소, 설거지, 그리고 식사 전 젓가락을 수젓집에 넣는 일이 후미코의 몫이었다.

열세 살이 되던 해 설날 아침에는 장국에 떡을 넣어 끓인 오조니를 눈앞에 둔 채 밖으로 쫓겨났다. 새해 첫날부터 벌레가 슬어

부러진 나무젓가락을 수젓집에 넣어두고 할머니를 저주했다는 누명을 쓴 것이었다.

조선의 겨울은 매서웠다. 추위와 배고픔에 떨며 문 앞을 서성이다가 칼바람에 쫓겨 옥외 변소 뒤로 숨었다. 한쪽에 언덕 비탈을 등지고 있어 햇빛 한 줄기 닿지 않는 곳이었다. 북동풍이 불어와 모래와 눈발로 사납게 얼굴을 후려쳤다. 서 있으려 했다. 쌓인 눈이 얼음이 되어 나막신을 위태롭게 흔들었다. 허리를 굽히려 했다. 굶주린 배가 접혀 쪼그려 앉으려다 엉덩방아를 찧었다. 쓰러진 채 울었다. 얼어붙은 흙을 손톱으로 긁죽이며 몸부림쳤다.

저녁 식사가 끝나고 집 안으로 들어오라는 허락을 받았을 때는 살갗이 널빤지같이 딱딱하고 다리는 꼬집어도 감각이 없었다. 죽도록 배가 고팠지만 젓가락조차 잡을 수 없어서 식은 된장국에 코를 박고 핥듯이 마셨다. 할머니가 볼썽사납고 역겹다며 상다리를 걸어찼다. 된장국이 쏟아져 마비된 다리를 미지근하게 적셨다. 그럼에도 후미코는 울 수 없었다. 눈물조차 얼어붙은 듯했다.

러일전쟁 이후부터 조선의 내륙부로 들어가 살기 시작한 일본인들은 경부선이 개설되자 몇 배로 늘어났다. 부강에 사는 일본인의 숫자는 조선인의 3분의 1에 달했다. 식민지 조선에 건너온 일본인들의 유일한 목적은 돈이었다. 조선인과 철저히 분리된 일본인 사회에는 공동체 의식이 전혀 없었다. 돈이 힘이었고 삶의 전부였다. 할머니는 그런 식민지 지배자로서 가장 잘 어울리는 사람이었다.

"우리 집안은 가난하고 천한 사람들과 격이 다르다. 양갓집엔 황무지에서 뛰놀도록 아이들을 내버려두는 풍습이 없어. 무식한 것들이나 아이들을 날뛰도록 팽개쳐두지!"

친구를 사귀는 것도 금지되었다. 집 안에서 하녀 취급하는 후미코를 집 밖에서는 양가의 자녀라는 틀로 가뒀다. 일본인들끼리도 부유층과 빈곤층을 차별해 사교하는 지경에 조선인들과의 접촉은 언감생심이었다. 그리하여 이상스럽게도, 7년 동안 조선에 살면서 후미코에게 남은 기억은 집에서 쫓겨났을 때마다 생겨났다.

6학년 여름방학 때 강경에서 개인 병원을 운영하는 남자와 결혼한 할머니의 조카딸 미사오가 젖먹이를 데리고 부강을 방문했다. 화려한 꽃무늬 기모노에 금실로 수놓은 비단 오비를 두르고 금목걸이와 금반지를 번쩍거리는 미사오를 할머니는 쌍수 들어 환영했다. 그들이 시원한 수박을 먹으며 금송아지 자랑을 하는 동안 후미코는 젖먹이를 업고 땀을 삐질삐질 흘렸다.

하지만 집에서는 어쩔 수 없대도 미사오가 십 리 떨어진 곳에 사는 친구를 찾아가는 데까지 애보개로 따라가고 싶지는 않았다.

"뭐? 가기 싫다고? 네가 가고 싶으냐 아니냐는 문제가 아니야. 당연히 가게 될 테니까. 넌 평소에 농부의 코흘리개 애새끼들을 돌봐줬잖아! 아니, 아니지. 솔직히 넌 우리 집을 나가고 싶은 게 아닌가? 그래, 그게 네게 좋을 거야. 넌 이 집안과 상관이 없으니까, 우리도 네가 없으면 감사할 거야. 그러니 지금 나가. 지금 당장 나가라고!"

할머니는 후미코를 마당에 메다꽂은 뒤 나막신을 벗어 들고 때리기 시작했다. 코와 입에서 피가 터지자 부엌에서 머슴이 쓰던 이가 빠진 밥그릇을 갖고 나와 가슴에 북북 문질렀다. 광란은 여기서 멈추지 않았다. 할머니는 후미코의 머리채를 잡고 마당을 가로질러 뒷문까지 질질 끌고 갔다. 죽은 짐승처럼 후미코를 던져버리고 문을 단단히 걸어 잠갔다.

주위는 적막했다. 언젠가 그토록 차갑던 흙바닥이 지금은 질화로의 불돌처럼 홧홧했다. 지지고 볶인 상처가 쓰라렸다. 이대로 갈 곳이 없으니 용서를 비는 수밖에 없었다. 누더기 같은 몸을 일으켜 주춤주춤 벽을 짚고 들어가 현관을 청소하기 시작했다. 할머니는 머슴을 불러 일을 하라고 소리쳤다. 머슴에게 걸레를 뺏긴 후미코는 설거지를 하려 했다. 할머니가 옆으로 밀치고 설거지거리를 낚아챘다. 마당을 쓸자 다가와서 빗자루를 빼앗았다.

집을 나와 허정허정 헤매다 다다른 곳이 조선인 마을이었다. 조선인 공동 우물에서 물을 마시고 멍하니 검은 우물 속을 들여다보았다. 그때 학교를 오가며 몇 번 마주쳤던 아낙 하나가 채소 광주리를 들고 다가와 알은체를 했다.

"또 할머니에게 야단맞았니?"

그녀의 일본어는 서툴렀지만 어조는 친절했다. 후미코는 가만히 고개를 끄덕였다.

"불쌍하기도 해라! 우리 집에 가지 않을래? 네 또래의 딸아이가 집에 있단다."

눈물이 치밀어 올랐지만 슬픔이 아니라 안도감 때문이었다. 후미코는 아낙의 따뜻한 말에 마음이 녹아들어 염치 불고하고 그녀를 따라갔다.

"저녁 먹었니?"

"아니요. 오늘 아침부터 줄곧……."

"에구머니, 하루 종일 굶다니! 불쌍하기도 해라!"

아낙은 같은 말을 반복했다. 더럽고 거지 같고 거짓말을 일삼는다는 조선인이 진심으로 일본인 아이를 동정하고 있었다.

"짠지에 보리밥뿐이지만 괜찮다면 밥을 좀 먹도록 해라. 밥은 많으니 걱정하지 말고."

더 이상 참지 못하고 울음을 터뜨렸다. 지금껏 단 한 번도 그 같은 인정을 느껴본 적이 없었다. 기쁜 마음에 당장이라도 밥상을 향해 달려들고 싶었다. 하지만 끝내 아낙의 제안을 거절했다. 아낙의 집은 언덕 뒤편에 있어서 산기슭에 자리한 고모집이 환히 보였다. 행여 할머니가 조선인에게 음식을 얻어먹은 거지를 집에 둘 수 없다고 할까 봐 후미코는 텅 빈 배를 움켜잡은 채 떠날 수밖에 없었다.

집으로 돌아가 무릎을 꿇고 용서를 빌었지만 가족들은 눈길조차 주지 않았다. 다음 날도 마찬가지였다. 굶은 지 이틀이 지나자 배고픔조차 느껴지지 않았다. 거듭 머리를 조아리며 사죄했지만 할머니와 고모는 고개도 돌리지 않고 숟가락질에 바빴다.

"오늘 생선이 아주 신선하고 맛나네. 그렇지 않아?"

끝이었다. 더는 없었다. 용서를 구하길 포기하자 그 생각은 아주 간단히 솟구쳐 올랐다.

'죽음!'

그것이었다. 죽는 것이다. 모든 것이 얼마나 간단한가? 굶주림에 대한 걱정 같은 건 영원히 사라진다. 짓지도 않은 죄에 용서를 구할 필요도 없다. 그 생각만으로 구원받는 것 같았다. 몸과 영혼에 힘이 용솟았다. 긴장한 팔다리가 바르르 떨렸다.

아직 시간이 있었다. 12시 30분발 급행열차는 지나가지 않았다.

'그래, 할 것이다. 눈을 꼭 감고 뛰어들 것이다!'

그 와중에도 이런 누더기인 채로는 안 된다는 생각이 들어서 재빨리 속옷을 갈아입고 기모노와 모슬린 오비를 꺼내 보따리에 쌌다. 결심을 이루려면 서둘러야 한다. 겨드랑이 아래 보따리를 숨긴 채 뒷문으로 빠져나가 전력 질주했다. 건널목 근처 제방에서 옷을 갈아입고 낡은 옷을 보따리에 넣어 수풀에 쑤셔 박은 뒤, 제방 뒤편에 쭈그려 앉아 기차를 기다렸다.

기차는 오지 않았다. 아무리 기다려도 오지 않았다. 그제야 후미코는 기차가 이미 지나갔다는 사실을 깨달았다. 그 순간 야릇한 조바심과 공포가 들이덮쳤다.

'오, 맙소사, 이제 무얼 해야 하나?'

괴이하리만큼 초롱초롱해진 정신에 문득 백천(白川), 그 헤아릴 수 없이 까마아득한 청람색 물이 떠올랐다. 철길을 가로질러 달리기 시작했다. 강둑, 나무들, 수수밭……. 그토록 냉담했던 세상의 풍경이 휙휙 지나갔다.

한동안 자갈밭에 누워 두방망이질하던 심장의 고통이 잦아들었을 때, 후미코는 벌떡 일어나 기모노 소매에 조약돌을 채웠다. 소매에서 돌멩이가 자꾸 빠져나오자 붉은 모슬린 속치마를 벗어 펼쳐 돌을 채우고 둘둘 말아 오비처럼 허리에 묶었다. 모든 준비가 끝났다. 검게 고인 물은 잔물결마저 없어 번들거리는 기름 같았다. 후미코는 한순간 전설 속의 용을 떠올렸다. 죽음 자체보다 물속에서 자신이 떨어지기를 기다리는 용에 대한 두려움이 후미코를 불안하게 했다. 다리가 후들후들 떨리기 시작했다.

그때였다. 불현듯 폭죽성 같은 매미 울음소리가 머리 위에서 터져 나왔다. 고개를 들자 햇살이 쏟아져 아프고 서럽고 고단한 몸을 감쌌다. 얼마나 아름다운가! 얼마나 평화로운가! 짙푸른 초록, 넘치는 여름빛의 와자그르르한 환호.

'만약 이대로 죽으면 할머니는 내가 왜 죽었다고 할까? 아무러한 거짓말을 해도 난 거부하거나 결백을 주장할 수 없을 거야. 그러니…… 지금 죽어서는 안 돼! 이렇게 죽을 수 없어. 그래, 나

는 복수해야 해! 내게 고통을 준 이들에게 갚음할 방도를 찾아야만 해!'

버드나무에 기댔던 몸을 일으켰다. 바위 둑을 짚고 내려가 소매와 속치마에서 돌들을 꺼내 하나하나 강물에 던지기 시작했다. 풍덩! 풍덩! 슬픔과 설움이 크고 작은 동심원을 그리며 물속으로 가라앉았다.

기묘하게, 비루하게, 그리고 처절하게.

후미코는 살아서 조선에서 돌아왔다. 탈출이라기엔 궁색했다. 그들은 간단히 그녀를 내쳤다. 더 이상 이용 가치가 없기 때문이었다. 통장 잔고에 남은 돈을 몽땅 털어 지은 칙칙한 바둑판무늬 기모노를 입고 낡은 버드나무 가방 하나를 달랑 든 채, 후미코는 일본으로 돌아왔다.

할머니에게서 벗어난다는 생각만으로 잠시 행복했지만 돌아온 곳에도 진정한 '집'은 없었다. 외가는 불화 속에 싸움이 끊이지 않았고 어머니는 또 결혼에 실패하고 이 남자 저 남자를 전전하고 있었다. 그때 처제와 눈이 맞아 도피 행각을 벌이느라 10년 전에 자식을 버린 아버지가 새삼스레 아버지의 권리와 의무를 주장하며 나섰다.

"그동안 아무것도 해준 게 없지만 널 신경 쓰지 않아서가 아니었다. 그저 현실적으로 가능하지 않아서였지. 하지만 이제는 모든 일이 잘 돌아가고 있어. 하마마쓰의 우리 집으로 너를 데려가서 뭔가 해주고 싶다. 어때, 후미, 아버지를 따라갈 테냐?"

아버지를 좋아하지도 믿지도 않았지만 따라갈 수밖에 없었다. 사춘기 소녀가 시골보다 도시를 동경하는 것은 자연스러운 일이었고, 오랜 학대로 후미코의 자존감은 바닥을 친 상태였기 때문이다.

"후미는 말이야……. 모토에이랑 입을 맞췄으니 후미만……."

하마마쓰에 도착한 그날 밤이었다. 아버지와 이모의 속삭임이 고단한 잠결을 파고들었다. 왠지 불길한 예감에 귀를 기울였다.

"모토에이는 아직 에린사의 주지가 아니지만 마음먹고 정착한다면 그 자리를 물려받을 게 분명해. 그러면 절의 재산과 임대 소득으로 충분히 편안한 생활을 제공받을 테고……."

모토에이는 보게츠안[望月庵]에서 승려 생활을 하는 후미코의 막내 외삼촌이었다. 후미코의 머릿속이 엉클어졌다.

"단도직입적으로 물었지. '후미와 결혼하겠나?' 그랬더니 전혀 머뭇거리지 않고 그러겠다고 하는 거야. 후미가 그 절에 들어가기만 한다면 평생 먹고살 걱정은 없게 되는 거지. 그게 우리에게 어떤 의미일지 생각해보라고!"

역시 꿍꿍이셈이 있었다. 아버지는 후미코를 외삼촌에게 시집보내려 한다. 심지어 외삼촌의 언약까지 받아냈다. 오로지 절의 재산을 노리고 딸을 팔려 한다. 아버지에게도 후미코는 처분할 수 있는 '소유물'일 뿐이었다.

거센 바람과 함께 퍼붓는 비는 그칠 기미를 보이지 않았다. 엔잔 역에서 멀지 않은 곳에 어머니가 다하라라는 농부와 살고 있었다. 우산을 빌리겠다는 핑계로 후미코는 어머니의 집을 향했다.

차를 마시는 시간인가 보았다. 은은한 차향과 함께 중년 여인과 젊은 여자의 웃음소리가 들렸다.

'다하라의 딸일까?'

낯선 소녀와 어울려 웃는 어머니를 생각하니 왈칵 서러웠다. 울타리에 기대어 비를 피하는 척하며 집 안의 눈치를 살폈다. 공공연히 모습을 드러낼 수는 없었다. 어머니가 다하라에게 자식이 없다고 말했기 때문이었다. 할 수 있는 일이라곤 밖에서 기다리다가 어머니의 눈에 띄길 바라는 것뿐이었다. 비는 점점 거세어졌고, 후미코는 들어갈 수도 돌아갈 수도 없었다.

"게 뉘시오?"

사초 모자를 쓴 농부가 인분이 든 바케쓰를 들고 오다가 후미코를 발견했다. 그가 다하라인 모양이었다.

"아, 실례합니다. 어머…… 아니, 부인…… 부인이 집에 계신지 알 수 있을까요?"

다하라는 의심스런 눈초리로 후미코를 쏘아보다가 대답도 없이 뒷문으로 들어가버렸다. 주춤주춤, 후미코는 뒷걸음질했다. 다하라가 무어라 말할지, 어머니는 어떻게 반응할지, 그들이 후미코를 발견했을 때 어떤 일이 벌어질지 두려웠다.

엔잔 역으로 돌아왔을 때 옷은 흠뻑 젖었고 속은 여전히 메슥거렸다. 설움과 짜증이 뒤엉킨 채 치밀어 올라 대합실 의자에 쓰러져 누워버렸다. 의지박약한 어머니가 싫었다. 탐욕스럽고 허세에 가득 찬 아버지가 미웠다. 한때의 불장난에 불과한 관계로 세상에 난 자신의 존재가 혐오스러웠다.

"후미코? 너 후미코 아니니?"

누군가 후미코의 이름을 불렀다. 눈을 떠보니 귀국 인사차 막내이모네를 방문했을 때 만났던 사돈도령이 후미코를 내려다보고 있었다.

"후미코, 무슨 일이냐? 기차 멀미를 했니? 몸이 좋지 않은 거야?"

"예. 멀미를 한 데다 비를 많이 맞았어요."

"안됐구나. 잠깐만 기다려봐라."

어디론가 사라졌다가 되돌아온 그의 손에는 진탄 환약이 들려 있었다. 후미코는 평소에 냄새가 독한 진탄을 싫어했지만 애써준 게 고마워 몇 알을 입안에 털어 넣었다. 그가 후미코 옆에 앉더니 어깨와 등을 문질러주었다.

"고맙습니다. 훨씬 나아졌어요. 이제 집에 가야겠어요."

빗발이 조금 가늘어진 듯하기에 후미코는 서둘렀다. 비 오는 날은 일찍 저물었다.

"우산이 없니, 후미코?"

우산이 없어서 어머니 집에 빌리러 갔다가 돌아온 사정을 말했다. 어쨌든 사돈도 친척이니 경계심을 풀고 속내를 터놓았다. 심지어는 그에게 어머니의 현재 상황을 묻기까지 했다.

"어머니는 거기 아주 정착한 건가요?"

"그래. 그들과 잘 지낸다고 들었다. 그런데 아무래도 안 되겠다. 내가 근처에서 우산을 빌려줄 테니 같이 가자."

그는 후미코를 이끌고 대합실을 나와 역전에서 얼마쯤 떨어진 식당 같은 집으로 향했다. 그가 시킨 대로 잠시 밖에서 기다리노라니 안주인이라는 여자가 손짓하며 후미코를 불렀다.

"들어와! 들어와서 잠깐 쉬어!"

그는 신발을 벗고 집 안으로 들어가 성큼성큼 2층으로 올라갔다. 후미코는 그저 따라가는 수밖에 없었다. 붉은 장식 띠를 두르고 소매를 걷어붙인 소녀 하나가 방석과 재떨이를 들고 따라왔다.

'이게 다 뭐지?'

영문을 알 수 없어 어리둥절했다.

"빨리 우산을 빌려주실 수 있을까요? 서둘러 가지 않으면 어두워질 거예요."

후미코의 재촉에도 아랑곳없이 그는 자리를 잡고 앉아 담배를 피우기 시작했다.

"빌리는 건 금방이지. 그 전에 요기나 좀 해라. 네가 배고플 듯해서 덴푸라를 시켰다."

"전 배가 고프지 않아요, 속도 아직 좋지 않고요."

"걱정하지 마. 아직 이른 시간이야."

소녀가 고구마와 새우튀김을 가져왔다. 기름내에 속이 울렁거렸지만 예의상 젓가락을 들고 덴푸라를 뒤적였다. 그가 자기 몫을 다 먹기를 기다려 거듭 채근했다.

"우산을 빨리 빌려주세요. 정말 늦겠어요."

"알았어, 그래, 알았다구."

성의 없는 대답과 함께 그가 이쑤시개를 물고 일어나 창문을 열고 바깥을 내다보았다.

"운이 좋네! 이제 비가 그쳤어."

"비가 그쳤어요? 아, 다행이네요!"

비가 개었다는 사실을 확인하기 위해 몸을 일으켰을 때였다. 머리가 핑그르르 돌았다. 헛구역 끝에 식도를 타고 비릿하고 쓴 물이 올각 치올랐다.

'아, 속았다!'

후미코는 정체 모를 약에 취한 채 거듭거듭 허우적거렸다.

'악마 같은 놈……!'

치명상을 입은 짐승처럼 휘늘어진 채 어둡고 좁은 수렁 속으로 빠져들었다. 남자는 후미코가 생각했던 사람이 아니었다. 막내 이모의 시동생이 아니라 동네 목욕탕에 가면서 잠시 마주쳤던 이웃집 남자였다. 어수룩한 시골 처녀의 착각이 돌이킬 수 없는 결과

까지 고용주가 부담한다니 니도 내도 앞다퉈 지원했지예. 하지만 해도 해도, 누가 이런 쌩지옥일 줄 알고 왔겠습니까예?"

니가타 현의 시나노 강 급류를 타고 시체가 떠내려온다는 괴담 아닌 괴담이 들리기 시작한 것은 연초부터였다. 처음에는 한두 구의 표류하는 시체가 건져졌다가 차츰 여러 구가 연이어 발견되었다. 그제야 이 괴상한 사건에 대한 기사가 중앙의 신문에 보도되고 신문기자들이 취재를 위해 현장에 나타나기 시작했다.

취재 과정에서 밝혀진 사실은 놀라웠다. 표류하는 시체들은 모두 시나노 강 댐 건설 공사장에 동원된 조선인 노무자들이었다. 더욱 충격적인 것은 그들이 단순히 사고가 아니라 일본인 현장 감독들에 의해 구타당해 죽었다는 사실이었다. 물살에 쓸리고 물고기에 뜯겨 흐물흐물하고 너덜너덜했지만 시신은 지울 수 없이 선명한 피멍으로 씻기지 않는 원한을 호소하고 있었다.

《요미우리신문》에 실린 기사를 읽어보았는가? 댐 공사에 동원된 노무자 1,200명 중에 조선인의 숫자가 절반 이상이라는군. 그 중 얼마가 희생되었고 얼마가 남아 있는지는 오리무중이지. 조선에도 소식이 전해져 조선인학살사건 조사회가 설립되고 대표들이 현지에 파견될 예정이라는데, 일본에 있는 우리도 움직여야 하지 않겠는가?"

"얼마 전 조선기독교청년회관에서 '시나노 강 조선노동자학살사건 조사회' 모임이 있지 않았나? 대표가 현지로 떠난다는 소식은 들었는데 조사 작업이 어떻게 진행되고 있는지 아는 동지 없는가?"

"아, 그들의 활약상에 대해서는 내가 전달받은 게 있다네. 조선에서 온 나경석과 도쿄에서 간 김약수가 함께 현지 조사를 벌였는데 니가타 현의 경찰부 경찰관이 동행을 하는지라 정밀한 조사가 곤란하다더군."

3·1운동 이후 일본에는 민족주의, 사회주의, 무정부주의 등의 사상을 앞세운 다양한 재일조선인 단체가 생겨났다. 유학생을 중심으로 각각 활동하던 단체들은 단결의 필요성을 느끼고 규합해 '흑도회(黑濤會)'라는 진보적인 사상 단체를 탄생시켰다. 흑도회는 일본 내 사회운동·노동운동의 활성화와 조선 독립을 목표로 하고 있었기에 시나노 강 조선인노동자학살사건에 촉각을 곤두세우지 않을 수 없었다. 비밀리에 열린 흑도회 간사 회의의 논의가 점점 열기를 띠었다.

"우리 흑도회에서도 직접 현장을 조사할 필요가 있겠군. 어느 동지가 니가타 현으로 가겠는가?"

"내가 가겠네!"

말이 떨어지자마자 한 사내가 성큼 앞으로 나섰다. 박열이었다.

일본에 온 지 3년째가 된 박열은 어느덧 감성적인 열혈 청년에서 냉철한 활동가로 변모해 있었다. 신문 배달, 제병 공장 직공, 날품팔이, 우편배달부, 인력거꾼, 식당 배달원, 야경꾼, 점원, 인삼 행상, 조선 엿장수 등등……. 열 손가락을 채우고도 모자라는 온갖 밑바닥 직업을 전전하는 동안 강철같이 단련되었다.

박열은 타고난 조직가였다. 일본에 도착한 지 얼마 지나지 않아서부터 친일파 조선인과 조선을 모욕하는 일본인을 응징하는 혈권단과 의권단을 조직했고, 고학생동우회와 흑양회를 거쳐 흑도회의 간사로 참여하게 되었다.

회의가 끝나자마자 박열은 같은 흑도회의 일원인 백무와 함께 니가타 현을 향해 떠났다. 겨울은 지독하게 춥고 여름은 사방이 산으로 막혀 찌는 듯 더운 눈의 고장 니가타 현, 그곳에 고립무원 상태로 억류된 조선인 노동자들이 있다고 했다.

어느 정도 예상은 했지만 일전의 조사단이 그랬던 것처럼 현지조사 작업은 순탄치 않았다. 당국의 지시를 받은 특별고등경찰이 일거수일투족을 감시하며 미행했고, 외부인의 배회에 촉각을 곤두세워 현장 부근에는 접근도 못하게 했다. 마을 사람들은 후환이 두려워 아무도 진상을 말해주려 하지 않았다.

"이래서는 안 되겠네. 변두리만 돌아서야 실상을 알 방도가 없지."

"그럼 어쩌겠나? 저렇게 감시와 보안이 철통같으니 말이야."

백무가 난감한 표정을 지었다.

"호랑이를 잡으려면 호랑이 굴로 들어가라고 하지 않았나?"

박열이 씩 웃었다.

"내가 노동자로 위장해 공사 현장에 취직하겠네. 직접 들어가서 어떤 추악한 비밀이 숨겨져 있는지 밝혀내야겠어!"

호랑이는 커다란 덩치를 끌고도 조용히 이동하는 게 특기지만 일단 먹잇감을 발견하면 바람처럼 움직인다. 박열은 어떤 문제 앞에서 머뭇거리거나 망설이지 않았다. 과감하게 자신의 몸을 던져 실마리를 찾으려 했다.

"어때? 이만하면 감쪽같지?"

조선에서 건너온 어수룩한 막일꾼으로 위장한 박열이 댐 건설을 청부받은 오바야시 조합에 접근하기 전 마지막 점검을 했다.

"허, 아무 걱정 할 필요 없겠네. 오랫동안 노동을 해온 덕택인가, '먹물' 티는 조금도 나지 않아!"

백무의 말대로 박열은 조금의 의심도 받지 않고 쉽게 현장에 취업했다. 오직 진실을 밝히기 위해 제 발로 지옥을 향해 뚜벅뚜벅 걸어 들어갔다.

하얗게 바랜 하늘에서 뙤약볕이 수직 강하하고 있었다. 온몸이 불침을 맞은 듯 따끔거렸다. 벌거벗은 어깨와 등은 타들다 못해 벌겋게 익어갔다. 비 오듯 땀이 쏟아져 눈알을 쓰리게 파고들었다. 등 뒤에서 날카롭게 번득이는 감시의 눈길에 땀을 훔칠 겨를도 없었다.

쿵, 쿵─!

곡괭이로 자갈땅을 찍는 소리가 이명처럼 들렸다.

불탄다. 모든 것이 이글거린다. 먼지바람이 몰아친다. 세상이 온통 잿더미다!

박열은 조선인 노동자들과 함께 공사 중에서도 가장 힘든 부분에 배치되었다. 젖 먹던 힘까지 다 짜내어 광차를 밀었다. 온종일 뙤약볕 아래 땅을 파고, 암석을 파괴하는 폭파 현장에 투입되었다. 토목 및 재목 나르는 일까지 힘든 일이란 힘든 일은 모조리 조선인 노동자들의 몫이었다. 그러다 보니 아무리 체력이 좋고 뚝심 있는 사람이라도 견뎌낼 재간이 없었다.

"이러다가는 오래 몬 간데이. 암, 죽어 나자빠져야 이 지옥을 빠져나갈 수 있을 끼다. 심장은 약해지고 몸은 힘들어서 쪼그라들지만, 견딜 수 없어 그만두려 해도 놈들이 허락을 해주어야 말이지!"

하루 일이 끝나면 노동자들은 먼지와 땀에 찌든 몸을 씻지도 못한 채 한바의 나무 침상에 널브러졌다.

한바는 메이지 시대 초기에 북해도 개척을 시작하면서 만들어진 일본 특유의 합숙소였다. 북해도의 반란군을 정벌한 메이지 정권은 죄수들을 철도 공사에 동원하면서 죄수들이 도망치지 못하도록 감옥을 방불케 하는 특이한 구조로 합숙소를 지었다. 그것이 바로 지옥의 감옥, 한바의 유래였다.

지은 죄도 없이 오로지 거짓에 홀린 죄로 수용된 조선인 노동자들의 신음 소리는 지옥의 노래처럼 괴이하고 음산했다.

"우찌 사람을 이리 취급합니꺼예? 우리가 무슨 죄인입니꺼? 돈 벌어보겠다고 산 설고 물 설은 여까지 왔는데, 이기 무슨 날벼락입니꺼예?"

"쉿! 고마 입조심하그래이. 온 지 얼마 안 돼서 잘 모르는가 본데, 여서는 입 한번 잘못 놀렸다가 찌도 새도 모르게 세상 베리는 수가 있데이."

중늙은이가 다 된 노동자가 분노로 목청을 높이는 박열을 말렸다.

"얼마 전에도 또 하나가 송장이 돼서 나가지 않았나? 여 이래 있다가는 어무이 약값, 동생 학비는커녕 고향집에 다시 돌아가지도 못할 끼라며 내뺐다가…… 하청조의 오야지들이 쏜 단총에 맞아 디졌지 뭔가. 그래도 그 자리에서 당장 디졌으니 낫지. 생포라도 당했더라면……."

현장의 상황은 신문 보도나 보고서보다 훨씬 혹심했다. 노동자들은 새벽 4시부터 저녁 8~9시까지 15시간 이상을 소나 말처럼 혹사당했다. 식사 시간을 빼고는 단 1분도 쉬지 못했다. 그러다보니 임금을 포기하더라도 일을 그만두겠다는 사람이 속출했다. 일터가 감옥이 되어버린 것은 이탈자를 막기 위해서였다.

도주자에 대한 처벌은 잔혹했다. 일명 결사대라고 불리는 파수꾼들은 탈출하는 조선인 노동자를 잡으면 양손을 뒤로 결박한 다음 삼나무에 매달았다. 그리고 우악스런 곤봉으로 사정없이 치고 갈겼다. 비수와 권총을 품고 다니는 결사대는 피도 눈물도 없는 인간 백정이었다. 그들은 고문을 밥 먹듯 했고 살상까지도 물 마시듯 했다.

밀양 출신의 김갑철은 19세의 소년 노동자였다. 그는 새벽부터 현장에 끌려 나가서 가장 위험한 공사에 동원되고, 일본 노동자들의 7할밖에 되지 않는 임금마저 하청 조합에 절반 이상 빼앗기는 상황을 견디지 못했다. 김갑철은 감시의 눈을 피해 도망쳤으나 곧 붙잡히고 말았다. 하청 조합의 책임자가 하역할 때 쓰는 쇠갈고리로 김갑철의 맨살을 찍었다. 십여 군데 이상을 찔려 유혈이 낭자한 채로 김갑철은 알몸이 되어 눈구덩이 속에 부려졌다. 3시간 동안 얼음 독방에 방치되었다 꺼내진 김갑철은 이미 이 세상 사람이 아니었다.

우윤성은 동료 세 사람과 함께 도망치다 붙잡혔다. 그들은 발가벗겨진 채 벽돌을 찍는 틀 속에 갇혔다. 공포에 질린 그들의 몸뚱이 위로 물과 모래, 시멘트가 섞여 쏟아졌다. 시간이 지나자 시멘트가 점차 굳어져 돌과 모래가 살 속으로 파고들었다. 그들은 아주 천천히, 지독한 고통 속에 숨이 끊겼다.

죽어나간 사람들은 공사장에 매장되거나 강물에 던져졌다. 용케 잡히지 않은 사람들도 산중에서 길을 잃어 굶어 죽거나 얼어 죽었다. 박열이 현장에 머무르는 동안에만도 강 하류에서 7~8구의 사체가 발견되었다.

"인간은 대체 어디까지 잔인해질 수 있는가? 개를 욕하고 호랑이를 무서워하지만 인간만큼 모질고 악랄한 동물이 세상 어디에 또 있는가?"

경악과 슬픔, 분노와 원한으로 박열은 치를 떨었다. 일본인들이 '독립소요사건'이라 부르는 3·1운동의 기록에서 보았던 나무에 주렁주렁 매단 송장들의 사진이 눈앞에 암암했다.

'크로폿킨이 시베리아에서 철쇄에 묶인 수인의 행렬을 보았을 때의 심정이 이러했을까?'

귀족의 아들로 태어나 안락과 명성이 보장되었음에도 불구하고 크로폿킨은 유럽과 러시아의 중노동 감옥을 방문한 후 험난한 혁명가의 길을 가기로 결심한다. 그가 본 것은 러시아 작가 도스토옙스키가 『죽음의 집의 기록』에 묘사한 그대로였다. 금광에서는 수인들이 허리까지 차오르는 얼음같이 차가운 물속에서 일하고, 악명 높은 암염 채굴장에서 폴란드의 반란자들이 결핵과 괴혈병으로 죽어갔다.

크로폿킨은 울부짖듯 질문했다.

"주위의 모든 사람들이 진흙 같은 빵 한 조각 때문에 투쟁할 때, 나만이 고상한 즐거움을 누리는 게 옳다고 할 수 있을까?"

박열의 눈에서 뜨거운 눈물이 쏟아졌다. 인간에 대한 애정과 인간에 대한 염오가 동시에 솟구쳤다.

3·1운동 이후 지식인과 청년 학생들은 새로운 사상에 관심을 갖게 되었다. 일부는 미국의 과격파 운동에, 일부는 러시아의 혁명에 매료되었다. 수많은 '주의자'들이 등장하고 그들끼리의 사상 투쟁도 거세졌다. 일본인과 조선인 공히 대세는 러시아 혁명에 영

향을 받은 사회주의 혹은 공산주의였다.

그러나 박열은 좀 달랐다. 러시아에서 소수의 권력자가 국가 사회를 강제하는 모습이 로마노프 왕조 시대나 다름없다고 생각했다. 특권 계급을 무너뜨린 자리에 새로운 특권 계급이 등장하는 사회주의나 공산주의에 만족할 수 없었다. 박열은 무권력, 무지배, 모든 개인의 자주 자치에 의해 운영되는 평화 세계를 동경했다. 절대로 권력이 행사되지 않을 것을 표방하는 무정부주의를 마음에 품었다.

위정자들은 무정부주의와 공산주의를 '쌍둥이 악마'라고 불렀다. 그러나 일본의 사회운동가 오스기 사카에와 교류하는 동안 박열은 또다시 무정부주의에 대해 회의하게 되었다.

"자유와 평화와 정의와 형제애! 그것조차도 실현할 수 없는 이상, 덧없는 몽상이 아닌가?"

평화 세계는 아름다운 서정시다. 탐욕과 경쟁과 시기심이 사라진 자리에 펼쳐질 순수의 대평원이다.

"과연 인간이 욕심과 미움을 영영 지워버릴 수 있을까?"

박열의 끊임없는 질문은 몽상이 아닌 현실에 뿌리박고 있었다. 그는 보았다. 새 세상을 꿈꾸는 사회운동 내부에조차 추악한 인간성은 엄연했다. 동지를 배반하고 변절하는 일이 비일비재했다. 입으로는 민중을 외치면서도 부르주아의 생활을 동경하며 사치스러운 생활을 했다. 이론에만 얽매여 그것을 자신의 생활에 실현

하려고 하지 않았다.

"서정시는 없다! 인간은 모두 추악하다. 그러니 어떻게 그 인간성을 기대하고 신뢰할 수 있겠는가? 무정부주의조차도 실현할 수 없는 환상이다. 노루잠의 개꿈이다!"

인간을 긍정하기 위해서는 인간성에 대한 깊은 불신이 필요했다. 밑바닥까지 더 정직하고 예리해져야 했다.

"우주의 대원칙은 강자와 약자의 투쟁, 약육강식의 관계다. 모든 제도가 약육강식의 투쟁 관계를 나타내는 것이며, 이 약육강식의 관계는 인간 사회뿐만 아니라 만물의 사이에 있다!"

어느덧 박열의 자문자답은 허무주의에 다다랐다. 그러나 투쟁을 멈추고 맥없는 염세주의에 빠져든 것은 아니었다.

허무하기에 기어이, 허무할수록 더더욱 반역과 복수를 꿈꾸게 되었다. 학대받는 약자로서 이민족에 굴종하는 것을 저주하며, 모든 지배와 억압을 없애버리는 것만이 위대한 자연에 대한 합리적 행동이라고 믿게 되었다.

"할 수만 있다면 일본의 권력자 계급뿐 아니라 우주 만물을 멸망시키리라!"

박열의 가슴에는 이미 모든 것을 파괴해버릴 폭탄이 매설되어 있었다.

아침저녁으로 부는 색바람이 소슬한 9월의 어느 날이었다. 간다의 조선기독교청년회관에서 조선노동자학살사건 조사회가 주최하는 연설회가 열렸다.

연사로 예정되었던 오스기 사카에 등 일본의 양심적인 지식인들과 조선인 운동가들이 연설회를 앞두고 구속되었다. 사건이 사회에 알려지는 것을 막으려고 경찰이 손을 쓴 것이었다. 필사적인 반대 공작에도 불구하고 연설회는 주최 측의 예상보다 훨씬 큰 반향을 일으켰다. 조선인과 일본인이 각각 5백 명, 총 1천여 명의 인파가 운집했다.

김약수의 사회로 개회사와 조사 보고가 이어진 후 노동자로 위장해 내부에 잠입했던 박열이 연단에 올랐다.

"시나노 강 댐 건설 현장은 말 그대로 생지옥이었습니다."

박열은 차분히 조사 보고서를 낭독하기 시작했다.

"지금까지 확인된 희생자만도 백여 명에 이릅니다. 감옥 시설과 조직은 미비하기 짝이 없고 대우는 비인도적이었습니다. 이러한 반인도적인 행위는 상급 관리자들의 향응을 받아온 세 명의 순사에 의해 조장되고 있는 것 같았습니다. 그런데 이렇듯 무질서한 상태에 대해 일본 정부는 아무런 구제책도 강구하지 않고 있습니다!"

배꼽노리로부터 뜨거운 기운이, 슬픔과 분노로 덩어리진 불덩이가 치솟았다. 현장에서 만났던 조선인 노동자들의 수척한 모습과 공포에 질린 눈망울을 떠올리자 절로 목소리가 격정으로 높아졌다.

맑은 날은 그나마 축복이었다. 비 오는 날은 길에서 일하는 사람들에게 고통스런 시간이었다. 짐을 다른 곳에 부려둘 수 없기에 모두 바구니에 담아 메었다. 종이의 무게로 어깻죽지가 빠질 듯 아팠다. 신문이 팔리는 속도도 턱없이 느렸다. 바구니는 좀처럼 가벼워지지 않았다. 손님이 나타나 신문을 달라고 할 때도 문제였다. 한 손에 기름종이 우산을 들고 있었기에 신문을 건네거나 거스름돈을 내주는 데 한 손밖에 사용할 수 없었다. 신문을 떨어뜨려 전차를 잡으려 서두르던 손님에게 진흙을 튀기면 벼락같은 욕을 먹었다.

"꾸물거리지 말고 저리 비켜! 네가 전차를 놓치게 만들었잖아!"

사람들은 서둘러 집으로 돌아갔다. 갓 지은 따뜻한 밥과 보송보송한 이불이 있는 곳. 웃고 떠들며 식사를 마친 사람들은 포만감과 나른한 졸음기 속에 시름없이 내일을 꿈꿀 테다. 그들이 다시 밤거리로 나올 리 없다. 축축하고 비정한 어둠의 거리에서 서성일 이유가 없다. 후미코는 젖은 전신주에 기대어 서서 맞은편 시계탑의 바늘을 멀거니 바라보았다.

"저녁 신문이요! 신문 사세요!"

텅 빈 거리에 구슬픈 목소리가 메아리쳤다. 다리 난간에 기대어 시간이 가기만을 기다리노라니 눈물이 뺨 위로 흘러내렸다. 비가 그쳐 더욱 맑아진 밤하늘에는 별 두세 개가 반짝이고 있었다. 후미코는 부르르 몸을 떨었다. 낙담과 탈진만큼이나 지독하게 외로웠다.

"이 개 같은 년! 이런 순 똥갈보 같으니라고!"

아버지가 딸에게 소리쳤다. 발길질에 나가떨어진 딸을 향해 고함질렀다.

"좋아, 그렇게 꼬리를 치고 다녔단 말이지? 내 얼굴에 먹칠을 하면서 말이야. 그래, 이제야 네가 왜 조선에서 쫓겨났는지 알겠다. 당나귀는 여행을 해도 말이 되어 돌아오지 않는다더니, 바로 그거야. 그런 짓을 저질렀기 때문이지!"

외삼촌이자 승려이자 부유한 사찰의 상속자인 모토에이가 결혼 약속을 취소했다. 조카를 아내로 맞아들이겠다는 어처구니없는 거래를 한 그는 수도자의 허울을 쓴 섹스 중독자였다. 모토에이가 원한 것은 오직 처녀, 순결한 노리개였다. 후미코 역시 처녀라는 이유 하나로 신붓감으로 간택되었다가 처녀가 아니라는 이유만으로 파혼당한 것이었다.

어차피 떠나려 했다. 더 이상 위선과 허세와 괴이쩍은 도덕으로 가득한 아버지의 집에 머물 수 없었다. 아버지는 후미코를 비천하고 염치없고 거만하고 무가치한 아이라고 욕했다. 승려의 아내에게 가장 중요한 것이 봉제라는 말을 듣고 후미코를 여자실업학교에 집어넣었지만 책을 읽거나 강연회를 가는 것은 절대 금지했다.

열일곱 살의 여름에 겁탈을 당한 뒤 후미코는 모든 의욕을 잃은 채 무감하고 무기력했다. 외삼촌과의 결혼이 좋은 일인지 나쁜 일인지도 느낄 수 없었다. 살아가는 것은 자신이지만 자신의 삶조차 제 손아귀 바깥에 있었다.

그때 후미코의 유일한 벗은 책이었다. 스스로 살아내지 못하고 삶에 끌려 다니던 그때도 후미코는 한 줄기 희망을 버리지 않고 있었다. 목표는 단순하면서도 거대했다.

'모든 종류의 책을 읽고, 모든 종류의 지식을 습득하고, 삶을 완전히 충만하게 살고 싶다!'

모토에이와의 파혼 덕분에 떠나는 일이 수월해졌다. 나쁜 게 다 나쁜 것만은 아니다. 후미코는 거실에 걸린 서예 족자를 멀거니 쳐다보았다.

"깨나 유명한 중이 쓴 거야! 중이 살아 있는 동안에는 별 볼 일 없는 낙서지만 죽은 후에는 꽤 값이 나갈 거라고!"

아버지가 침을 튀기며 칭송하던 족자 속의 글귀가 후미코를 추썩였다.

"그대는 이루리라!"

이룬다? 무엇을 이룰 수 있을까?

당찬 각오로 아버지의 집을 나와 도쿄에서 고학 생활을 시작했지만 후미코의 방황은 끝나지 않았다.

"이봐요, 신문 두세 부쯤 줄래요?"

교표를 가린 학생모를 깊이 눌러쓴 인력거꾼이 후미코 앞에 와 섰다.

"어떤 걸 원하시나요?"

"아무거나. 남아 있는 걸로 아무거나 주세요."

동정이었다. 인적이 드문 밤거리에서 바들바들 떨고 있는 신문팔이 소녀가 불쌍해 보였던 게다.

후미코는 그가 내민 손을 물끄러미 바라보았다. 일말의 자존심으로 신문을 건네지 않았으나 빈손에서 눈을 뗄 수 없었다. 펜대를 잡는 손이라기엔 거친 못이 박인 손. 인력거꾼도 같은 처지의 고학생이 분명했다. 동정에 대한 반발심이 조금 흐너졌다.

아무리 힘든 일일지라도 자신이 원해서 하는 것이다! 처음 도쿄에 와서 전신주에 붙은 '환영. 분투하는 학생들. 게세츠샤'라는 전단을 보았을 때의 기쁨이 상기되었다. 게세츠샤[螢雪社], 형설지공(螢雪之功)의 고사대로 낮에 일하고 밤에 공부한다! 비록 지독한 피로 때문에 수업 시간에는 쓰러져 잠자기 일쑤지만 후미코는 분명 자신이 선택한 일을 하고 있었다.

인력거꾼의 이름은 이토였다. 후미코는 알아보지 못했지만 그는 연수학관에서 대수학 기초 과정을 듣는 후미코와 같은 반이라고 했다. 이토는 지역 구세군에 속한 독실한 기독교 신자이기도 했다.

1920년의 도쿄는 흥미진진한 곳이었다. 아시아의 정치·경제·문화 중심지로 급진적이고 자유주의적인 사고들이 들끓고 러시아 혁명에 자극을 받은 좌익 운동이 발전했다. 후미코는 시골 소녀에 불과했지만 배움에 대한 열망이 컸던 만큼 새로운 사상에 대한 지적 호기심도 강했다.

후미코의 신문 판매 구역인 삼마이 다리 근처는 다양한 집단들이 모여드는 장소였다. 일주일에 한 번씩 거리 전도를 하는 기독교 구세군, 불경을 암송하는 불교 제세군, 그리고 부정기적으로 나타나 피 토하는 목소리로 웅변하는 장발의 사회주의자들이 대표적인 세 집단이었다.

세 집단 중 가장 먼저 눈에 띈 무리는 사회주의자들이었다. 그들은 불우한 처지의 후미코를 '우리 중 하나'라고 불렀다. 동질감을 표시하며 관심을 가져주는 것만으로 감읍하며 후미코는 곧 '그들 중 하나'가 되었다.

"신문팔이로는 오래갈 수 없어. 결국 일에 지치고 말 거야. 다른 일자리를 알아봐야 해. 만일 떠오르는 게 없다면 부담 갖지 말고 내게 털어놓아줘. 보다시피 나는 아무것도 아니지만 네게 조금이라도 도움이 된다면 기쁘겠어."

아직은 설익은 '사상'과 관계없이 이토의 충고는 후미코의 마음을 뒤흔들었다. 학비가 없어 다니던 수의학 학교를 그만둔 이토의 처지 또한 오십보백보라는 걸 알지만, 그래도 기쁘고 감사했다. 빚만 잔뜩 진 채 신문 보급소를 그만두어야 했을 때 후미코의 뇌리에 가장 먼저 떠오른 사람은 당연히 이토였다.

소나기가 퍼붓는 저녁 무렵이었다. 우산도 없이 기모노 소매를 뒤집어쓰고 나막신으로 진흙탕을 뛰어넘으며 구세군회관까지 달음질쳐 갔다. 이토는 후미코를 보고 놀란 듯했으나 찬송가와 성경책을 건네주며 말했다.

"마침 특별 모임이 있어서 간다의 회관에서 소령이 연설하러 왔어. 곧 시작할 테니 여자 구역에 앉아서 들어봐. 네 사정은 나중에 이야기하자."

당장에 빚쟁이에 실업자가 된 후미코에게 성경을 읽을 마음이 생길 리 없었다. 다만 이토의 제안을 무시할 수 없기에 가까스로 다른 사람들의 기도와 찬송을 흉내 냈다. 예배가 진행되는 짬짬이 경건하게 기도하는 이토의 모습을 훔쳐보았다.

'그는 무엇을 저토록 간절히 믿는 걸까? 구원? 구원! 정말 그런 걸 기대할 수 있을까?'

후미코가 비로소 예배에 집중하게 된 것은 설교가 끝나고 찬송이 시작되었을 때였다. 찬송가의 리듬은 힘차고 열렬했다. 거대한 물결에 둥실 떠올려져 광활한 곳으로 흘러가는 듯한 느낌이었다. 영혼의 구원을 위한 간절한 기도가 끝나자 믿음의 증언이 시작되었다. 사무원 복장의 젊은이가 나서서 믿음이 어떻게 그를 희망 없는 고난의 상태로부터 구제했는가를 증언했다. 뒤이어 후미코의 옆자리에서 늙은 여인이 벌떡 일어나 외쳤다.

"주 예수가 나를 구해주셔서 나는 정말 행복합니다!"

모두가 입 모아 "아멘!", "할렐루야!"를 외쳤다. 이토가 앞으로 나가 탁자 앞에 무릎을 꿇었다.

'나를 위해 기도하고 있다! 이토가 나를 위해!'

왜 그가 후미코의 구원을 위해 기도한다고 생각했는지 모른다. 그럼에도 이해할 수 없는 어떤 힘에 이끌려 후미코는 어느새 이토의 곁에 꿇어앉아 울고 있었다.

"아멘!"

이토가 열띤 목소리로 말하는 '구제를 받은 우리의 자매'는 분명 후미코였다. 감격과 감동, 감정에 도취해 후미코는 모든 것을 잊었다. 잊을 수 있을 것이라 믿었다. 버림받아 유기되고 학대받은 세상의 모든 상처를.

그날 이후 후미코는 사회주의자에서 기독교도로 변모했다. 간다의 나베 거리에서 신문지를 맨땅에 펼치고 이토가 소개한 비누 행상을 하기 시작했다. 하지만 시간이 갈수록 물건은 줄어들고 지갑은 더 가벼워졌다. 사나흘 연속 비가 온 날에는 1센조차 벌지 못했다. 세끼는커녕 한 끼도 먹지 못했다. 얼마 되지 않는 남은 물건을 들고 집집마다 찾아다니기 시작했다. 후미코 같은 초심자에게 가장 어려운 장사 방법이었다. 하루 종일 길 잃은 개처럼 뻣뻣해진 다리를 끌고 목적 없이 떠돌았다. 매일 수백 개의 문을 두드렸지만 열리는 것은 거의 없었다. 세상의 문은 여전히 육중하게 닫혀 있었다.

"요즘 네 믿음은 어떤 상태야?"

이토의 첫마디는 한결같았다. 후미코의 유일한 위로인 이토와의 만남에도 화제는 항상 믿음뿐이었다. 이야기를 나누다가 고민거리나 문젯거리가 생기면 길거리든 어디든 가리지 않고 무릎을 꿇고 기도부터 드렸다.

"아무리 힘들어도 일요일 아침 예배엔 꼭 참석해야 해. 힘들거나 괴로우면 기도를 하고. 기도가 네게 힘을 줄 거야."

이토는 확신에 찬 목소리로 설득했다.

'무엇이 힘을 준다는 건가? 신은 과연 약한 자의 기도를 듣고 있는가?'

생활고에 지칠 대로 지친 후미코는 말뿐인 구원에 감동할 수 없었다.

"난 기적을 믿지 않아. 그런 걸 믿기에는 내 경험과 지금의 삶이 너무 버거워."

"아니야. 그건 네가 아직 믿음이 약하기 때문이야. 만약 네게 진정한 믿음이 있다면 반드시 기적을 이해할 수 있을 거야!"

후미코는 신을 믿기에 앞서 이토를 신뢰했다. 자신을 위해 기도해주는 단 한 사람을 잃지 않기 위해 필사적으로 노력했다. 세숫대야까지 팔아버려서 등굣길에 공원 화장실의 세면대를 이용하는 처지에도 이토가 가르쳐준 대로 아침 일찍 일어나 성경을 읽고 기도했다. 신과 동료 인간들을 동시에 섬기기 위해 부당한 일이 있어도 참고 자신보다 남을 먼저 배려했다.

그러나 그 보상은 어디 있는가? 사흘 동안 아무것도 먹지 못했다. 새 일거리를 찾았으나 소용없었다. 같은 교인의 집에서도 더 이상 집세를 낼 수 없어 내쳐졌다. 이제 후미코가 할 수 있는 일은 남의 집 하녀가 되는 것뿐이었다.

"난 사랑 같은 건 모르고 살았어. 남들 앞에서 명랑하게 웃을 때도 마음속은 어둡고 무기력했어. 이제는 그런 내 마음의 빗장을 열고 싶어. 소리쳐 울고, 마음껏 웃고 싶어!"

이토와 동침하던 날, 후미코는 지금껏 하지 못했던 말들을 토해 냈다.

"이제부터 그렇게 될 거야. 하나님은 모두를 용서하시니까, 우리는 속죄하는 심정으로 열심히 믿고 기도하기만 하면 돼."

"정말 그럴까? 나도 용서받을 수 있을까? 하나님이 사랑하는 어린양이 될 수 있을까?"

이토가 그토록 좋아하는 하나님을 핑계 삼았지만 후미코가 진정한 이해와 사랑을 구하고 싶었던 상대는 그녀를 품에 안은 이토였다. 성실하고 정직한 그의 눈동자에 거짓 없이 온전한 모습이 비추기만을 바랐다.

하녀로 남의 집에 들어가면서 밥과 잠자리를 얻었지만 학교에 다니는 건 포기할 수밖에 없었다. 도쿄에 온 유일한 목적을 잃고 우울해하는 후미코에게 영어 학교에서 만난 친구 가와다가 자기 오빠가 경영하는 인쇄소에 일자리를 제안했다. 주경야독할 수 있는 좋은 기회였다. 하지만 후미코는 그마저 포기했다. 가와다의 오빠는 사회주의자였고, 다시 사회주의자들과 어울리는 것은 이토에 대한 배신이라고 생각했기 때문이었다.

"사실은…… 지금까지 아무에게도 고백하지 못한 게 있어."

난생처음 사랑하는 사람의 품에 안긴 감격에 겨워 후미코는 과거를 이야기하기 시작했다.

"교회에서 간증할 때도 차마 털어놓을 수 없었지. 네게는 정말로 솔직하고 싶어. 일체의 가식도 비밀도 없는 있는 그대로의 나를 보여주고 싶어."

폭우가 쏟아지던 날 엔잔 역 앞에서 먹었던 덴푸라와 보게츠안에서 맡았던 짙은 향내까지도. 순간, 후미코의 머리를 쓰다듬던 이토의 손길이 멈췄다.

"그게 다 정말이야?"

"그래. 정말이야. 남김없이 모두 말했어. 나는 너무 더러워졌어. 누구를 탓할 것도 없이 어리석음과 부주의로 나 자신을 더럽혔어. 이토, 이래도 내가 용서받고 사랑받을 수 있을까?"

"음…… 그래. 하나님이라면, 그러시겠지. 일백 마리 양 중에 하나가 길을 잃었다면 아흔아홉 마리는 놓아두고 길 잃은 한 마리 양부터 찾으라고 하셨으니, 용서받지 못하고 사랑받을 자격이 없는 사람은 세상에 없지."

언제나처럼 진지하고 부드러운 저음으로 이토는 후미코도 용서와 사랑을 받을 자격이 있다고 말했다. 아주 잠시, 그렇게 행복했다. 사랑이라고 믿기도 했다. 오랫동안 외로움을 앓던 사람에게 착각과 혼동을 불러일으키는 간사한 마음의 장난질.

그날 이후 이토는 연락이 없었다. 사흘에 한 번씩 전도를 위해 들렀던 그가 코빼기도 내밀지 않았다. 후미코는 복학을 준비하는 이토가 학비 조달이 어려워 고군분투하는 모양이라고 생각했다.

'내게 돈이 조금 생겨서 보내. 알뜰하게 쓰면 적어도 한 달 생활비는 될 거야. 한동안 일을 쉬고 공부에 매진하도록 해.'

가와다가 빌려준 돈과 1~2엔씩 받은 팁을 저축해 편지와 함께 우편환을 보냈다. 짬짬이 이토를 위한 방석과 베개를 짓기도 했다. 그때만큼은 지독히도 싫어하는 바느질마저 즐거웠다.

이토는 11월의 마지막 날에야 불쑥 나타났다. 창백하고 병색이 짙은 모습이 무언가 깊은 고민에 빠진 것만 같았다.

"후미, 솔직히 말할게. 내가 지금까지 너에 대해 잘못 판단했나봐. 내 말은…… 나쁜 여자애로 생각했다는 거야. 하지만 최근에 널 이해하기 시작했어. 네가 진정으로 사랑스러운 사람이라는 걸."

이토의 말은 수수께끼 같았다. 무슨 말을 하려는지 알 수 없었다. 가미나리몬을 거쳐 기쿠야 다리를 지나 우에노까지 걸었다. 우에노의 시노바주 연못에 다다랐을 때 이토는 연못가 버드나무 아래 쪼그려 앉았다. 밤은 고요했고 주위에는 아무도 없었다.

"네가 나타나기 전까지 나는 감정을 철저히 통제하며 금욕적으로 살았어. 하지만 최근 나는 달라졌어. 심지어 성경을 읽을 때도 내 생각은 널 향해 달려가. 공부에도 집중할 수 없고 믿음마저 흔들리기 시작했어. 죽을 만큼 비참했어!"

이것이야말로 후미코가 비밀스레 소망했던 일이었다. 후미코는 벅찬 가슴을 꼭 눌렀다.

"나도……."

후미코가 입을 떼려 할 때 이토가 벌떡 일어났다.

"하지만, 아니야! 이런 감정도 언젠가는 끝날 거야. 더러운 성욕에 휘둘리다가는 아무것도 이룰 수 없어. 그래서 너를 잊고 널 만나기 전으로 돌아가기로 결심했어. 이게 우리 둘 다를 위한 최선이야. 함께 살 가망도 없이 바보 같은 짓을 계속 저지른다는 건 큰 죄악이야. 한때의 충동에 휘둘리지 말고 우리의 인생을 경영해야 해, 그렇지 않니?"

충격과 실망으로 아무 대꾸도 할 수 없었다. 이토는 마음을 다지는 듯 목소리를 높였다.

"나는 오늘 밤을 마지막 날로 정했어! 이제 다시 널 생각하지 않을 거야. 십일월의 마지막 날, 나는 헤어지기 위해 너를 만나러 왔어. 작별 인사를 하자! 네 행복을 빌게!"

일장 연설이 끝났다. 헛웃음이 났다. 고백했던 게 잘못이었다. 거짓 없이 솔직해질 수 있다고 믿었던 게 착각이었다. 이토는 도망치려 한다. 용서도 사랑도 할 수 없어 외면하려 한다. 산중의 길 잃은 양이라기보다 어둠 속에 어슬렁거리는 들개 같은 후미코의 과거로부터.

"알았어. 잘 가."

후미코의 맥없는 중얼거림을 뒤로 하고 이토는 쫓기듯 뒤돌아보지 않고 떠나갔다.

'사랑? 사랑이라는 종교적 가르침은 진짜인가? 그저 사람들의 마음을 마취시키는 게 아닌가? 만약 진실과 사랑이 사람을 변화시키고 세상을 좀 더 나은 곳으로 만들지 못한다면, 그런 가르침은 단지 기만일 뿐이지 않은가?'

후미코는 어둠 속에 홀로 서 있었다. 외롭고, 슬프고…… 눈물겹도록 우스웠다.

나는 개새끼로소이다

고독은 소리 없이 높아지는 만조의 바다와 같다. 파도들이 흰 깃을 치며 외로워, 외로워 물밀어 든다. 정말 외로운 사람은 차마 외롭다고 털어놓지 못한다. 그 한마디에 간신히 지켜온 방파제가 무너져버릴까 봐, 말하지 못해 더욱 외로워진다.

그런데 방파제가 터졌다. 순식간에 구멍 뚫려 무너져버렸다. 센 물결이 와와 독기를 품고 밀려들었다. 손바닥을 펼쳐 막아보기엔 늦었다. 온몸을 구겨 디밀어도 소용없었다. 사납고 맵짠 고독이 밀어닥쳐 무릎을 꺾고 등짝을 후려갈겼다. 손때 매운 외로움이 짓 갈긴 자리마다 얼얼했다.

세가와는 불안과 혼돈 사이를 비집고 들어왔다. 어두운 극장

안에서 몰래 손을 움켜쥐고 놓아주지 않던 짓궂은 플레이보이. 후미코는 그의 손을 뿌리칠 수 없었다. 사상과 종교마저 바람벽이 되어주지 못한다는 것을 알았을 때 기댈 곳은 사람의 체온뿐이었다.

예의 바른 처녀 시늉을 할 필요가 없었다. 버릇없는 망나니의 꼬락서니라도 좋았다. 젖가슴을 빨고 무릎을 열며 밀고 들어올 때만은 그가 정말 자신을 원하는 것 같았다. 헐떡거리며 토해내는 뜨거운 신음이 사랑한다는 고백처럼 들리기도 했다.

그러나 세가와의 하숙집에서 벌거벗은 몸으로 눈뜬 아침, 후미코는 다시 모든 것이 착각이었음을 깨달았다. 세가와의 방에는 이불이 한 채밖에 없었다. 하녀도 1인분의 아침상만을 들여보내주었다. 그런데도 세가와는 예사롭게 젓가락을 들었다.

"후미, 먹을래? 내 것을 좀 덜어줄 수 있어."

"괜찮아."

순간 울컥하는 감정을 억누르며 대꾸했다.

"나는 별로 배고프지 않아. 아침은 작은할아버지네 집에 가서 먹을 거야."

후미코는 옷을 대충 걸쳐 입고 책상에 기대어 잡지를 펼쳤다. 세가와는 더 이상 아무 말 없이 게걸스레 아침밥을 먹었다.

"세가와…… 계속 이러다가 만약 임신이라도 하면 우린 어떻게 하지?"

눈은 여전히 잡지에 두고 있었지만 무심히 내뱉은 말은 아니었다. 불장난 같은 관계를 계속하다가 덜컥 임신을 하게 될까 봐 두려웠다. 때로는 엄마가 되어 미지의 아이를 가슴에 안는 장면을 그려보기도 했다. 쓸쓸하고도 뭉클한 망상이었다.

세가와는 하품을 하며 기지개를 켜고는 심드렁하게 말했다.

"우린 어떻게 하지? 그게 무슨 뜻이야? 내가 어떻게 해야 하는데?"

표정이 조금이나마 심각했다면 충격이 덜했을 것이다. 임신하면 안 되니 각별히 몸조심하라고 윽박았어도 배신감에 사무치지는 않았을 것이다. 세가와는 전혀 진지해 보이지 않았다. 밥을 다 먹고 물로 입을 헹구더니 벽에 걸린 바이올린을 끌어내려 연주하기 시작했다. 그 선율이 감미롭기보다 소름 끼쳤다.

사랑이 아닌 건 알고 있었다. 그럼에도 불구하고 정답 같은 말을 해주길 바랐다. 다만 예의로라도, 위선이나 기만으로라도. 세가와의 방을 뛰쳐나오며 후미코는 다시는 남자에게 기대 따윈 않으리라 이를 사리물었다.

그러나 존재를 의심케 하는 뿌리 깊은 결핍은 결심과 다짐으로 해결되지 않았다. 배고픔과 피로보다 더한 외로움, 뼛속에서 우러나는 고독의 냉기가 거듭 후미코의 발목을 잡았다.

세가와와 같은 집에서 하숙하던 현은 사시사철 검은색 옷을 걸치고 다니는 조선인 사회주의자였다. 세가와는 현이 '언제나 경찰을 두셋쯤 달고 다니는 중요 인물'이라고 했다. '주의자'라면 뭔가 다르리라 기대했지만, 다른 건 방 벽에 빼곡하게 붙여놓은 유명

혁명가들의 사진과 자화상, 과격한 문구의 정치 전단뿐이었다.

현은 경성 출신의 부잣집 외아들이었다. 도요대학 철학과에 적을 두고 있었지만 수업에는 거의 가지 않는다고 했다.

"오! 그럼 언제나 운동을 하는 거야?"

후미코가 감탄하자 현은 쓸쓸하게 미소 지었다.

"보다시피 나는 하급 부르주아에다 지식 계급이야. 그들은 나 같은 사람을 운동에 받아주지 않아."

현이 '주의자'를 흉내 낸 얼치기라는 사실은 중요치 않았다. 잠시 사상적으로 경도되긴 했지만 실제로 운동에 심각하게 개입하거나 특정한 그룹에 속한 적이 없었기 때문이다. 대신 후미코는 현이 조선인이라는 사실에 친근감을 느꼈다. 조선에서 보낸 7년은 고통으로 점철되어 있었지만 어린 시절은 어쩔 수 없는 향수와 추억을 자아낸다. 그들은 만나자마자 연락 두절 끝에 재회한 옛 친구처럼 가까워졌다.

"후미코, 널 처음 본 순간 홀딱 반했어. 넌 완전히 날 사로잡았어!"

사랑은 새로운 사랑으로 잊힌다. 사랑에 대한 오해 또한 새로운 착각으로 잊혔다. 현은 항상 침묵으로 대답을 회피하던 세가와 정반대였다. 침묵 대신 끊임없는 달콤한 말로 후미코의 질문을 막았다.

"후미, 나는 네 꿈을 알아. 지금은 포기한 거나 다름없다고 말하지만 처음 도쿄에 올 때 너는 여학교 졸업 검정 시험을 치른 다음 의전에 진학한다는 계획을 세울 만큼 큰 포부를 가지고 있지 않았어? 그래서 남자들만 공부하는 학교에 용감하게 입학해 홍일점으로 대수와 기하까지 공부했던 거고!"

현은 또 누구도 하지 않던 이야기를 했다.

"포기하지 마! 유명한 여자가 되겠다는 희망을 잃기엔 아직 일러. 난 네게 힘이 되어주고 싶어. 일단 지금 얹혀사는 작은할아버지네 집에서 나오는 게 우선이야. 내가 집을 구해볼게. 우리가 같이 살 수 있는 장소를 찾아보겠어!"

일본 속담에서처럼, 그는 입에서 나오는 대로 말했다. 너무 희번지르르한 것은 사람이든 말이든 의심해볼 필요가 있다는 걸 알면서도 헛된 기대에 부풀어 그것에 속았다. 아니, 어쩌면 넉넉한 용돈으로 데려가던 서양 요릿집의 눈부시도록 하얀 리넨 냅킨에 한쪽 눈쯤 질끈 감아주고 싶었는지도.

후미코의 소원은 작은할아버지의 집을 벗어나 독립하는 것이었다. 도쿄에 사는 유일한 친척인 작은할아버지는 후미코의 처지를 동정해 거처를 제공했지만, 얌전히 가사를 돌보다 시집이나 가라는 말을 듣지 않는 뻘때추니 후미코를 부담스러워하는 기색이 역력했다.

외박이 잦아졌다. 현은 시도 때도 없이 후미코를 불러내어 붙잡고 놓아주지 않았다. 아픈 친구를 핑계 삼아 불러낸 밤에도 집에 돌려보내지 않으려고 갖은 수를 썼다. 다음 날 아침 중국요리를 시켜놓고 맥주를 마시며 친구들과 카드놀이를 하는 현을 불러 말했다.

"미안하지만, 나 너무 힘들어. 외박을 하고 들어갈 때마다 친척들이 나를 바라보는 시선을 견딜 수 없어. 지난번 이야기 나눈 건 어떻게 된 거야?"

함께 보낸 첫날에 현은 조용한 도시 외곽에 집을 세내겠다고 했다. 열렬하고 간곡하게 함께 살자고 조르기에 허락했지만 시간이 지나도 집을 구할 기미는 보이지 않았다. 이상한 일이었다. 의심이 자라날수록 후미코는 현에게서 벗어날 수 없었다. 자기도 모르는 사이에 비굴하게 매달리게 되었다.

"왜 내가 아무것도 하지 않는다고 생각해? 이걸 봐. 이렇게 임대 광고를 주머니에 넣고 다니기까지 하는걸!"

후미코가 따져 묻자 현은 당황한 듯 주머니를 뒤져 꼬깃꼬깃한 신문 광고를 꺼내 보였다.

"단순한 물건이 아니라 집을 구하는 거잖아. 따져야 할 게 한두 가지가 아니야. 사실은 우에노에 사는 친구가 고향으로 돌아간다는 소식을 들었는데 우리가 거기 정착할 방법이 없을까 생각 중이야. 아무튼 후미는 걱정하지 마. 내가 어떻게든 해볼 테니까!"

언제나처럼 회피였다. 침묵이나 달변이나 마찬가지 거짓이었다.

"알았어. 그 문제는 나중에 다시 이야기해. 알다시피 어젯밤 난 친구 병문안을 간다고 집을 나왔어. 빈손으로 집에 돌아갈 수 없어. 친구에게 전당 잡히도록 빌려준 기모노를 가져간다면 친척들은 나를 믿어줄 거야. 그러니까 기모노를 찾을 돈을 빌려줬으면 좋겠어.”

돈! 난생처음 남자에게 돈을 요구했다. 사랑하는 사람들 사이에서는 있을 수 없는 일이라고 생각했지만 친척들의 눈총을 피할 마음이 수치심보다 컸다.

“알았어. 그렇게 하는 게 좋겠어.”

현이 다시 주머니를 뒤졌지만 카드놀이에 탕진해 빈털터리였다. 친구들에게 돈을 빌려 오겠다며 현은 후미코를 기다리게 하고 방을 나갔다. 비죽이 열린 문틈으로 하녀들이 복도를 지나가며 쏙닥대는 소리가 들렸다.

“이봐, 저 방 안의 여자가 누구일 거라고 생각해?”

“척 보면 몰라? 하숙집들을 돌아다니며 몸을 파는 창녀일 테지!”

거기까지 다다라 있었다. 외로움으로 어리석어져 스스로를 가장 비천한 자리로 몰아넣고 있었다. 사랑 따윈 신기루였다. 알속 없는 허상, 공중누각이었다.

얼마 후 현은 독일 유학을 떠난다고 일방적으로 통보해왔다. 작별의 날엔 서양 요리와 술로 파티를 벌였다. 한 잔, 다시 한 잔, 헤아릴 수 없는 위스키를 퍼마시고 후미코는 만취했다. 슬픔과 모욕감조차 느껴지지 않았다. 절망의 감각은 독주의 취기만큼 깊고 무거웠다.

폐허, 폐허였다. 사상은 방편이 되지 못하고, 종교는 구원이 되지 못하고, 사랑조차 위로가 되지 못했다. 아무도 믿지 못할뿐더러 자기 자신마저 믿을 수 없었다.

불면과 악몽이 거듭되었다. 잠 못 이루고 뒤척이는 밤마다 버림받고 학대받았던 기억들이 새록새록 떠올랐다. 오직 몸뚱이만을 탐하며 덤벼들던 사내들의 거친 숨결에 가위눌렸다. 고통 속에서 자유와 독립성을 빼앗기고, 모든 장점을 파괴당하고, 발전을 가로막히고, 구부러지고 비틀리고 일그러진 변태가 되어버린 자신이 끔찍하게 싫었다. 죽어버리고 싶었다. 죽여버리고 싶었다.

하지만 무언가가 남아 있었다. 조선의 강변에서 하나하나 돌들을 강물에 던졌던 때처럼 죽음의 목전에서 움싹처럼 삶에 대한 미련이 돋아났다. 죽음으로 냉정하고 잔인한 기억에서 벗어날 수 있겠지만 세상에는 그와 다른 것들 또한 있지 않은가? 셀 수 없이 많은 아름다운 것들, 사랑할 만한 것들이!

작은할아버지 집을 나와 친구 하라사와가 소개한 이와사키의 오뎅집에 일자리를 얻었다. 그곳은 옷깃이나 등판에 가게 이름이 커다랗게 인쇄되어 있는 시루시 한텐을 입은 종업원들이 잰걸음을 놓는 가게가 아니었다. 입구에 상호를 적은 노렌을 과시적으로 휘날리거나 부정을 없애준다는 소금을 수북이 쌓아놓은 전통적인 상점도 아니었다. 이와사키의 오뎅집에는 여느 가게와 다른 어떤 분위기가 있었다. 주인인 이와사키의 성향에 따라 가게에는 작가와 기자 등 지식인과 '주의자'들이 모여들었다. 그들은 안주 삼아 요기 삼아 먹는 오뎅에 '사회주의 오뎅'이라는 코믹한 별명을 붙여 불렀다. 토론이 있고 논쟁이 있고 노래와 웃음이 있었다.

중단했던 학업과 독서를 다시 시작했다. 테이블마다 벌어지는 격렬한 논쟁을 귀동냥하며 좁은 소견을 차차로 넓혔다. 이와사키 오뎅집은 후미코의 정체된 삶에 새로운 활력을 불어넣었다.

전부터 친구들이 빌려준 책과 팸플릿을 통해 사회주의 이데올로기를 이해하고 있었다. 사회주의는 특별히 새로운 것을 가르쳐주지 않았다. 후미코는 그때도 가난했고 지금도 가난하다. 가난 때문에 혹사당하고 학대받고 고통받으며 자유를 빼앗기고 착취당한다. 어쩌면 태어난 순간부터 후미코의 가슴 밑바닥에는 부자들에 대한 적대심과 가난한 사람들에 대한 깊은 연민이 있었다. 사회주의 이론은 잉걸불을 지피는 불쏘시개일 뿐이었다. 복수, 오직 복수를 꿈꾸며 강물 속으로 하나하나 던져 넣었던 그 돌멩이들처럼.

살고 싶었다. 뜨겁게! 힘차게! 모든 것을 바쳐 자기의 가엾은 계급을 위해 싸우고 싶었다. 그렇지만 후미코는 이런 감정으로 무엇을 해야 할지 몰랐다. 힘이 없었다. 무언가를 하고 싶어도 준비되지 않았고 어떻게 진행시킬지 몰랐다. 방향 없고 반항적인 외톨이는 다만 불만과 분노로 들끓을 수밖에 없었다.

달걀빛을 띤 하늘에서 금방이라도 무언가 쏟아질 듯한 저녁이었다. 오뎅집에서 퇴근해 수업이 시작될 때까지의 짬을 이용해 학교 근처 하숙집에 사는 정우영을 방문했다. 정우영은 하라사와의 친구인 조선인 사회주의자였다.

"마침 잘 왔군. 이거 한번 볼래? 지금 막 나온 거야!"

정우영이 건넨 것은 3~4페이지짜리 교정쇄였다. 전에 말했던 8절판 잡지 《조선청년》이 마침내 출간될 모양이었다.

"아, 벌써 끝났구나!"

따끈따끈한 교정본은 새로운 설렘을 주었다. 내용의 대부분이 전에 읽었던 원고래도 마찬가지였다. 각 면의 제목들을 대충 훑고 마지막 장을 펼쳤다. 문득 구석에 있는 짧은 시가 후미코의 눈을 사로잡았다.

나는 개새끼로소이다.

하늘을 보고 짖는

달을 보고 짖는

보잘 것 없는 나는

개새끼로소이다!

높은 양반의 가랑이에서

뜨거운 것이 쏟아져 내가 목욕을 할 때

나도 그의 다리에다

뜨거운 줄기를 뿜어대는

나는 개새끼로소이다!

명했다. 아무 말도 할 수 없었다. 머리부터 발끝까지 전율이 스쳤다. 시의 제목은 「나는 개새끼로소이다」였다.

술에 취해 귀가한 아버지는 꼬리를 치며 반기는 개가 귀찮다며 칼을 휘둘렀다. 단말마의 비명 소리도 내지 못한 채 쓰러진 몸뚱이에서 분수처럼 피가 솟구쳤다. 어린 후미코가 사랑했던 작은 개가 죽어가며 흘리던 검붉은 피, 피, 피…….

할머니의 집에서 기르던 개는 후미코만큼이나 착취와 학대를 당했다. 무거운 쇠사슬에 묶인 채 추운 겨울밤에도 자리를 깔아주지 않아 맨바닥에서 잠을 잤다. 후미코가 밥을 얻어먹지 못하고 쫓겨나면 다가와 머리를 숙이고 몸을 기대주었다. 개에게마저 동정받는 개만도 못한 처지가 서러워 목을 껴안고 소리 죽여 울었다. 킹킹, 개도 같이 울어주었다.

겪지 않고서는 알 수 없는 무엇이 있다. 몸이 아닌 머리로는 이해할 수 없는 것이 있다. 이 시의 작자는 그것을 뼈저리게 체험한 사람이 분명했다.

"누구지? 이 시의 작자, 박열이란 사람은?"

"박열? 아, 그는 내 친구야."

정우영은 후미코가 얼마나 충격받았는지 눈치채지 못했다.

"아직 이 판에는 잘 알려져 있지 않지. 본인도 명망 따위엔 관심이 없고. 아주 불우하고 독특한 녀석이야."

"유명하지 않을지는 몰라도 이 사람 대단해. 대단한 힘을 가지고 있어. 나는 지금껏 이런 시를 본 적이 없어."

"그래? 뭐가 그렇게 좋은데?"

정우영은 후미코의 열렬한 반응이 이해되지 않는지 떨떠름한 표정으로 물었다.

"특별히 어떤 부분이 아니야. 시 전체야. 이건 그저 좋은 게 아니야. 강력해!"

후미코는 1919년 봄 조선에서 일어났던 일을 알고 있었다. 흰옷을 입은 사람들이 백로처럼 훨훨 날갯짓하다가 목이 베이고 날개를 꺾였다. 할머니는 은혜도 모르는 조센진들이 하극상한다고 욕했다. 학교에서는 불량선인들의 소요 사태가 완전 진압되었다고 선전했다.

후미코는 일본인으로서 조선인을 미워하고 경멸할 수 없었다. 그들의 고통과 불행을 즐길 수 없었다. 억압하는 일본인보다는 억압당하는 조선인에게 감정이 이입되었다. 「나는 개새끼로소이다」에는 가장 낮은 곳에서 가장 비참하게 사는 존재들끼리의 공감이 있었다. 개처럼, 개보다 못하게 살면서 하릴없이 하늘을 향해 짖을 수밖에 없는 분노와 통한!

"이 시에서 이상스러울 정도로 힘찬 반역의 기운이 느껴져. 읽노라니 가슴에서 피가 끓어. 생명을 고양시키는 듯 강렬해. 아, 그래! 지금껏 내가 찾아 헤매던 무언가를 이 시에서 발견한 것 같아!"

부드러운 빛의 소리가 피부로 느껴졌다. 창문 너머 눈가루가 흩

날리고 있었다. 복도의 시계가 6시를 알렸다. 방문 밖으로 계단을 뛰어 내려오는 발소리들이 떠들썩했다.

"이봐, 너도 학교에 가야 하지 않아?"

정우영이 등교할 시간임을 상기시켰다.

"학교? 학교 따윈 누가 신경 써?"

후미코가 홀린 듯 중얼거렸다.

"무슨 뜻이야? 넌 고학생으로서 공부에 열중하지 않았어?"

"그랬지. 지금껏 열광적으로 공부했지. 끼니를 거르는 한이 있을지라도 수업에 빠지거나 결석하지 않았지. 하지만, 더 이상은 아냐."

"왜? 무슨 일이 있었어?"

"아니, 특별한 일은 없어. 다만 깨달음이 확실해진 것뿐이야. 성공이라든가 출세에 대한 흥미는 완전히 사라졌어."

"학교를 그만두면 무얼 하려고?"

"그동안 무언가를 하고 싶지만 정작 그게 무언지 몰랐지. 분명한 건 지금처럼 졸업장을 따는 데 연연해서는 안 된다는 거야. 내가 해야만 할 일을 찾아서 그게 무어든 반드시 해야 해!"

눈발이 날리는 거리로 나왔다. 애면글면했던 모든 일들이 지상에 내리자마자 녹아드는 눈송이처럼 부질없이 느껴졌다.

'낯선 도쿄에서 고학하며 하루하루를 버틴 건 훌륭한 사람이 되기 위해서였지. 하지만 지금은 확실히 알아. 고학 따위를 해서 훌륭한 인간이 될 턱이 없다는 것을! 아니, 그것만이 아니지. 이런 세상에서 사람들에게 훌륭하다는 말을 듣는 게 무슨 가치가 있나? 다른 사람들에게 우러러 보인다는 것이 무어 그리 감탄할 만한 일인가? 교육을 위한 사투도 인간이 세계로 향하는 것을 도울 수 없어. 무엇을 찾아 어떤 세계로 향하느냐는 것이 문제일 뿐이야!'

뜨거운 이마 위로 눈송이가 내렸다. 사뿐히 내린 눈송이는 상념의 열기로 곧 스러졌다.

'나는 지금껏 너무 많은 사람들의 노예였고 너무 많은 남자들의 노리개였어. 결코 나 스스로 살지 못했지. 그토록 혐오했던 아버지의 가족주의에 꺼둘려 옴짝달싹 못했어. 경멸스러워 진저리 치던 어머니의 의존성마저 고스란히 닮아갔지. 하지만 이제 더 이상 다른 이들을 위해 살고 싶지 않아. 내가 진정으로 성취해야 하는 것은 나 자신의 자유, 나 자신의 만족이야. 나는 나 자신이어야 해!'

눈발이 거세지고 있었다. 어린애 주먹만큼 커다란 눈송이가 세상을 뒤덮을 기세로 펑펑 쏟아졌다. 눈 오는 밤은 꿈처럼 아득했다. 더러운 뒷골목도 비정한 거리도 그 꿈속에 살포시 내리덮였다. 눈 내리는 등빛 하늘을 향해 컹컹 짖으며 짓까부는 개처럼 후미코는 거리를 내달리며 부르짖었다.

"나는 개새끼로소이다! 나는 개새끼로소이다!"

서투른 고백

1922년 겨울 도쿄에는 유난히 눈이 많이 내렸다. 연이은 폭설로 전차가 운행을 중단하고 학교가 문을 닫기도 했다.

인적이 끊겨 텅 빈 거리는 소문으로만 듣던 황량한 동북 지방을 연상시켰다. 험악한 파도가 몰아치는 검은 바다, 굉음 속의 적막. 얼뜬 콧소리가 나는 사투리를 쓰는 그곳 사람들의 독특한 애정 표현 방식을 이해할 만했다.

고독한 사람들은 마음을 쏟아붓는 데 검약할 줄 모른다. 짐짓 무례하다고 느껴질 만큼 격렬하게, 목숨을, 마음과 함께 바치겠노라 맹세한다.

뽀얀 김이 서린 격자창을 기모노 소매로 문질러 닦고 거리를 내다보았다. 사갈을 박아 굽을 높인 나막신을 신은 사람들이 얼음길을 아장바장 걷는 모습이 활동사진의 그것처럼 어줍었다.

겨울이 간다. 처마 끝으로 눈석임물이 똑똑 방울져 떨어지고 있었다. 그를 기다리다 겨울이 갔다. 겨울이 다 가도록, 그는 오지 않는다. 한 해의 노고를 모두 잊겠노라며 질편한 망년회를 벌이던 손님들 중 어느 로맨티시스트가 사다 준 죽절초가 화병에서 노랗게 시들어가고 있었다.

"여기 거품 없이 맥주 한 잔 주세요!"

등 뒤에서 손님이 부르는 소리에 후미코는 선잠을 깬 듯 화들짝 놀랐다.

"왜 그렇게 놀라? 무슨 생각을 그리 골똘히 했기에?"

허둥지둥 손님 시중을 서두르는 후미코를 보고 주인 이와사키가 한마디 했다.

"죄송합니다! 다시는 나사를 풀고 있지 않겠습니다!"

꾸지람을 듣고도 의기소침해지는 대신 싹싹하게 사과했다. 그 바람에 무슨 말인가 덧붙이려 입술을 달싹이던 이와사키가 헛웃음을 피식 흘렸다.

"아무튼 후미코 씨처럼 명랑한 여성은 일본을 전부 뒤져도 찾기 어려울 거야. 시든 죽절초 따윈 갖다 버려요. 우리 가게엔 후미코 씨만으로도 생기가 넘치거든!"

펄펄 끓는 다시마 국물에 곤약과 유부를 던져 넣던 주방장이

껄껄 웃으며 거들었다. 유라쿠초 스키야바시 네거리 한구석에 자리한 자그마한 오뎅집이 사람들의 유쾌한 웃음소리로 가득 찼다. 졸지에 손님들의 시선을 받게 된 후미코는 붉어진 얼굴을 가리는 대신 넉살 좋게 머리를 꾸벅 조아렸다.

'내가 생각해봐도 요즘 제정신이 아니야. 말과 행동을 일치시키지 못하는 허풍선들을 그리 비웃고 경멸했으면서……'

실수를 하고도 염치없이 태연한 성미는 아니었다. 거품을 만들지 않으려 조심스레 맥주를 따르는 후미코의 손끝이 자책감으로 가늘게 떨렸다.

"어서 오십시오!"

문이 열리고 바깥바람과 함께 손님이 가게 안으로 들어설 때마다 후미코의 고개가 빠르게 돌아갔다. 새로운 손님이 기다리던 그가 아니라는 사실을 확인하면 머리는 절로 무겁게 떨어졌다. 찬바람이 가슴골을 훑고 지나갔다. 그는 오지 않는다. 그가 오지 않고는, 겨울도 끝나지 않는다.

정우영을 통해 가게에 들러달라는 전갈을 보낸 지도 한 달이 지났다. 식전부터 찾아와 간청하는 후미코의 달뜬 얼굴을 보고 정우영은 고개를 갸웃거렸다.

"그는 정처 없이 떠돌아다니는걸! 원하는 때에 만나기는 아무래도 힘들 거야."

"괜찮아. 언제든 만나면 우리 가게에 들러달라고 해줘. 그냥 이

말만 전해주면 돼."

운 좋게도 며칠 후 회합에 나타난 그에게 정우영은 후미코의 말을 전했다고 했다.

"그가 뭐라고 대답했어?"

"그저 알았다는 한마디뿐이었어."

알았다, 그 한마디 말에 매달려 하루가 가고 이틀이 갔다.

'질문에는/ 확실한/ 대답을!'

방랑시인 바쇼의 하이쿠가 후미코의 주술이 되었다. 가게 문을 들어서며 지긋지긋한 표정으로 어깨에 쌓인 눈을 털어내는 손님들을 볼 때마다 바쇼가 헤매고 다녔던 '오지의 좁은 길'을 생각하고, 키를 넘긴 얼음 기둥이 우뚝우뚝 곧추선 동북의 추운 마을을 생각하고, 끝내 그를 생각하고야 말았다.

만나기 전에 스쳤다. 만나고도 만나지 못했다. 몸서리쳐지게 추웠던 어느 밤 꽁꽁 얼어붙은 거리를 달음질쳐 정우영의 하숙집에 찾아갔다. 그즈음 후미코의 마음은 얼음길을 달리는 것보다 더 위태로웠다. 힘겹게 꾸려온 고학이 의미를 잃으니 수업을 제치고 즉흥적인 계획을 따르는 일이 다반사였다.

방은 어두침침했다. 숯불이 사위어가는 히바치 옆에 정우영과 한 남자가 앉아 있었다. 두 사람은 낮은 목소리로 대화를 나누다가 예고 없이 들이닥친 후미코를 뜨악하게 바라보았다.

"아! 미안합니다!"

후미코는 놀라 고개를 숙였다.

"연락도 없이 웬일이야?"

잠깐의 일별. 후미코는 그가 누군지 몰랐고 그 역시 마찬가지였겠지만 후미코는 남자에게서 날카롭고 기묘한 인상을 받았다. 그를 둘러싼 팽팽한 분위기가 심상찮았다. 외부에 대한 경계라기보다 내면에서 뿜어 나온 긴장인 듯했다. 그는 미닫이문이 열리자 반사적으로 고개를 돌렸다가 입을 굳게 다물고 히바치를 향해 시선을 옮겼다.

"영어 회화 수업보다 예이츠 시집을 빌리는 게 급해서 말이야."

"날씨가 이렇게 추운데! 다른 문제는 없는 거지?"

"응, 모두 무사해."

정우영과 후미코가 안부 인사를 주고받는 동안 남자는 그을음을 지펴 올리며 타드는 석탄을 뚫어져라 바라보고 있었다. 불꽃이 얼비친 작은 눈이 이글거렸다.

"저기, 혹시…… 일전에 청년회관에서 열렸던 러시아 기근 구조 콘서트에서 당신이 무대 옆에 서 있는 걸 보았던 것 같은데, 맞나요?"

다행히 중요한 이야기를 나누는 데 끼어든 것 같지 않아서 후미코가 남자에게 물었다.

"흠, 내가 말이오?"

만나자마자 스스럼없이 말을 붙여오는 여자의 행동이 당황스러웠는지 그는 자리를 뜰 기세로 몸을 일으키며 말했다.

"아니, 저는 특별한 일이 있어서 온 게 아니니 당신이 가실 필요 없어요. 대화를 계속 나누세요!"

당황한 후미코가 만류하자 그는 선 채로 잠시 후미코를 내려다 보았다. 검은 뿔테 안경 너머로 차가운 눈빛이 반짝거렸다. 짙은 눈썹과 선명한 입술, 냉정하고 단호한 표정이었다. 후미코는 몸을 부르르 떨었다. 막강한 존재감에 압도되어 더는 희떠운 소리를 할 수 없었다.

그는 훌쩍 떠났다. 의례적인 작별 인사도 없었다. 그를 쫓아 달려 나간 정우영이 돌아오기를 기다리며 후미코는 복잡한 감정에 사로잡혀 안절부절못했다. 부끄러움과 죄책감이 한꺼번에 물밀었다. 아마도 하룻밤의 거처를 구하러 왔다가 불청객의 등장으로 서둘러 떠난 듯했다.

"저 사람 이름이 뭐야?"

"저 사람 이름? 그가 바로 박열이야. 후미코 씨가 감명받았다던 그 시의 작자."

"뭐? 저 남자가 박열이라고?"

불질이라도 한 듯 순식간에 얼굴이 달아올랐다. 예감은 그토록 갑작스레, 운명은 그다지도 뜨겁게 닥쳐왔다.

크지도 작지도 않은 보통의 키에 마른 몸매가 다부졌다. 굵고 새카만 머리칼은 어깨까지 늘어뜨려져 있었고 노동자들이 입는 푸른 즈크 재킷 위에 갈색 오버코트를 걸치고 있었다. 일부러 흠

뜯어 보려던 것은 아니지만 코트의 단추들이 금방이라도 떨어질 듯 달랑달랑 매달려 있었다. 소매는 팔꿈치까지 몽땅하게 잘려나갔고 바지 무릎은 닳을 대로 닳아 구멍이 뚫려 있었다.

배운 남자, 머리 좋은 남자, 혹은 배우거나 머리 좋은 것처럼 보이고 싶은 남자들은 하나같이 서양 모자를 쓰고 한여름에도 말끔하게 다린 하얀 양복을 입고 다니던 시절이었다. 그것은 '민중의 벗'임을 입이 마르게 주장하는 '주의자'들도 예외가 아니어서, 후미코는 이와사키 오뎅집에서 종업원으로 일하는 동안 한 번도 그같이 협수룩한 옷차림을 한 사람은 본 일이 없었다.

그토록 초라한 차림새를 하고도 박열은 당당했다. 찌르는 듯 형형한 눈빛에서 주눅이나 수치심 따위는 찾아볼 수 없었다. 낡은 외투와 구멍 난 바지에도 불구하고, 아니 낡은 외투와 구멍 난 바지 때문에 후미코는 더욱 그에게 강렬하게 이끌렸다.

"인간의 가치는 실로 인간 그 자체이며, 그보다 많지도 적지도 않다."

칸트의 말이 입안에서 맴돌았다. 알기 이전에 느꼈다. 머리가 아닌 가슴이 외쳤다.

'그야말로 내가 찾던 사람이다! 내가 진정으로 하고 싶었던 일을 틀림없이 그 사람이 가지고 있다!'

진정으로 하고팠던 그 일이 무언지 알려면 우선 그를 만나야 했다. 하지만 쌓였던 눈이 시나브로 녹아가도 그는 오지 않았다.

알았다고 짧게 대답했을 뿐 별로 흥미로워하지 않는 듯 보였다던 정우영의 전언이 방석 밑의 바늘처럼 따끔거렸다.

자주 엽차를 흘리고 손에서 컵을 놓쳤다. 어깨를 들썩이게 하던 빈틈없는 종업원이라는 칭찬도 시시해졌다. 약속을 했으니 언젠가는 나타나리라고 생각했다. 그럼에도 기대하다 실망하는 나날이 거듭되자 후미코는 점점 기운이 빠졌다.

'어쩌면 그는 나 같은 게 성가시게 굴 수 없는 인물일지도 몰라.'

그가 오지 않는 것이 자신의 무가치함을 증명하는 것만 같아 괴로웠다. 또다시 버림받은 듯 황폐했다. '나의 일'을 찾겠노라는 각오 따위는 떨쳐버리고 친구 하쓰요처럼 타이피스트가 되어 취직이나 할까 보다는 궁리도 했다. 전문적인 직업을 가지고 독신 여성으로 살아간다면 그것도 나쁜 삶이 아닐 듯했다. 하지만 나쁜 삶은 아닐지언정, 아니 제법 번지르르 그럴듯한 삶일지언정, 후미코가 원하는 바로 그것은 아니었다. 진실에는 모조품이나 대체물이 있을 수 없었다.

3월에 접어들어 히나마쓰리* 계절이 왔다. 화려한 인형과 복숭아꽃의 축제로 집집이 흥청거렸다. 자타가 인정하는 사회주의자인 이와사키까지도 딸아이를 위해 황제와 황후, 성장을 한 신하

---

* 해마다 3월 3일에 전통 인형인 히나닌교[雛人形]와 과자·떡·복숭아·술을 단(壇) 위에 올려놓고 여자 어린이들의 무병장수와 행복을 기원하는 일본의 전통 축제.

들의 인형을 사들였다.

"원래는 여자아이의 행복을 빌며 조부모가 사 주는 게 격식에 맞지만 우리 아사코는 할머니 할아버지가 계시지 않으니 부모라도 대신해야지. 히나마쓰리가 지나기 전에 잘 정리해서 보관해야 시집을 늦게 가지 않는다는 이야기를 들려주었더니, 아, 그 녀석이 얼마나 열심히 단을 꾸미고 떡과 감주로 공양을 바치는지 말이야. 아직 멀고 먼 미래의 일이지만 아버지 입장에선 꽤나 섭섭하던걸?"

손님들과 어울려 맥주를 마시며 이와사키가 떠벌리는 이야기에 후미코는 저도 모르게 미간을 찡그렸다. 에도시대부터 전해지는 풍습일 뿐이라고 말하지만 어쨌든 자신들이 그토록 배격하는 체제와 격식을 인정하는 셈이다. 사상보다는 부성애가 먼저라는 말인가? 그들이 염원하는 '여자아이의 행복'을 곁눈질하며 후미코는 참기 힘든 욕지기를 느꼈다.

'질투일까? 단순한 질투일 뿐일까?'

행복, 그 말은 너무도 낯설고 어색했다. 그 누구로부터도 받아 본 적이 없는 오색찬란한 인형 선물처럼.

그가 오지 않았다면 봄도 끝끝내 오지 않았을 테다. 박열은 히나마쓰리의 소동이 지나고 이삼일 후 불현듯이 나타났다. 후미코가 정우영을 통해 메시지를 전한 지 꼬박 한 달이 지나서였다.

"오, 마침내 왔군요!"

후미코가 혼잣말인 양 인사말을 중얼거렸다. 가게 안에는 두 팀의 손님이 있었다. 후미코는 그들을 시중하던 일을 멈추고 박열을 구석 자리 테이블로 데려갔다.

"조금만 기다려주세요. 몇 시간만 더 일하면 나갈 수 있어요."

후미코는 재빨리 밥과 두부와 다쿠앙을 챙겨 냈다. 점심 식사로는 좀 늦은 시간이었지만 그가 제때 밥을 챙겨 먹을 처지가 아님은 분명했다. 젓가락을 정돈해 놓는 손이 조금 떨렸다.

박열은 묵묵히 후미코가 가져다준 밥을 먹었다. 골똘히 무언가를 생각하는 듯, 혹은 아무런 생각도 하지 않는 듯 천천히 젓가락질을 했다.

짐작할 수 없었다. 정우영에게서 가네코 후미코라는 일본 여성이 자신을 만나고 싶어 한다는 이야기를 전해 들었을 때부터 박열은 영문을 알 수 없었다. 그녀가 정우영의 하숙집에서 우연히 스쳤던 바로 그 여자라는 사실을 알고는 더욱 어리둥절했다. 그때 박열은 후미코가 정우영과 관련이 있는 줄 알고 서둘러 자리를 피했던 것이다.

"이랏샤이마세(어서 오십시오)!"

손님들이 들어왔다.

"마타 오코시쿠다사이마세(또 찾아와주십시오)!"

손님들이 나갔다.

후미코는 박열을 의식하는 바람에 평소보다 더 실수를 저질렀다고 생각했지만 정작 그는 다른 것을 보고 있었다. 한가로이 식당이나 술집을 다닐 기회가 없었기에 몰랐다. 협수룩한 조선인이 얻을 만한 일자리도 아니었다. 먹고 마시고 웃고 떠드는 사람들 가운데 종종걸음의 분주한 노동이 있었다. 따뜻한 밥과 부드러운 두부와 짭조름한 다쿠앙에도 땀방울과 아픈 허리와 저린 다리가 있었다. 어느 생에나 이면이 있다.

"먼저 나가 있어요. 빨리 준비하고 올게요."

후미코가 소지품을 챙겨 달려 나왔다. 그들은 전차가 다니는 한길까지 나란히 걸어갔다. 무심히 어깨가 부딪히고 소맷자락이 스칠 때마다 서로 놀라 움츠러들었다. 지금껏 경험한 적이 없는 낯선 전류였다. 어두컴컴한 가슴 밑바닥에서 정체를 알 수 없는 불빛이 깜박깜박 명멸했다.

박열은 아직 경계를 풀지 않고 있었다. 뺨에 홍조를 띠고 양팔로 책가방을 품어 안은 일본인 여자가 자신에게 무엇을 원하는지 알 수 없었다. 박열은 네거리에서 우뚝 멈추어 줄곧 다물고 있던 입을 열었다.

"당신은 간다로 가지 않소? 나는 교바시에 볼일이 있소. 그러니 여기서 헤어져야겠군."

박열은 말과 행동이 동시에 진행되는 사람이었다. 후미코의 대답을 기다리는 대신 곧장 발걸음을 옮겨놓았다.

"잠깐만요!"

후미코가 허둥지둥 쫓아오며 외쳤다. 아직은 초리가 매운 꽃샘바람이 벌어진 기모노 깃을 파고들었다. 따각따각 나막신을 신은 발소리가 절박했다. 그 소리에 박열이 멈추었다.

"내일 저녁 학교 앞에서 만날 수 있을까요? 당신께 꼭 할 말이 있어요!"

간절함으로 흔들리는 후미코의 눈동자를 한동안 말없이 들여다보았다. 무표정한 얼굴과 단호한 눈빛은 여전했지만 잠시 호기심과 안타까움 같은 것이 그를 스치고 지나갔다.

"어느 학교에 다니는데?"

"세이소쿠 영어 학교."

"좋소. 내일 이 시간쯤 그리로 가겠소."

다음 날 후미코가 가게 일을 마치고 헐레벌떡 달려갔을 때 박열은 약속대로 학교 앞에서 기다리고 있었다. 후미코는 헐벗은 나무 아래 석양을 등지고 선 그의 붉은 실루엣을 눈부시게 바라보았다.

"고마워요. 오래 기다렸나요?"

"아니, 지금 막 왔소."

"오, 그래요? 고마워요. 같이 좀 걸을까요?"

어디로 가자고는 정하지 않았지만 그들은 자연스럽게 인적이 한산한 곳을 향해 걸었다. 박열은 여전히 말이 없었다. 만나자고 청한 것도, 할 말이 있다고 한 것도 후미코였기에 그녀의 이야기를 들어야 했다.

어제 유라쿠초 역에서 헤어지기 전까지 예상하지 못했다. 기껏해야 시인의 허상에 열광하는 감상적인 문학소녀인 줄 알았다. 가게에서 일하는 모습은 싹싹하고 활달하고 지극히 평범했다. 그런데 막상 헤어지자고 말했을 때, 그녀는 전혀 다른 사람이 되었다.

핏기가 가신 해쓱한 얼굴이 위태로웠다. 먼지로 지은 집처럼 그 자리에 풀썩 허물어질 것만 같았다. 눈에 보이지 않는, 눈으로 볼 수 없는 깊은 상처가 찌르듯 다가왔다. 박열은 자기도 모르게 다시 만날 약속을 하고 말았다.

"저리로 들어가요."

거리의 가스등이 하나둘 켜지고 있었다. 고서점들이 늘어선 진보초 거리에 다다랐을 때 후미코가 길가의 중국 식당을 가리켰다. 후미코가 앞장섰고 박열이 따랐다. 3층 작은 방에 자리를 잡자 종업원 소년이 차를 내왔다.

"알아서 요리 두세 접시를 가져와줘요."

소년이 나간 뒤 다시 정적이 흘렀다. 후미코가 찻잔의 뚜껑을 들면서 어색한 정적을 깼다.

"당신은 이 차를 어떻게 마시는지 아나요? 뚜껑을 열고 마시면 찻잎이 입안으로 들어올 것 같네요. 하지만 뚜껑째로 마시는 건 좀 우스워 보이겠죠?"

날씨가 좀 춥네요, 혹은 날씨가 좀 덥네요, 로 대화를 시작하는 보통의 일본인들과는 딴판이었다. 그녀는 예의를 차리며 동심원을 그리듯 빙빙 에둘러 말하는 방식을 좋아하지 않는 듯했다.

"내가 어떻게 마시는 방법을 알 거라고 생각하오? 나는 이런 비싼 곳엔 한 번도 와본 적이 없어서 모르오."

박열은 짐짓 무뚝뚝하게 대답하고는 찻잔의 뚜껑을 열었다.

"어쨌거나 이건 마시는 것이니 어떤 방법을 써도 괜찮으리라 생각하오. 거기에 어떤 확고부동한 법칙은 없겠지. 그렇지 않소?"

찻잔의 뚜껑을 약간 기울이고 그 틈새로 차를 흘려 마셨다. 당당하기에 자연스러웠다.

'도쿄 한복판에서 누더기를 걸치고 다니면서 저처럼 호기로울 수 있다니!'

후미코는 예절이나 법칙 따위를 간단히 무시하고 자신의 방식을 찾는 박열에게 다시 한 번 감탄했다. 모두가 남의 시선을 의식한다. 남에게 훌륭하고 멋있고 잘나 보이려고 기를 쓴다. 아니, 모자라 보이지 않고 비루해 보이지 않고 약함을 감추려고 발버둥 친다. 그런데 그는 달랐다. 자기의 세계를 가진 이라면 자신만의 일을 가지고 있을 것이었다.

"오, 알았어요! 그게 좋은 방법일 것 같아요!"

후미코가 박열이 한 대로 찻잔 뚜껑을 기울였다. 미지근하게 식은 차는 뒷맛이 떫고 쏩쏠했다. 그리 좋은 맛은 아니었지만 감로수를 마시듯 조심스레 차를 들이켰다.

소년이 기름에 튀겨 소스를 끼얹은 요리 몇 접시를 가져왔다. 긴장한 후미코는 입맛이 없었지만 박열은 오늘도 끼니를 거른 듯 걸신스럽게 음식을 먹었다. 그들은 허기져 있었다. 박열은 육신이, 후미코는 영혼이. 후미코가 젓가락질을 멈추고 말문을 열었다.

"당신은 정우영으로부터 내가 당신과 친구가 되고파 한다는 이야기를 들었을 거예요."

"그래요. 정우영이 그런 이야기를 했지요."

접시에 코를 박고 있던 박열이 빤짝 고개를 쳐들고 후미코를 바라보았다. 처음으로 눈길이 정면에서 마주쳤다. 꿰뚫을 듯 매섭고 강한 눈빛. 후미코는 심장이 관통당하는 듯한 통증을 느꼈다. 그 격통이 마냥 아프고 괴롭지만은 않았다. 황홀한 쾌감과 후련함 같은 것이 야릇하게 가슴을 후비었다. 겸연쩍고 쑥스러웠지만 여기서 물러설 수는 없었다.

"곧바로 본론을 말할게요. 당신은 아내가 있나요? 혹시 아내나 그 비슷한, 그러니까 연인이 있나요? 왜냐하면 만약 당신이 그렇다면 나는 우리 관계를 단지 동료 사이로 규정하고 싶어요. 그런데…… 그런가요?"

후미코가 더듬더듬 말을 이었다. 그것은 분명 구애였다. 한 여자가 한 남자에게 사랑을 간구하고 있었다. 그보다 더 서투르고 어색한 고백은 세상 어디서도 찾아볼 수 없을 것이었다. 자신이 하는 말조차 남의 그것인 양 서름하기 짝이 없었다.

겨우 말을 마친 후미코의 얼굴이 불화로를 뒤집어쓴 듯 화끈거렸다. 하지만 농담의 기색이라곤 전연 없는 진지함에 박열은 헛웃음을 터뜨릴 수조차 없었다.

"나는 독신이오."

"알아요, 그런데 내가 묻고자 하는 건…… 나는 서로 완벽히 솔직하게 대화하고 싶어요."

"물론이지요."

"그러니까 아시다시피, 나는 일본인이에요. 하지만 스스로 조선인에 대한 편견이 없다고 생각해요. 그럼에도 당신이 내게 어떤 반감을 갖고 있지 않을까 궁금해요."

후미코는 조선인들이 일본인에게 어떤 감정을 갖고 있는지 알고 있었다. 그들의 원한, 그들의 분노와 증오를 다른 일본인들처럼 비웃고 무시하지 않았다. 그것은 정당했다. 노예가 주인을, 약자가 강자를, 피억압자가 박해자를 사랑하고 존경한다는 건 있을 수 없었다. 그것이야말로 노예근성, 굴종과 의존의 내면화였다.

"아니오. 내가 싫어하는 건 보통 사람들이 아니라 일본의 지배계급이오."

박열의 말투는 눈빛만큼이나 단호했다.

"당신처럼 편견 없는 사람들에게는 유대감까지 갖고 있소. 나는 투쟁하는 모든 사람들의 편이오!"

"아, 정말인가요? 고마워요!"

후미코는 그제야 안도의 한숨을 내쉬었다. 다행히 그는 국적을 넘어 있는 그대로의 자신을 받아들일 준비가 되어 있는 사람이었다.

질문이나 태도, 후미코의 모든 것이 박열에게는 낯설기만 했다. 첫 만남의 자리에서 여자가 남자에게 구애를 하다니! 일본인이 조선인의 이해를 구하다니! 박열은 기쁨에 들떠 쩔쩔매는 후미코를 얼떨떨하게 바라보았다. 그녀에게서는 어떤 향기가 풍겼다. 이른 봄 고향 들판을 휘젓던 아찔한 복숭아꽃 향내였다.

후미코는 내친김에 품었던 말을 전부 쏟아낼 양 바투 다가앉았다.

"묻고 싶은 게 하나 더 있어요. 당신은 민족주의 운동을 하나요? 나는 7년 동안 조선에서 살았고 내 딴에는 민족주의자들의 감정이 어떤지 이해하고 있다고 생각해요. 하지만 나 자신은 조선인이 아니에요. 조선인들처럼 일본에 의해 억압을 당한 경험이 없기 때문에 내가 그들의 독립운동을 함께할 수 있으리라고는 느끼지 않아요."

후미코의 솔직한 말에 박열이 고개를 주억거렸다.

"독립운동가들에게 심정적인 동조를 하는 건 사실이오. 나 자신도 한때 민족주의 운동을 시도한 적이 있고. 하지만 지금은 아니오."

"당신은 민족주의자의 운동에 완전히 반대 입장인가요?"

"아니, 전혀 그렇지 않소. 가령 시모노세키에 가는 사람과 오사카까지 가는 사람이 있다면 오사카까지는 함께 길을 가야 하는 것과 마찬가지지. 다만 나는 내 방식의 사상과 나만의 할 일을 가지고 있소!"

그만의 방식, 그만의 사상, 그만의 할 일!

박열의 선언에 후미코는 완전히 흥분했다. 19년 동안 온갖 학대와 수모를 당하며 너덜너덜해진 몸과 마음이 간절히 찾았던 그것이었다. 어느 누구의 것과도 닮지 않은 유일하고도 무이한!

"내가 찾고 있던 것을 당신에게서 발견했어요. 당신과 함께 일하길 원해요!"

정우영의 하숙방에서 우연히 시를 읽었던 때의 충격과 흥분이 다시금 후미코를 휘덮었다. 세상에서 가장 보잘것없는 존재임에도 하늘과 달을 향해 뜨거운 포효를 토하는, 나는 개새끼로소이다! 나는 개새끼로소이다!

후미코의 고백은 열렬했지만 박열의 대답은 차가웠다.

"그건 좋지 않소."

쓸쓸한 미소로 그의 입아귀가 비틀어졌다.

"나는 당신과 어떤 사업을 도모할 만한 처지가 아니오. 다만 당장 죽음을 택할 수 없기 때문에 삶을 유지할 뿐이라오."

박열이 깊고 낮은 한숨을 토했다. 그는 조급한 열정과 섣부른 희망을 믿지 않았다. 스물한 살의 박열은 불화의 숙명을 받아들

불온한 둥지

몸의 말로 하자면 그것은 가슴께를 떠다니는 뭉글한 덩어리 같다. 한밤중에 명치에서 딱 멈춰 선 그것 때문에 잠에서 깨어나 한동안 옥죄는 가슴을 움켜쥐고 쩔쩔매게 되는 것이다. 언제나 생경한 고통, 익숙해질 수 없는 환희. 고통이거나 환희만이 아닌, 고통과 환희가 동시에 존재할 수밖에 없는 기쁘고도 아픈 축제. 그들에게 사랑이 왔다.

후미코는 스무 살, 박열은 스물한 살이었다. 고작 스무 살에 세상의 천고난만을 겪고, 기껏해야 스무 살에 세상을 뒤엎을 결심을 했다. 그들은 영혼의 쌍생아였다. 아무에게도 이해받지 못하는 외톨이, 누구의 이해도 구하지 않는 악바리였다.

진보초 거리의 중국 식당에서 서투른 고백을 한 후 박열과 후미코는 자석에 이끌리는 쇠붙이처럼 삽시간에 가까워졌다. 거침없이 운명이라는 말을 되뇌었다. 운명이 아니고서야 설명할 길이 없었다. 거창한 것부터 사소한 것까지 대화가 끊이지 않았다. 말하지 않는 것에서 말하려는 것을 읽었다. 함께 있으면 시간을 잊었다. 자기를 잊었다. 상대의 마음으로 자신의 마음을 톺아보고 상대의 눈빛에서 잊었던 꿈을 발견했다.

박열. 조선인. 무정부주의마저 넘어선 허무주의자. 후미코에게 그는 단순한 남자가 아니었다. 그를 사랑한다는 것은 새로운 삶을 선택한다는 뜻이었다. 후미코는 박열의 사상과 행동, 그리고 생활 방식에서 지금껏 갈피 잡지 못했던 삶의 방향을 찾으려 했다. 존경과 기대와 열망으로 자신의 일을 찾고자 했다.

누가 더 사랑하고 덜 사랑하느냐는 따져 물을 필요가 없었다. 준 사랑만큼 돌려받지 못할 때 가장 큰 고통은 자괴감이었다. 아무리 사랑해도 사랑을 되돌려 받을 자격이 없다는 생각에 스스로 초라해지기 마련이었다. 후미코는 더 이상 굴욕의 쳇바퀴를 돌리고 싶지 않았다. 사랑으로 높아지고 넓어지고 싶었다. 사랑 속에서 자유롭고 용맹해지고 싶었다.

미사키 거리에 있는 작은 식당에서 함께 밥을 먹고 나왔다. 저녁 7시, 학교에 가기에는 늦었고 집에 가기에는 일렀다. 봄이라지만 밤기운은 여전히 맵싸했다. 박열은 추위에 떠는 후미코의 손을 그러쥐어 자신의 오버코트 주머니에 집어넣었다. 처음 잡은 손, 처음 나눈 체온. 따뜻했다. 낡은 오버코트 주머니 안에서 손을 맞잡은 채 발길이 닿는 대로 정처 없이 걸었다.

히비야 공원에는 인적이 없었다. 먼 곳에서 울리는 희미한 전차 소리가 밤의 고요를 깼다. 빛이라곤 하늘에서 조용히 반짝이는 별들과 지상의 둥근 램프뿐이었다. 박열이 그동안 숨겨두었던 옛 이야기를 시작했다.

"나는 경상북도의 시골에서 태어났어. 조상 중에는 학자와 대신들이 있지만 실제로는 대대로 농사꾼인 평범한 집안 출신이라고 할 수 있지. 아버지는 내가 네 살 때 돌아가셔서 얼굴조차 기억나지 않아. 어머니는 자식들에게 헌신적이고 자상한 분인데……"

아버지를 일찍 잃은 아이에게 의지할 데라곤 어머니뿐이었다. 어린 박열은 어머니에 대한 애착이 유난히 강했다.

"나는 기억할 수 없지만 어릴 때 이런 일도 있었다네. 잠자는 동안 어머니가 날 두고 가버릴까 봐 어머니의 발목에 실을 묶어 손목에 감고 자기도 했다는 거야!"

철부지의 집착이 우습고도 가여워 둘은 이마를 맞대고 쿡쿡 웃었다. 후미코의 손을 부드럽게 끌어 잡은 채 박열은 고개를 젖혀 밤하늘을 쳐다보았다.

"옛날 옛날에 중국 사람들은 호래이가 하늘의 북두칠성이 변해서 된 짐승이라 했대여. 저어기 북쪽 하늘에 국자 모양의 별들이 비이나? 그걸 다 헤아리면 일곱 개라여."

"어대, 어대 말이라? 내 눈엔 잘 안 보이여."

"저기, 저어기 말이라. 어매 손끝이 가리키는 데를 잘 봐라."

마디마디 못이 박인 어머니의 손가락 끝에는 도글도글한 별 무리가 있었다.

"어대, 어대 말이라? 내 눈엔 잘 안 보이여."

"왜 이래여? 우리 막내가 일곱 살에 하메 졸보기가 되었나? 별들이 천지가 빽빽한데 왜 안 보인데여?

어머니는 답답한 듯 몸을 당겨 붙이고 다시 손을 뻗어 하늘의 별자리를 가리켰다. 어머니의 품에서는 시금하고 달보드레한 냄새가 났다. 자꾸만 코를 묻고 얼굴을 비비고픈 냄새였다.

"야가 이래보이 보이민서도 안 빈다 카지 않나? 우에 그라여?"

"헤헤, 내가 호래이띤데 그거 하나 몬 찾을까 봐 그래여? 어매가 품어주는 게 좋아서 일부로 그래여."

"다 큰 머스마가 되가지고 무신 어리광이라?"

"어매, 나는 암만 커도 막내라요. 어매가 주기만 하면 젖도 먹을 수 있어요."

"아이구나, 징그러와라. 쫑기여! 퍼뜩 저리 가라!"

어머니는 손사래를 치며 밀쳐냈지만 그 힘은 매섭지 않았다. 어머니 품 안에서 바라보는 하늘은 더욱 맑고 높았다. 밤이 깊었다.

그러나 별은 잠들지 않는다. 어둠이 짙을수록 더욱 밝은 별.

유년의 기억에 젖은 박열이 아이처럼 천진하게 웃었다. 후미코는 좀처럼 그와 함께 웃을 수 없었다.

무세키샤, 무적자, 이 세상 어디에도 없는 아이. 처제와의 불륜으로 자식들을 버린 아버지. 돈 몇 푼을 위해 딸을 매음굴에 팔아넘기려던 어머니. 교묘하고 잔인하게 영혼과 육신을 학대했던 할머니…… 가족이라는 이름의 지옥은 돌이키는 것만으로 괴롭고 끔찍했다.

연인의 얼굴에 번진 잔웃음을 보며 후미코는 조선에 있는 그의 어머니를 상상해보았다.

"머스마가 되가지고 이래 맘이 여리면 어째여? 아이고, 어매는 아무 데도 안 간다. 어매는 항시 내 강아지 곁에 있을 끼다!"

아이가 잠에 곯아떨어지자 살그머니 일어서려다 기우뚱 자빠질 뻔한 어머니, 아이의 서글픈 장난질을 확인하고 올칵 솟구친 연민에 뺨을 부비는 어머니, 그들의 발목에 인연의 붉은 실처럼 매여 있던 헝겊 오리…….

다행이었다. 그의 유년은 행복한 기억으로 가득 차 있었다. 후미코는 상상의 풍경 속에서 희미하게 미소했다. 박열의 '그리운 나라'가 어느덧 자신의 '그리운 나라'가 되어 있었다.

"열일곱 살이 되던 봄에 도쿄로 왔지. 도쿄에 온 후의 삶은 악전고투였어. 그 속에 점차 나 자신이 찾던 것과 가까워지게 되었지. 펜이든 입이든 독립운동이든, 지금까지 알려져 익숙해진 것에는 더 이상 흥미가 생기지 않아. 나는 스스로 내 길을 찾기로 결심했어."

"나도 마찬가지야. 이와사키 가게에 취직하기 전에 잠깐 '주의자'가 경영하는 인쇄소에 머물렀던 적이 있어. 이론을 실천으로 옮기는 생활을 기대한 건 헛꿈이더군. 현재의 왜곡된 사회를 파괴하고 이상 사회를 건설하기 위해 분투노력하는 전사라고 믿었던 이들이 알고 보니 세속적인 눈으로 가치를 매기는 속물들과 다름없었어. 훈장처럼 내걸고 다니는 사상에는 신물이 나. 박제된 혁명에는 진저리가 쳐져. 이제는 나만의 일을 가지고 나만의 길을 가고 싶어! 우리가 함께 갈 수 있을까?"

박열이 이글거리는 눈으로 질문을 던진 후미코를 바라보았다. 후미코도 피하지 않고 그 눈길을 맞받았다.

"당신이 원한다면, 진정으로 원한다면 우리는 함께할 수 있어."

"마음에도 없는 말을 꾸며낼 이유가 없어. 나는 정말로 그것을 원해!"

박열의 눈동자 속에 확고한 의지의 눈을 빛내는 후미코가 흔들림 없이 들어차 있었다.

"후미! 조만간 나는 심각한 실천 행동을 위해 간이 숙박소로 거처를 옮길 생각이야. 이 계획에 대해 어떻게 생각해?"

박열이 신중한 말투로 의견을 물어왔다. 후미코의 가슴에 기쁨이 벅차올랐다. 가게에서 마련해준 숙소에 머무르면서는 진지한 실천을 도모할 수 없다고 낙심했던 걸 잊지 않았던 게다. 그럼에도 불구하고 느닷없는 동거를 제안하는 게 후미코의 기분을 거스를까 봐 동지에게 의견을 묻듯 짐짓 딱딱한 제안을 하는 것이다. 후미코는 태연한 척 대답했다.

"간이 숙박소? 그것도 좋은 생각인 것 같아. 그곳이라면 신변을 밝힐 필요가 없으니 경찰의 추적을 당할 가능성은 훨씬 줄어들겠지."

"알다시피 그곳은 더럽고 불편할 거야. 벼룩이나 빈대 따위도 들끓을 테지. 그걸 당신이 견딜 수 있을까?"

내색하지 않으려 애썼지만 후미코의 뺨을 붉게 물들인 흥분과 기쁨을 박열이 놓칠 리 없었다. 박열은 자신의 말 한마디에 어린아이처럼 행복해하는 후미코를 안쓰럽게 바라보았다.

'어쩌자고, 사랑하는가? 불편과 고난과 위험을 무릅쓰고 하필이면 나를?'

조선은 물론 일본에서도 '운동'은 남자들의 전유물이나 다름없었다. 1921년 2차 노동절 행진으로 많은 여성들이 운동에 뛰어들기 시작하고 '세키란카이(붉은 물결 사회)'라는 독자 조직까지 만들었다 해도 그들은 여전히 소수에 불과했다. 아니, 일본 내부의 사회 운동이라면 그나마 이해와 용납의 여지가 있다.

후미코는 일본인이 아닌 조선인 운동가 박열과 결합하려는 것이다. 일본인들은 전차 안에 앉아 있는 조선인에게 "요보, 비켜!" 라고 소리치며 자리를 빼앗았다. 조선인끼리 서로 부르는 '여보'를 깔보아 '요보'라 부르고, 냄새가 난다며 '닌니쿠(마늘)'라고 멸시했 다. 양심과 용기를 가진 일본인들조차 조선 문제에 대해서는 무관 심의 태도를 견지하는 편을 택했다. '아도가 우루사이!' 나중이 귀 찮다는 뜻이었다. 인도주의를 표방하고 인권과 자유를 주장하는 지식인들마저 이민족의 학살과 억압에는 눈을 감았다.

그런데 이 자그마한 일본 여자는 두려움 없이 불령선인의 손을 맞잡았다. 스스로 가장 천시되고 학대당하는 조선인들과 운명을 함께하겠노라고 했다.

"나를 믿어줘! 난 할 수 있어! 그처럼 작은 것조차 견디지 못한 다면 아무것도 시도할 수 없을 거야. 제발 내가 당신과 함께할 수 있길 허락해줘!"

후미코의 열렬한 요청에 박열이 마침내 고개를 끄덕였다. 창백 한 그의 얼굴까지도 붉게 상기되어 있었다. 박열은 잠시 고개를 떨어뜨리고 무언가를 골똘히 생각하는 듯했다. 다시 고개를 들었 을 때 그의 눈에서는 기묘한 광채가 뿜어 나왔다. 새로운 아이디 어를 얻은 것이다.

"후미코, 부르주아들은 결혼을 하면 허니문을 간다고 해. 우리 는 같이 사는 걸 기념하기 위해 비밀 출판을 하는 게 어때?"

"출판? 정말 흥미로운 기념물이야. 그래, 같이하자!"

보이기 싫어서라기보다 그녀가 눈물 흘리는 모습을 더 이상 보고 있기 힘들어서였다.

'자기 여자를 웃게 해주지는 못할망정 울리다니, 못난 사내다!'

박열은 쓸데없는 이야기를 해서 후미코의 마음을 아프게 한 것을 후회했다.

어둠 속으로 전차가 꼬리를 감추고 사라졌다. 낡은 오버코트 자락이 수인사처럼 바람에 펄럭였다. 그 뒷자리에 우두커니 선 채로 후미코는 중얼거렸다.

"조금만 기다려! 오래 걸리지 않을 거야. 학교를 마치자마자 당신에게 갈 테고 우리는 그때부터 같이 있게 될 거야. 당신이 병들거나 무슨 일이 있다 해도 당신을 떠나지 않을 거야. 만약 당신이 죽는다면 당신과 함께 죽을 거야. 살아도 죽어도 함께……!"

박열과 후미코는 세타가야의 데이지 거리에 6장짜리 작은 다다미방을 얻었다. 조선인, 게다가 '불령선인'이 일본인에게 방을 빌린다는 건 쉽지 않았다. 후미코는 하루 앞서 주인집 여자를 만나 셋방 계약을 하고 다음 날 박열을 데리고 갔다.

"이 사람이 저와 함께 살 친구예요."

예상치 못한 동거인의 등장에 주인집 여자는 당황한 듯했다. 하지만 단발머리에 영락없는 '불량소녀'의 모습을 하고도 능숙한 말솜씨와 당당한 태도를 보이는 후미코에게 기가 꺾인 듯 잠자코 방을 내주었다. 비로소 지상의 방 한 칸, 불온하고도 따뜻한 둥지가 생긴 것이다.

후미코는 자신의 선택을 숨기고 싶지 않았다. 국가 법률을 거부하고 가족제도와 결혼 제도를 비판하는 입장에서 동거라는 형식을 택했지만, 어쨌거나 살림을 차린 이상 주변에 이 사실을 공표하고자 했다. 동의를 얻으려는 의도보다는 낳아준 이들에 대한 도리로 아버지와 어머니에게 편지를 썼다. 지인들에게도 모두 알렸다.

일본인 친구들은 축하를 하면서도 농담처럼 경고했다.

"저런! 일본인이 조선인과 연애를 하면 일본인은 결국 너덜너덜해진다고 하던데 말이야!"

후미코는 혼네(실제 속내)와 다테마에(겉으로 드러나는 모습)를 구분해 좀처럼 진심을 알 수 없는 일본인보다는 마음속의 감정이 겉으로 드러나는 조선인이 훨씬 편했다. 더 이상 상처를 숨기며 쩔쩔매기 싫었다. 기쁠 때는 기쁘다고 말할 테다. 슬프면 슬프다고 울부짖을 테다.

"더 너덜너덜해질 마음이 없어. 이제부터 넝마가 된 그것들을 주워 모아 기워보려 해."

여자 친구 하나는 생뚱맞게도 박열의 외모를 타박했다. 젊은 날의 사랑은 눈으로 하기 마련이니 그런 반응이 이해되지 않는 바도 아니었다. 그녀와 달리 후미코에게는 경험에서 얻은 깨달음이 있었다. 세가와와 현의 외모에 속아 상처받았던 후미코가 자신

있게 대꾸했다.

"사람은 겉모습만 보고 타인을 사랑하지 않아. 그 이상을 사랑하지. 사랑받고 있는 것은 타인이 아니야. 바로 자기 자신이지. 그래! 타인 속에서 발견할 수 있는 것은 자신이야. 그것이야말로 자아의 확대라고 할 수 있겠지."

아버지에게서 답장이 왔다. 편지를 펼치자 후미코가 전한 소식에 믿기 힘든 일을 당한 듯 "에엣!" 하고 소리치는 아버지의 모습이 눈앞에 그려졌다.

"태정 대신 후지와라노의 후예가 비루한 조선인과 동거하는 것은 광휘로운 사에키 가문의 가계를 더럽히는 짓이다. 오늘 이후로는 너와의 인연을 끊겠다. 다시는 나를 아버지라고 부르지 마라!"

편지를 꼬깃꼬깃 접어 책상 서랍 깊숙이 넣었다. 아버지의 반응은 예상 그대로였다. 다른 사람에게 새끼 고양이 한 마리를 줄 때도 저쪽에서 정말로 원하는지 행여 고양이를 죽여 가죽으로 샤미센 울림통을 감쌀 심산은 없는지 따져보거늘, 아버지는 그만큼의 인정도 없었다. 언제나 자식이라는 소유물을 무언가와 교환할 생각뿐이었다. 아버지는 후미코를 몰랐다. 제도와 도덕과 관습의 굴레 속에서 자존감을 잃고 얼마나 고통스럽게 신음해왔는지를 모른다. 앞으로도 영원히 모를 것이었다.

아버지는 권력이다. 서구 문명 대국을 본뜬 제국을 만들어 선진 국민으로 올라서야 한다며 인민을 현혹하고 착취하는 위정자들과 하등 다를 바 없다. 가족은 광기 어린 일본 사회의 축소판이다. 가부장을 중심으로 똘똘 뭉쳐 전체가 같은 정신을 가지고 같은 목적을 향해 생활해야 한다고 주장한다. 천황은 아버지이고 신민은 자식이란다. 아버지에게 효도하듯 천황에게 무한대의 헌신과 희생을 퍼부어야 한단다.

박열과 후미코의 결합은 조선인과 일본인 그룹 양쪽에서 화제가 되었다. 흥미로운 것은 일본인과 조선인을 막론하고 평등과 해방을 외치는 소위 '주의자'들마저 조선인 남성과 일본인 여성의 결합을 백안시한다는 것이었다. 특히 일본인들은 후미코가 박열을 선택한 것에 자존심을 훼손당한 듯 불쾌하다는 반응마저 보였다.

후미코가 '비루한 조선인'과 손잡은 것은 너무도 자연스러운 일이었다. 모든 권위를 부정하고 진정한 인간 해방의 길을 찾기 위해서는 철저히 자신을 부정해야 했다. 민족과 국가와 가족이라는 이름의 굴레를 전부 벗어던져야 했다. 박열의 절규는 곧 후미코의 목소리였다. 그들은 입 모아 부르짖었다.

멸하라! 모든 것을 멸하라! 불을 붙여라! 폭탄을 날려라! 독을 퍼뜨려라! 기요틴을 설치하라! 정부에, 의회에, 감옥에, 공장에, 인간 시장에, 사원에, 교회에, 학교에, 마을에, 거리에……

모든 것을 멸할 것이다. 붉은 피로써 가장 어리석고 추악한 인류에 의해 더럽혀진 세계를 깨끗이 씻을 것이다. 그리고 나 자신도 죽어갈 것이다. 거기에 참된 자유가 있고, 평등이 있고, 평화가 있다. 참으로 선량하고 아름다운 허무의 세계가 있는 것이다.

아! 가장 추악하고 어리석은 모든 인류여! 모든 죄악의 원천이여! 바라건대, 너희들 자신의 멸망을 위해 행복 있어라! 허무를 위해 축복 있어라!

허무가 허무에게

시계를 보지 않아도 안다. 피돌기가 빨라져 맥박이 놀뛴다. 숨이 가빠지고 심장이 옥죈다. 간살스런 감각의 장난질만은 아니다. 다가간다. 다가간다. 그를 향해 다가가는 것은 삶에 육박하는 것이다. 더는 도망치지 않겠다는 것이다. 기어이 앙상한 갈비뼈를 으스러지게 그러안고 맞겨루겠다는 뜻이다. 그는 삶이다. 삶이기에 사랑이다. 사랑인 삶이다.

잠시의 헤어짐조차 견딜 수 없는 고통이 되었을 때 지상의 방 한 칸에 서로의 몽근짐을 부렸다. 누추하지만 비루하지 않게, 그들은 다르게 살기로 약속했다. 과거와 다르게, 어느 누구와도 다르게.

"마침내 함께 살게 되었네. 우리의 소망대로!"

후미코가 텅 비어서도 그리 넓어 보이지 않는 다다미방을 감격스럽게 둘러보았다.

"초라한 단칸방이지만 간이 숙박소가 아니어서 다행이야. 실천 행동도 사업도 좋지만 솔직한 심정으로는 당신을 그렇게 험한 곳에 살게 하고 싶지 않았어."

"고마워. 날 배려해줘서. 그렇지만 나는 우리의 결합을 단순한 남녀의 동거로 생각하고 싶지 않아."

"그건 나도 마찬가지야."

"다짐만으로는 부족할 거야. 시작에 앞서 공동생활의 원칙을 세웠으면 해."

새 생활에 대한 후미코의 각오는 대단했다. 감쳐문 입술이 야무지고 기운찼다. 박열이 고개를 끄덕여 동의했다. 후미코를 믿고 후미코의 의지를 존중하고 싶었다. 신뢰와 존중이 없는 사랑은 다만 난행일 뿐일 테니까.

"내가 약속하고 싶은 건 세 가지야."

후미코가 기모노 소매에서 손수건을 꺼내 이마에 맺힌 땀을 닦았다.

"첫째, 우리는 동지로서 함께 산다."

세상의 모순을 멸하고 폐허 위에 찬란한 허무를 싹 틔우리라는 한마음 한뜻의 동지로!

"둘째, 당신은 내가 여성이라는 관념을 제거한다."

자유와 평등을 외치면서 남성으로서의 권력을 포기하지 못하는 모순을 뿌리 뽑고!

"마지막 셋째, 우리 둘 중 하나가 사상적으로 타락하여 권력자와 악수하는 일이 생길 경우에는 그 즉시 헤어진다."

타협은 없다. 물러서는 그곳이 낭떠러지다.

"동의할 수 있어?"

후미코가 물었다.

"한마디로 주의를 위한 운동에 상호 협력하는 게 우리의 공동생활의 목적이란 말이지?"

"그래. 나도 당신도 인간으로서 살아 움직이고 있어. 나만 연약한 여성으로 간주될 수 없어. 그건 힘없고 약한 여성이라는 이유로 베풀어지는 모든 은혜까지도 단호히 거절한다는 뜻이야. 상대를 주인으로 섬기는 노예, 상대를 노예로 보고 가엾게 여기는 주인. 이 모두를 배척해!"

잠시의 침묵이 흘렀다. 후미코는 박열에게 오직 하나뿐인 여자이길 간절히 바랐다. 그러면서도 박열 역시 다른 남자들과 마찬가지로 여자라는 굴레에 자신을 속박할까 봐 두려웠다.

"좋아."

박열이 고개를 끄덕였다.

"후미의 뜻이 그렇다면 동의하지 않을 까닭이 없어. 참된 나로산다는 건 어려운 일이지. 그렇기에 일생을 걸어볼 만한 일이기도

하고."

박열의 별명은 '이단아'였다. 좋게 평가하는 사람은 기개와 용맹이 넘치는 이인(異人)이라고 했다. 삐딱하게 보는 사람은 남을 전혀 의식하지 않는 독단가라고 했다.

달변가는 아니었지만 말과 행동에 어긋남이 없었다. 선인(仙人)처럼 고요하면서도 열정적이었다. 지금껏 보아온 '주의자'들의 기성 가치관에 대한 모순적이고 타협적인 태도와 사뭇 달랐다. 질투인 듯 박열에 대해 좋은 평가를 하지 않던 정우영도 "박열만큼 진지하게 생각하고 진지하게 행동하는 자는 우리들 중에도 그리 많지 않다"고 고백했을 정도였다.

자유로운 사람은 외롭다. 외로워야 자유로워질 수 있다. 언제나처럼 빈털터리였지만 그들은 더 이상 가난에 구속받지 않았다.

"집은 거기서 살아가는 사람을 닮는다고 했던가? 우리의 아지트가 꼭 우리를 닮았어. 테두리를 꿰맨 실이 다 끊겨 이엉 같은 다다미, 찢어진 창호지, 그을음이 까맣게 긴 높은 천장에 휘어져 비틀린 낮은 지붕까지. 그나마 창문도 하나뿐이네."

"내가 문을 바를 창호지를 구해 올게. 다다미는 후미가 좀 꿰매 봐. 다행히 창문이 하나뿐이라 외풍은 심하지 않겠군. 볼품없으나마 휴대용 화로를 가지고 왔으니 겨울은 무사히 지낼 수 있을 거야."

두려워 않고 부끄러워 않는 자에게 가난은 위협이 될 수 없었다. 박열의 말대로 다다미 6장의 작은 방은 아늑해서 좋았다. 뜯어진 다다미의 테두리를 꿰매고 창호지를 다시 바르니 어느 옥실 못잖았다. 무엇보다 그들의 보금자리에는 치열한 삶을 꿈꾸는 사람들의 산뜻한 생기가 있었다. 하루 일과를 마치고 집에 돌아가는 길이 그토록 기쁘고 흐뭇할 수 없었다. 빈손을 늘어뜨리고 멀찍이서 지켜보기만 했던 따뜻한 불빛이 저만치 앞에서 기다리고 있었다.

박열은 후미코와 함께 살기로 결정하면서 조선 인삼을 판매하는 행상을 시작했다. 건강 상태가 좋지 않았지만 생활의 짐을 후미코에게 떠맡길 수는 없었다. 한편 약속대로 '허니문'을 대신하는 출판 작업에 박차를 가했다. 온종일 고된 노동에 시달린 후에도 박열은 새벽까지 원고를 쓰는 데 골몰했다. 후미코의 숙면에 방해가 될까 봐 이불을 덮어서 불빛을 가렸다. 돌아앉은 그의 구부정한 등을 보노라면 후미코는 감동과 행복감으로 가슴이 뭉클했다.

남녀의 동거로 생각 않겠다고 강다짐했지만 그들은 건강한 20대의 남자와 여자였다. 손을 잡고 포옹하고 입을 맞췄다. 여느 연인들과 다름없이 서로를 갈망했다. 그럼에도 불구하고 후미코는 주저하고 있었다. 여자로 취급하지 말아달라는 건 사회적인 의미에서였지 생래적인 본질까지 무시하겠다는 뜻은 아니었다. 다만 사상과 각오가 뛰어넘을 수 없는 높다랗고 완강한 장애물이 그녀의 마음 깊숙이 자리 잡고 있었다.

"당신 혹시 내가 하는 이야기가 지루하지 않아?"

밑도 끝도 없이 후미코가 불쑥 물었다.

"그게 무슨 소리야?"

"나랑 함께 지내는 게 따분하거나 내가 지겹게 느껴진 적이 없어?"

"그럴 리가! 지루하다면 이렇게 듣고 있지 않아. 왜 그런 말을 하지?"

"혹시라도, 혹시라도 나한테 질리면 언제든지 말해줘. 난 괜찮으니까 약속 같은 건 신경 쓰지 말고 솔직하게 말해줘."

사랑받지 못했기에 사랑을 몰랐다. 사랑을 모르기에 사랑을 믿지 못했다. 이토는 후미코의 욕망을 더럽게 여겼다. 세가와와 현은 더럽혀진 몸이기에 함부로 다뤘다. 자기 의지로 몸을 더럽힌 일은 단 한 번도 없었다. 부모가 팔아넘기려고 한 일은 있어도 후미코 자신은 몸도 영혼도 판 일이 없었다. 그럼에도 불구하고 스스로가 더럽다고 느꼈다. 냄새나는 추악한 고깃덩이를 징벌하고 싶었다. 거듭된 배신과 기만이 남긴 상처의 흔적이었다.

"후미, 네가 떠멘 짐들을 이젠 내려놔."

의심과 불안을 떨치지 못하고 강박적인 질문을 거듭하는 후미코에게 박열은 해줄 게 별로 없었다.

"나눠 메자고 말해도 좋아. 네가 무거운 만큼 나도 무거워."

초조하게 흔들리는 눈망울에서 지난날의 고통이 느껴졌다. 해

묵어 대신 앓아줄 수 없는 병이었다. 그저 후미코가 정답 없는 질문을 던질 때마다 맹세하고 또 맹세하는 수밖에 없었다.

"괜찮아. 아무 걱정 하지 마. 조금만 자연스러워지면 돼."

뜨거운 숨이 귓불에 닿았다. 입술이 턱뼈를 타고 미끄러져 내려왔다.

'부끄러운 게 아니다! 더러운 게 아니다!'

그의 손이 기모노 앞섶을 파고들었다. 빨라진 숨결과 함께 오르내리는 가슴이 긴장과 흥분으로 부르르 떨렸다.

'즐겁고 재미있는 일이다! 사랑하는 사람들끼리의 스스럼없는 유희다!'

아무리 스스로에게 최면을 걸어도 후미코는 끝내 박열을 받아들일 수 없었다.

"제발 그만! 아아, 안 되겠어."

어깨를 밀쳐내고 허겁지겁 기모노 앞섶을 추슬렀다. 거절당한 사내의 표정이 참담했다.

"왜 그러는 거지? 네가 원하는 게 정신적인 사랑일 뿐이었어? 그렇다면 왜 굳이…… 아니야, 아무래도 내가 잘못한 것 같아. 네가 원하지 않는 일은 조금도 강요하고 싶지 않아."

"아니, 그런 게 아니야! 순수한 정신적 사랑, 플라토닉 러브라는 걸 나는 믿지 않아. 그건 이상주의적인 관념론일 뿐이지. 우리는 육체와 정신을 동시에 가진 인간이야. 하지만, 하지만 지금은 말이야……."

"괜찮아, 내 잘못이야. 다시 한 번 사과할게."

박열이 혼란스런 욕망을 수습하자 후미코는 더럭 겁이 났다. 그녀도 그를 가지고 싶었다. 그다지도 그를 힘차게 하는 것, 그것을 온전한 자기로 품고 싶었다. 그런데도 부둥켜안지 못하고 밀쳐냈다. 너무도 바랐기에 두려워 도망쳤다.

갈팡질팡 다급하게 추슬렀던 기모노를 풀어 헤치기 시작했다.

"아니, 그런 게 아니야! 날 안아줘. 난 당신을 원해. 어서 이리 와서 나를!"

물끄러미 바라보았다. 알 수 없는 공포에 사로잡혀 와들와들 떠는 후미코의 슬픈 알몸을, 토해내지 못하는 어둠과 체증 같은 삶의 멀미를. 박열이 무릎걸음으로 다가가 흩어진 매무새를 고쳐주었다.

"그만해, 후미. 이러지 않아도 돼. 육체든 영혼이든 상관없어. 난 널 진정으로 사랑해. 나는 절대 네 손을 놓지 않을 거야."

빈 방에 홀로 남은 후미코는 쓰러진 채 목 놓아 울었다. 짓이겨지고 뭉개졌던 생채기들이 유령처럼 흐느적거리며 되살아났다. 비로소 행복해진 때에 가장 불행했던 기억들이 쑤신 듯 아파왔다. 진심이 없는 상대를 향해 함부로 내던졌던 사랑이, 사랑이라는 착각과 오해와 기만이, 진정한 사랑을 만난 순간 부메랑이 되어 돌아와 그녀를 괴롭혔다.

함께 맞은 첫 메이데이였다. 아침은 구름이 자욱한 흐린 날씨였지만 행사 시간이 다가오면서 점차 하늘이 맑아졌다. 후미코와 박열은 행사가 열리는 시바 공원으로 향했다. 공원은 메이데이 시위에 참가한 핫피* 차림의 노동자들로 가득 차 있었다.

"경관들이 엄청나게 동원되었군. 공원 주위를 완전히 포위했어!"

후미코가 긴장한 듯 주위를 두리번거렸다.

"내 곁에 바싹 붙어 서. 놈들이 마구잡이로 검속하고 있어."

박열이 후미코의 떨리는 손을 그러쥐었다. 그들은 열기로 들뜬 군중 속으로 천천히 빨려들었다.

오전 11시가 되자 시바우라 노동조합원의 연설이 시작되고 3개 조의 결의가 낭독되었다. 정오 무렵에는 인파가 1만 명 가까이로 늘어났다. 누군가 연단으로 뛰어올라 적색 삐라를 뿌리기 시작했다. 그를 잡으려는 경관들과 저지하려는 노동자들이 뒤엉켜 삽시간에 아수라장이 되었다. 혼잡한 틈을 타 조선인 하나가 연설을 하기 위해 연단에 뛰어올랐다. 그러자 아래에 대기하고 있던 경관이 그를 강제로 끌어내리려고 닥쳐들었다.

"조선인이 왜 나쁜가? 우리에게도 연설의 기회를 달라!"

조선인 노동자들이 연단에서 어깨를 겯고 연설자를 비호했다.

"앞으로!"

---

*직공들이 입는 흰 겉옷.

순간, 호령과 함께 경찰대가 괴성을 지르며 연단을 밀어붙이기 시작했다. 밀고 밀리는 몸싸움이 벌어졌다. 피범벅이 되어 소리를 지르는 자와 모자가 찢어진 경관이 한데 엉겼다. 타오르는 횃불과 적기가 내달렸다. 화약 냄새와 피비린내가 코를 찔렀다.

"후미, 이리로!"

혼란의 와중에 후미코는 박열의 손을 놓쳤다. 한참을 경관과 노동자 무리의 틈바구니서 허우적대다가 가까스로 박열과 다시 만났다. 박열이 손을 끌어 후미코를 인파에서 빼내기 직전 경관이 후미코의 머리채를 낚아챘다. 후미코의 손이 박열의 손아귀에서 비꾸러져 빠져나갔다. 삽시간에 이편과 저편으로 휩쓸려 갈라졌다.

"어서 가! 빨리 도망쳐!"

거구의 경관에게 꺼들린 후미코는 날개를 꺾인 한 마리 새 같았다. 몸을 비틀어 벗어나려 해봤지만 소용없었다. 공포감 속에서도 후미코는 박열이 검거를 피해 빠져나가서 다행이라고 생각했다.

박열은 후미코를 두고 혼자 도망칠 수 없었다. 물밀어 드는 사람의 물결을 거스르며 후미코를 향해 달려갔다. 단단히 쥔 주먹으로 후미코를 붙잡은 경관의 아래턱을 힘껏 후려쳤다. "어쿠!" 하는 소리와 함께 큰 덩치의 경관이 벌러덩 나자빠졌다.

"가자, 후미! 뛰어!"

박열이 후미코의 손을 움켜잡으려는 순간 뒤편에서 두 명의 경관이 박열을 덮쳤다. 박열은 개처럼 두들겨 맞으며 질질 끌려갔다. 입과 코에서 피가 쏟아졌다. 후미코는 하카마를 찢어 그것을 훔쳐냈다. 핏덩이는 사랑처럼 붉고 뜨거웠다.

박열과 후미코는 동시에 아타나 경찰서로 끌려갔다. 경찰서 유치장은 단속에 걸린 시위대로 가득 차 있었다. 박열은 남자 방에 감금되었고 후미코는 아이를 등에 업은 '주의자'들의 아내 서너 명과 같이 여자 방에 갇혔다.

유치장은 냉랭하고 싸늘했다. 밤이 깊어지자 경관들은 '메이지 42년 경시청 구입'이라는 글귀가 쓰인 모포를 나눠 주었다. 이가 우글거리는 모포로 몸을 감싸도 좀처럼 찬 기운을 피하기 어려웠다. 여자 방 한구석에서 모포를 뒤집어쓰고 벌벌 떨던 후미코는 문득 박열의 목소리를 들은 듯했다.

'이명인가? 검거될 때 귀라도 다친 걸까?'

순간 소름 끼치는 쇳소리와 함께 여자 방의 철문이 덜컹 열렸다.

"가네코 후미코! 가네코 후미코!"

경관이 그녀의 이름을 외쳐 불렀다.

"네가 후미코냐? 남자 방에서 이걸 전하란다. 나 원 참, 담배 한 개비 얻어 피우지 못하고 뚜쟁이 짓까지 해야 한단 말이야?"

경관이 이죽거리며 내던진 것은 접힌 그대로의 모포 한 장이었다. 누가 보냈는지는 물어볼 필요가 없었다. 나눌 수 있는 모든 것을 나누고 나눌 수 없는 것까지도 양보하려는 사람은 이 세상에 단 한 명뿐이었다. 콧등이 시큰하며 눈시울이 뜨거워졌다. 그는 끝내 후미코의 손을 놓지 않겠노라는 약속을 지켰다.

"이 방, 우리를 위한 지상의 방 한 칸! 아, 얼마나 그리운 낙원이었던지!"

경찰서 유치장에서 며칠을 지내고 돌아오니 방은 주인을 잃은 냉기로 써늘했다. 하지만 쇠창살에 가로막혀 안타깝게 나뉘어졌던 연인은 어느 때보다 뜨거웠다.

박열이 후미코의 어깨를 끌어 품에 안았다. 후미코는 박열의 곁아래로 팔을 뻗어 등에서 단단히 깍지 꼈다. 서로의 여윈 몸을 부둥켜안고 조심조심 쓰다듬으며 어루만졌다.

"태어날 때부터 난 불행했어. 요코하마와 조선과 하마마쓰에서 시종일관 학대를 견뎌내야 했지. 나는 한 번도 '나 자신'일 수 없었어. 자아라는 것을 가질 수가 없었어."

슬픔을 참기 위해 앙다물었던 입술이 살포시 벌어졌다. 고통으로 일그러졌던 얼굴이 신비로운 환희로 활짝 펴졌다.

"더 이상은 고통스런 과거나마 부정하지 않을 거야. 아버지, 어머니, 할머니, 그리고 수많은 악연들……. 나에게 가난하고 불우한 운명을 선사한 모든 것들, 나를 꺾지 못했기에 나를 더욱 강하게 한 운명을 있는 그대로 껴안을 거야. 만약 아무런 부족함 없이 자랐다면 나는 아마도 내가 그렇게도 혐오하고 경멸해 마지않는 그들의 사상과 성격을 그대로 수용했을 테지. 결국엔 나 자신을 발견할 수 없었을 거야. 이제 나는 나를 축복하지 않은 운명에 감사해. 운명이 내게 은혜를 베풀어주지 않았기 때문에 나 자신을 발견할 수 있었고 마침내 당신을 만날 수 있었어!"

후미코는 울고 싶었다. 아니, 웃고 싶었다. 울음기를 머금은 웃음으로 입가가 실그러졌다. 후미코를 안은 박열의 팔이 힘을 더했다. 낮고도 확고한 목소리가 속삭였다.

"니체가 말했지. 연약한 자는 자신의 운명을 한탄하지만 강한 자는 아무리 열악한 운명일지라도 흔쾌히 받아들이면서 그것을 자신이 발전할 수 있는 기회로 삼는다고. 후미, 넌 강한 사람이야. 우리는 이렇게 하나가 되어 더욱더 강해질 거야."

운명애, 아모르파티……

박열의 손이 후미코의 왼쪽 가슴에 얹혔다. 그의 손바닥에서 후미코의 심장이 고동치고 있었다. 박열은 후미코의 손을 끌어 자신의 가슴으로 가져갔다. 하나의 심장과 또 하나의 심장. 그들의 삶이 거기서 펄떡거리고 있었다.

'생에 무책임할 권리, 일체의 구속으로부터 도망칠 자유, 사랑받을 권리와 사랑할 자유를 보장하라!'

허무가 허무를 향해 열렬한 목소리로 부르짖고 있었다.

"나는 아직 진짜가 무언지 몰라. 하지만 적어도 가짜가 무언가는 조금쯤 알고 있지. 가짜를 피해 필사적으로, 필사적으로 도망치고 있어. 그렇게 가짜로부터 도망치다 보면 언젠가 진짜를 만나게 되지 않을까? 조금쯤은 진짜에 가까워져 있지 않을까?"

그들을 가리고 있던 마지막 허물이 뒤떨쳐졌다. 하얗고 무구한 알속이 눈부시게 드러났다. 박열의 우뚝 선 열망이 천천히 후미코를 향해 미끄러져 들어갔다. 안타깝고 부끄러운 습기로 가득차 있는 태고의 동굴, 그 축축한 밑바닥은 따뜻했다. 박열은 조심스럽게 어둠을 들추었다. 익숙지 않은 빛에 노출된 후미코가 미간을 가볍게 찌푸렸다. 메말랐던 살갗에서 매콤짭짤한 물기가 배어나기 시작했다. 달아올라 열기가 풍기는 숨결이 귓가를 간질였다. 그들은 동시에 부르르 몸을 떨었다. 함께 달려가는 것이다. 다시는 서로를 놓치지 않고, 마지막까지 한 덩이로 솟구치는 것이다.

생의 증명 같은 정사의 끝에는 죽음의 예감이 있다. 섹스를 하며 사람들은 조금씩 죽어간다. 그러나 파정을 하고 후미코의 가슴팍에 쓰러진 박열의 얼굴에는 엄연한 종말을 엿본 야릇한 희열이 넘쳤다. 닫힌 문 저편에서만 아슴푸레하던 빛을 마침내 움켜쥔 후미코의 표정은 태어나기 전의 그것처럼 평화로웠다. 너도 네가 아니고 나도 내가 아닌 그 아득한 찰나. 젊음도 삶도 그렇게 한순간이다.

다만 반역이라는 것

탁탁, 타닥탁—!

다급한 발소리가 어둑새벽의 거리에 메아리친다. 작은 그림자가 골목 모퉁이를 돌아들 때 어둠 속에서 또 다른 그림자가 튀어나와 팔목을 낚아챈다. 한 남자와 한 여자, 그림자들은 담벼락에 바싹 붙어 이마를 맞대고 속살거린다.

"아이는 무사히 처리했어?"

"응, 건강하게 잘 넘겨주었어."

남자와 여자는 경계의 눈으로 주위를 살피며 목소리를 낮춘다.

"만약을 위해 오늘은 집을 비워두자. 지난번 병문안을 오셨던 마루노우치의 붉은 벽돌 병원 의사 선생님이 다시 방문하실지도 모르잖아?"

"아무래도 그게 좋을 것 같아. 태어나지도 않은 아이의 얼굴 모습과 그 애의 장래 목표까지 상세하게 물을 정도로 친절하신 분이니 말이야. 그 바람에 배 속의 아이도 무서웠는지 나올 때가 되었는데도 애를 먹이며 나오려 하지 않았잖아."

도깨비장난을 모의하는 장난꾸러기들처럼 종잡을 수 없는 알쏭달쏭한 말들을 주고받으며 킬킬거린다.

"어디로 갈 거야?"

"하쓰요네 집에 가볼까 해. 당신은?"

"난 일단 간다 쪽으로 갈 거야. 자리가 잡히는 대로 소식 전할게."

"그래. 되도록 빨리 연락해줘야 해. 당신이 너무 그리울 거야."

"나도 마찬가지야. 잠시뿐이니 걱정하지 마. 얼른 다시 만나 다음 아이를 맞을 준비를 해야지."

그들은 문득문득 뒤를 돌아보며 어둠 속으로 헤어져 간다. 자신의 분신이 멀어져가는 모습을 보는 양 안타까움과 아쉬움 속에서 총총히 헤어진다.

연애결혼이 증가하면서 '허니문'은 하나의 유행이 되었다. 오랫동안 '서양'의 상징이었던 영국을 동경하는 이들은 런던으로 갔다. 만국박람회 이후 세계 문화의 중심지로 부상한 프랑스에 환상을 품은 이들은 파리로 갔다. 소설 속의 낭만과 영화 속의 정열을 좇아 달콤한 신혼여행을 떠났다.

박열과 후미코의 밀월은 냉혹한 낭만과 사나운 정열로 쌈싸래했다. 1922년 7월, 4쪽 신문 형식의 잡지 《흑도》가 창간되었다. 창간호의 편집후기 「낡은 방 이층에서」의 작자는 '흑도회 잡지부 임시 소사 가네코, 박열'이었다.

"우리는 인간으로서의 약자의 절규, 소위 불령선인의 동정, 그리고 조선인의 내면 등을 아직 피가 굳지 않은 인간미를 지닌 많은 일본인들에게 소개하기 위해 흑도회의 기관지로서 잡지 《흑도》를 간행한다. 우리의 앞길에 수많은 장애물이 도사리고 있다는 것을 알고 있다. 그 장애물들을 모두 정복했을 때, 세상 사람들이 우리들을 돌아볼 때, 바로 그때 우리들의 날은 올 것이다! 그때야 비로소 참된 일조융합, 아니 만인이 갈망하여 마지않는 세계융합이 실현될 것이다!"

잡지의 표지에는 나무 기둥에 쇠사슬로 묶인 채 몸부림치는 벌거벗은 사내가 그려져 있었다. 블레셋 여인에게 머리를 깎인 삼손처럼 덥수룩한 머리에 일그러진 표정이 그의 지독한 고통을 웅변하고 있었다. 하지만 그에게는 아직 울끈불끈한 근육이 있다. 이대로 죽임당할 수 없다는 아망스런 분노가 있다. 그리하여 팽팽한 경동맥 옆에는 그를 응원하는 구호가 오롯이 새겨져 있었다.

"오직 스스로의 힘으로!"

어머니가 후미코를 찾아왔다. 계 모임 사람들과 함께 도쿄 구경을 온 참에 들렀다고 했다. 후미코의 복잡 미묘한 표정을 보지 못한 척, 박열은 후미코의 어머니에게 조선식으로 큰절을 올렸다. 엉거주춤하게 절을 받은 어머니가 박열이 방을 나가자마자 후미코를 다그쳤다.

"어떻게 살고 있는 거니? 네 꼴이 놀랍구나!"

"제 모습이 어때서요? 어머니의 마음에 들지 않나요?"

"어느 누가 이 꼴을 정상적이라고 하겠니? 여자다움이라곤 찾아볼 수 없고 완전히 선머슴 같구나. 머리는 언제 단발로 깎았니? 입고 있는 옷은…… 그게 바로 조선옷이니? 남자 가방까지 들춰메고서 대체 하루 종일 어디를 돌아다니는 거냐?"

"조선 인삼 행상을 하고 있어요. 내가 먹을 건 내 힘으로 벌어요. 박열과 함께 잡지를 내고 있고요. 그는 좋은 사람이에요. 나를 잘 알고 깊이 이해하지요. 우리는 서로 도우며 살고 있어요."

"허랑한 남자처럼 보이지는 않더라만……. 네 꼬락서니로 보아 이걸 어떻게 남녀의 생활이라고 할 수 있겠니? 밖에서 보면 지극히 사이가 좋은 두 남자가 함께 사는 걸로만 보일 거야."

어머니의 원망 섞인 지청구에 후미코는 더 이상 대꾸하지 않았다. 그렇게 보였다면 다행이다. 기어이 그녀가 원하던 대로 된 셈이다. 남자가 없으면 살지 못하는 어머니, 남자에게 의지하지 않으면 스스로 설 수 없어 비틀거리는 어머니와 닮지 않는 것이 후미코가 품었던 가장 큰 소원 중 하나였다.

"조선 남자라니……. 하긴 할머니 집에서 돌아왔을 때부터 좀 이상하긴 했지. 만세 운동이며 할머니 집에서 부리던 불쌍한 머슴에 대해 말하고는 엉엉 울기까지 했으니까. 어쨌든 넌 일본인이 아니냐? 어떻게 일본인이 조선인을 도울 수 있어?"

"단지 내가 사랑하는 남자가 조선인이라서 이러는 게 아니에요. 나는 일본인이긴 하지만 일본인이 너무 증오스러워 화가 치밀곤 해요. 혹시 아셨나요? 이와시타 집안은 조선인을 수탈하기 위해 아편 밀매까지 하고 있었어요. 아무리 돈이 중요하대도 아편 따위를 밀수입하는 도적 같은 장사에는 정나미가 떨어졌지요. 하지만 나는 그들의 강요로 아편을 약 포장지에 싸는 일을 해야 했어요. 조선인들을 병들게 하는 마약을 내 손으로 포장했다고요!"

어머니는 어안이 벙벙한 얼굴로 울부짖는 후미코를 멀거니 바라보았다. 조선에서의 비참한 기억과 학대받던 조선인들을 떠올리면 후미코는 절로 격앙되었다. 일본인 친구들과 대화할 때에도 꼭 이랬다. 눈물을 줄줄 흘리면서 빠르고 강한 어조로 쉴 새 없이 이야기했다. 심지어 박열이 난처해서 이제 됐으니 그만하라고 말려도 막무가내였다.

"난 일본에서 '버림받은 자'였죠. 조선에서도 일본인 집단으로부터 '버림받은 자'였고요. 어머니는 잊어버렸나요? 어렸을 때부터 무적자라고 모든 사람들로부터 제외된 애물단지 취급을 당했죠. 어머니가 애걸복걸해서 다니게 된 학교의 출석부에는 내 이름이 없었어요. 심지어 졸업장도 다른 아이들과 구별되는 모조지

한 장만 달랑 받았죠. 그래서 나는 알아요. 권력자들의 억압이 얼마나 비인간적인지 내가 직접 겪은 아픔과 괴로움을 통해 알아요. 그러니 어떻게 나와 같은 고통을 당하는 조선인들을 외면할 수 있겠어요? 이건 남의 일이 아니라고요!"

"그렇지만 해준 것이라곤 없는 어미라도 자식 걱정이 되는 건 어쩔 수 없구나. 듣자니 저 남자가 요시찰 조선인이라고, 그것도 갑호에 해당되는 '불령 사상'에 강하게 물들어 있는 자라고 하던데, 감시와 미행을 당하면서야 어떻게 편안하게 살 수 있겠니?"

"몸 편하게 사는 건 애초에 포기했어요. 우린 가난해서 비지밥조차 배불리 먹지 못하죠. 하지만 마음만은 어느 때보다 편안해요. 난 믿어요. 만일 조선에 박열과 같은 투사가 서른 명만 있다면 조선 독립을 당장 쟁취함은 물론 조선 민족이 전 세계를 제패할 수 있을 거예요!"

후미코의 맹렬하고 과격한 말에 어머니는 기가 막혀 말을 잇지 못했다. 모두가 멸시하는 조선인을 옹호하며 독립이니 어쩌니 하는 불온한 말까지 함부로 내뱉다니! 어머니는 허겁지겁 자리를 털고 일어났다. 작별 인사조차 하는 둥 마는 둥 '우치마타'라고 불리는 전통적인 안짱다리 걸음으로 총총히 사라졌다.

'어쩌면, 마지막일까……?'

다시 만날 수 없으리라는 야릇한 예감이 후미코를 엄습했다.

'어머니는 신주쿠와 긴자와 구단의 번화가를 돌아다니며 무엇을 볼까? 우에노 공원의 벚꽃 그늘 아래서 무슨 생각을 할까? 낯선 사람이 되어버린 딸에게서 위험을 느끼며 다시는 찾아오지 않겠노라고 다짐할까? 아주 조금이라도 죄책감을 느끼며 후회할까?'

후미코의 거친 뺨으로 눈물 한 방울이 주르륵 흘러내렸다.

우리는 각자의 자유로운 자아의 자유를 무시하고 개성의 완전한 발전을 방해하는 불합리한 인위적인 통일에 끝까지 반대하며, 또 전력을 다하여 그것을 파괴하는 데 노력할 것이다. 우리들에게는 어떠한 고정된 주의도 없다. 인간은 일정한 틀에 걸려들 때 타락하고 사멸하는 것이다. 마르크스나 레닌이 뭐라고 지껄이든 말든, 우익 검은 개가 짖든 말든, 우리들에게는 그런 건 아무 소용이 없다. 우리들에게는 우리들만의 소중한 체험이 있고 타고난 재능이 있고 방침이 있으며 뜨겁게 약동하는 피가 있다. 우리들은 우리들 자신이 해야 할 것과 해서는 안 되는 것을 우리들 자신이 스스로 판단한다. 밖에서 오는 어떠한 강한 권력도 우리들의 행동을 판단할 수 없을 것이다!

'아이'의 첫 울음소리는 장엄했지만 재경조선인 무정부주의자와 공산주의자로 구성된 흑도회는 분열해 해체되었다. 연합이라고 했지만 실제로는 공산주의보다 무정부주의적 성향이 압도적이었던 탓이었다. 난산 속에 태어났던 박열과 후미코의 '아이', 흑도회의 기관지 《흑도》도 2회를 끝으로 폐간되었다.

공산주의자들과 결별한 박열은 '흑우회'를 결성하고 후미코와 함께 새로운 잡지를 준비하기 시작했다. 잡지의 이름은《뻔뻔스러운 조선인》이었다. 처음에 그들이 생각한 이름은 '불령선인'이었다. 하지만 경시청 관계자는 감히 그런 이름을 붙이겠노라고 선언한 박열을 '뻔뻔스러운 놈'이라고 부르며 길길이 날뛰었다.《뻔뻔스러운 조선인》이라는 이름은 거기서 힌트를 얻은 것이었다.

후미코는《뻔뻔스러운 조선인》에 글을 쓰기 시작하면서 '박문자(朴文子)'라는 필명을 사용하기 시작했다. 결혼한 일본 여성이 보통 남편의 성을 따르는 풍습에 근거한 것이었다. 박문자는 사설 「소위 불령선인이란」을 통해 말했다.

과연 불령선인이란 말은 올바른 의미로 이해되고, 또 올바른 의미로 사용되고 있는가? 불령선인이란 어디까지나 자유를 향한 열정을 안고 살아가는 인간이다. 그러므로 아무리 제멋대로인 진압책을 내세운다고 해도, 또 아무리 교묘한 단속법을 시행한다고 해도, 우리 불령선인은 금일 일본과 조선의 관계가 이대로 계속되는 한 늘면 늘었지 결코 줄어들지는 않을 것이다!

박열과 후미코의 투쟁이 가열해질수록 당국의 눈길은 매서워졌다. 박열은 도쿄에서만 50번 이상 검속 구류를 당했다. 미행하는 순사가 두 사람이나 붙어서 어디를 가든 감시를 받았다. 집 앞에는 경찰서 파출소가 설치되어 출입하는 자를 일일이 검문했다.

후미코에게도 눈길이 쏠렸다. 어느 날 예고도 없이 찾아온 경시청 형사에게 세타가야 분서까지 임의 동행을 요구받았다. 이상스러울 정도로 무섭게 치켜뜬 형사의 눈빛에 소름이 돋았지만 후미코는 담담하게 소지품을 챙겨 경찰서에 갔다.

'결국 눈치를 채고 말았구나. 아니야, 이전부터 눈치는 챈 것 같았는데……'

후미코도 어느새 '불령선인'이 되어 있었다. 일본인이면서 일본에 대적해 조선인과 함께 싸우는 일본인도 조선인도 아닌 이방인. 그럼에도 불구하고 후미코는 '대일본 제국의 국민'이 아님을 축복으로 여기며 기뻐했다. 더 이상 인형이나 장난감이 아닌, 오로지 한 인간으로서의 자신임을.

1923년 4월, 박열과 후미코가 새로운 조직 '불령사'를 결성하기로 한 것은 자신들의 사상을 더욱 대중적으로 선전하기 위해서였다. 흑우회의 기관지 《뻔뻔스러운 조선인》은 《현사회》라는 미지근한 이름으로 개명했지만 당국의 압력은 끊이지 않았다. 잡지를 발행할 때마다 한바탕 전쟁을 치렀다. 인쇄소에서 제본되어 나오자마자 검열 당국에 압수되고 발매 금지 처분을 받기 일쑤였다. 인쇄소를 비밀로 하고 시시때때로 옮겨 다니며 압수당하더라도 덜 당하도록 비밀 반포를 해봤지만 그 한계가 엄연했다.

"사회운동은 누가 뭐래도 민중적으로 실행되지 않으면 안 돼.

대중적이 되지 않으면 안 되는 거지. 그러기 위해 곳곳에 지사를 두고 실천에 옮기도록 해야겠어."

박열의 말에 후미코는 전적으로 동의했다.

"그래, 당신 말이 옳아. 흑우회 회원은 비교적 세련된 무정부주의 사상을 지니고 있는 사람들이기 때문에 내부만을 위한 활동은 더 이상 의미가 없어. 무정부주의와 거리가 먼 사람들을 규합해서 이 주의를 선전해야 할 것 같아."

"우리의 뜻에 얼마간이라도 동조하는 사람들부터 모아보자. 민족주의적이지도 않고 사회주의적이지도 않은, 다만 반역이라는 것에 찬동하는 사람들을 말이야."

조직을 움직이는 것은 결국 사람, 그리고 돈이었다. 뜻을 함께할 이들을 규합하는 것만큼이나 자금을 확보하는 일이 절박했다.

박열과 후미코는 줄곧 빵과 마라톤을 하며 고군분투했다. 잡지 가격은 40센으로 매겨져 있었지만 실제로 판매되는 것은 거의 없었다. 인삼 행상을 통해 버는 푼돈으로는 생활비조차 충당하기 어려웠다. 할 수 없이 책의 제목대로 뻔뻔해지기로 했다. 양심을 자극하거나 선의에 호소하거나 연민을 불러일으켜 '군자금'을 얻어 잡지를 만들었다. 유명 신문사와 잡지사를 찾아다니며 광고비 조로 돈을 얻어내는 '회사 건달' 노릇도 했다.

잡지는 근근이 만들 수 있었다. 하지만 목표가 달라졌다. 저항적인 조선인과 일본인을 널리 결집하기 위해서는 모임 장소가 될 만한 좀 더 넓은 아지트를 찾아야 했다.

"큰돈은 되지 못하겠지만 이거라도 팔아서 집을 옮기는 데 보태자."

박열이 후미코 앞에 내놓은 것은 『국민경제강화』 양장본이었다. 무겁고 두꺼운 그것은 박열이 가져온 낡은 가방의 맨 밑에 깔려 있던 책이었다.

"그렇지만 이건 당신이 아끼는 책이잖아? 꼭 읽고 싶어서 한 푼두 푼 저축해서 샀다고 했으면서……."

"그래, 사실이야."

박열이 책표지를 만지며 쓸쓸하게 웃었다.

"어쨌거나 이건 가격이 12엔이나 되는 꽤 값비싼 책이니까."·

후미코는 박열이 내민 책을 받아 들 수 없었다. 한 권의 책을 사기 위해 몇 끼를 꼬박 굶으며 물로 허기를 달랬을 그를 생각하니 차마 중고 책방에 팔아넘길 자신이 없었다.

"어서 받아. 내용은 내 머릿속에 다 있으니 소장본 따위는 필요 없어. 처분을 부탁해."

박열의 강권에 억지로 책을 받아 들긴 했지만 후미코는 결국 그것을 돈으로 바꿀 수 없었다.

"이걸 팔고 싶어요."

결국 『국민경제강화』 대신 후미코가 고학을 하며 샀던 책들이 중고 책방에 넘겨졌다.

緣)의 공포와 고독 때문이야. 사람들은 평소에 자신을 둘러싼 현상들을 의식적으로 알진 못하더라도 그들 자신의 존재를 영원히 잃는다는 게 얼마나 끔찍하게 고독한 일인지 알고 있지. 잠은 존재를 잃는 게 아니야. 다만 잊을 뿐."

하쓰요가 말갛게 빛나는 눈으로 물었다.

"실제로 죽음에 직면해본 일이 있어?"

"그래…… 있어."

20대 초반의 두 여성이 영어 학교 교정에 앉아 나누기에는 아무래도 엉뚱한 주제, 죽음을 이야기하며 그들은 절친한 친구가 되었다.

베르그송, 스펜서, 헤겔, 슈티르너, 니체…….

하쓰요는 탐독과 난독의 독서광이었다. 그녀가 빌려준 책들을 통해 후미코는 비로소 사상과 철학에 어섯눈을 떴다. 그러나 하쓰요는 염세적인 만큼 냉소적이었다. 사회주의자들의 군중 운동을 조소하며 모든 집단을 냉정하게 보았다.

"나는 할 수 없어."

하쓰요가 고개를 저었다.

"그렇게 인간 사회에 대해 고정된 철학을 유지하는 걸 말이야. 내가 할 수 있는 일은 내 주위에 나처럼 느끼고 옳은 방식으로 살아가는 사람들과 교류하는 것뿐이야. 그것이 가장 현실적이고 가장 큰 의미를 지닌 삶이지."

"하쓰요, 그런 견해를 '현실도피'라고 부르는 사람이 있다는 것도 알고 있겠지? 내가 너를 현실도피주의자로 비난하려는 건 아니야. 나 또한 현존하는 사회를 모두의 이익을 위한 것으로 변화시키기는 불가능하다고 생각해. 너와 마찬가지로 어떤 주어진 이상을 채택하고 싶지도 않고. 하지만 우리가 새로 만들려는 '불령사'는 사상을 강요한다기보다 연구를 위한 모임이야. 모든 것은 개인의 자유 의지이고 우리는 무엇이라도 토론할 수 있어. 하쓰요, 우리는 다른 의견과 다른 사람들이 필요해. 네가 우리 모임에 꼭 가입해주었으면 좋겠어."

인간의 삶과 죽음만을 고민하는 하쓰요는 불령사 같은 '반역 단체'에 별로 관심이 있어 보이지 않았다. 그래도 후미코는 최선을 다해 하쓰요를 설득했다. 후미코는 하쓰요와 많은 부분에서 닮았다. 그러나 가장 큰 한 가지가 달랐다.

유토피아는 그리스어로 '아무 데도 없는[utopia: nowhere]' 곳이었다. 하지만 후미코는 비록 사회의 이상적 비전을 갖고 있지 않은 사람이라도 자신의 작업을 해나갈 수 있다고 생각했다. 그것이 성공적이든 회의적이든, 유효하다고 믿기에 충분했다. 작업의 성취는 오직 실제적 삶에 대한 것이다. 삶에 뿌리를 내리기 위해서는 그들만의 작업을 계속해야 했다. 지금, 여기, 반역과 저항으로 분투하는 자들이 있기에 유토피아는 멀고 먼 이상일 수 없었다.

"당신! 축하해줘! 하쓰요를 설득했어. 우리와 함께하겠대!"

후미코가 기쁨에 넘치는 얼굴로 박열의 품에 뛰어들었다. 인도의 속담에 천 년의 어둠도 촛불 하나로 사라진다는 말이 있다. 젊기에 어리석고 어리석어 용맹한, 그들이 믿은 것은 오직 그 한 줄기의 빛이었다.

발밑의 균열

폭탄을 가지고 싶었다. 더러운 세상을, 쓰라린 기억을, 슬픔과 불안과 치욕까지도 단번에 날려버릴 빛과 열의 덩어리. 터뜨려 쓸어버리고 싶었다. 죽이고, 죽고 싶었다. 절멸, 혹은 적멸.

"조선에서 김한이라는 사람을 만나고 왔어."

박열이 후미코에게 폭탄 입수 계획에 대해 처음 밝힌 것은 동거를 시작하던 해 여름이었다. 경성의 천도교 교당에서 열린 연설회에 참가했던 박열은 조선무산자동맹회 위원 김한을 만났다. 일본 유학과 중국 생활을 거쳐 대한민국 임시정부의 비서국장으로 활동했던 김한은 이전부터 박열과 잡지와 서적을 주고받으며 교류하던 사이였다.

"내가 그에게 말했지. 일본 정부에 대해 철저하게 반대하기 위해서는 비상 수단을 쓰는 것 말고는 다른 방도가 없다고. 그 자체가 선전인 동시에 투쟁인 모든 표면적 사회 운동은 보다 깊이 있는 운동을 전개하기 위해 일본 권력자의 눈을 속일 수 있는 수단이 되지 않으면 안 된다고."

"그랬더니 그 사람이 뭐래?"

"김한은 전적으로 나의 운동론에 동조했어. 앞으로도 서로 연락하기로 약속했고 연말까지는…… 물건을 나눠 줄 생각인 것 같았어."

박열의 눈동자에서 불꽃이 작열하고 있었다. 원한과 증오와 복수심으로 감파르니 타오르는 열정. 그를 사랑하기에 믿었다. 믿기에 사랑했다. 그러나 어쩐지 조급증을 내는 듯한 박열의 모습에서는 비현실적인 낭만주의의 향취가 풍겼다.

김한이 발족한 무산자동맹회는 중국에서 활동하는 의열단과 관련이 있었다. 의열단은 조선을 해방시키고 계급을 타파해 토지를 균분한다는 강령하에 암살과 파괴 사건을 실행하고 있었다. 밀양경찰서 폭탄투척사건, 조선총독부 폭탄투척사건 외에도 상해에서 다나카 기이치 육군대장 저격 폭탄투척미수사건을 일으켜 일제의 간담을 서늘하게 한 바 있었다.

그러나 철저하게 조직된 비밀 결사인 의열단에서 운동론에 동조한다는 이유만으로 폭탄을 나눠 주겠노라고 약속했다는 것은 아무래도 믿기 힘들었다. 사전에 교류가 있었다고 하지만 김한과 박열은 실제로 처음 만난 사이였다. 일반적이고 추상적인 대화는 나누었을지 모르지만 그 정도로 진척된 교섭이 있었을 거라고는 생각하기 어려웠다.

"다시 한 번 조선에 들어가봐야 할 것 같아. 어쨌거나 물건을 입수할 수 있는 가장 빠른 길은 의열단과 연락을 취하는 거야!"

박열은 당장이라도 무슨 일을 벌일 듯 초조했지만 후미코의 예감대로 폭탄 입수는 쉽게 진척되지 않았다. 초겨울 무렵 박열은 다시 조선에 가서 김한을 만나고 돌아왔다. 늦어도 이듬해 가을까지는 폭탄을 인계해달라고 요청했다는 것이었다. 물론 가능성이 없는 건 아니었다. 의열단의 김원봉이 "우리 단체의 목표는 경성과 도쿄 두 곳"이라고 밝혔고, 폭탄의 도쿄 배치 계획에 박열보다 더 적합한 인물은 없었다.

중국에서 조선을 거쳐 폭탄을 입수하기를 기다리는 동안 박열에게 두세 통의 분홍빛 편지가 날아들었다. 봉투를 뜯으면 진한 분 냄새가 물씬했다. 보내는 사람은 경성의 관기(官妓) 이소홍. 기생이면서 사회주의자인 이소홍은 현해탄을 오가는 연서를 가장해 김한과 박열을 잇는 연락원의 역할을 맡고 있었다.

박열은 며칠 동안 알파벳을 숫자와 조합한 암호를 사용해 답장을 썼다. 후미코는 분홍색 편지 봉투에 이소홍의 주소를 적어 넣었다.

"이번에는 정말 폭탄이 우리 손에 들어올 수 있을까?"

폭탄이라는 파괴의 상징은 오래전부터 박열의 마음속에 자리잡고 있었다. 후미코는 박열의 조급성을 경계했지만 박열로서는 참고 기다리기 어려웠다.

의열단을 통해 폭탄을 입수하려는 계획은 처음이 아닌 세 번째 시도였다. 첫 번째는 일본의 사회운동가를 통해 소개받은 외항 선원 스기모토에게 구미 등지에서 폭탄을 구해주길 의뢰했다. 두 번째는 상해 임시정부의 일원인 최혁진을 만나 조선으로 반입되는 폭탄 중 일부를 동경에서 전달받기로 계획했다. 두 번의 시도는 모두 실패로 돌아갔다. 풍선 하나 터뜨려보지 못한 채 허공에서 불발되었다. 박열이 점차로 초조해진 건 당연한 일이었다.

세 번째 시도 역시 여의치 않기는 마찬가지였다. 김원봉의 특사가 경성을 방문했다는 이야기까지는 들었으나 이후로 연락이 뚝 끊겼다. 한 달이 지나도록 감감소식이었다.

"우체부가 다녀갔어?"

"아니, 아직 올 시간이 아니잖아."

"우체부는? 우체부 왔다 갔어?"

"응, 좀 전에 다녀갔어."

"조선에서 온 편지는 없어?"

"미안하지만, 오늘도 없는 것 같아."

언제나 침착성을 유지했던 박열이 안절부절못하고 하루에도 몇 번씩 우체부가 다녀갔느냐며 후미코를 다그쳤다. 달콤한 향기에 분홍빛 봉투, 그것이 전하는 무시무시한 살상 무기의 안부. 낭만성이 아예 없다면 혁명도 없을 테지만 기묘한 색과 향의 조합은 후미코의 불안을 부추겼다.

"김한이, 김한이 체포되었다는군!"

외출했던 박열이 창백한 얼굴로 돌아와 신문을 건넸을 때 후미코는 올 것이 왔다는 생각을 했다.

"우리 물건을 가져오기로 한 운반자가 중국과 조선의 국경에서 군벌 장작림의 수하에 체포되면서 물건을 모두 몰수당했나 봐. 그런데 김한이 김상옥의 종로경찰서 폭탄투척사건과 관련되었다는 혐의로 검거되면서 취조 과정에서 폭탄 수취 계획까지 발각되어 버린 거야."

후미코는 신문에 실린 김한의 사진을 멀거니 들여다보았다. 처음 보았지만 왠지 아는 사람 같았다. 가슴에 폭탄을 품고 폭탄이 되어 사는 사람들.

계획이 무산되었다는 사실에 박열은 크게 실망해 앓아눕다시피 했다.

"이러다 정말 병나겠어. 일어나서 미음 좀 마셔봐. 기운 내서 활동하다 보면 다시 기회가 올 거야."

"다시 기회가 온다고? 과연 언제? 국경의 경비는 삼엄해지고 경찰의 검속은 날로 철통같아지는데! 조선 민중들은 하루하루 지옥을 살고 있어. 그들에게는 기회란 게 아예 없다고!"

박열은 폭탄을 껴안고 죽지 못한 게 억울한 듯 울분을 터뜨렸다. 그는 조선의 호랑이였다. 호랑이는 넓은 영역에서 홀로 사는 습성을 갖고 있지만 유달리 동족애가 강한 짐승이랬다. 그래서 사냥꾼들은 호랑이를 잡은 직후 한동안 은신하며 경계한다고 했다. 동족의 희생을 복수하기 위해 다른 호랑이들이 출현하기 때문이었다.

박열은 조선의 민중, 동족에 대한 끓어오르는 애정으로 포효하고 있었다. 의심할 여지없는 그의 순정이었다. 하지만,

'과연 내 눈앞에 폭탄이 있었다면 나는 그것을 기꺼이 받아 들었을까?'

후미코의 심경은 복잡 미묘했다. 박열이 피압박민족인 조선인이고 후미코가 일본인이기 때문은 아니었다. 박열은 의심하지 않는 사람이었다. 다른 누구보다 자기 자신을 신뢰했고 자기 행동의 정당성을 믿어 의심치 않았다. 반면 후미코는 세상에 대한 불신이 깊고 강한 만큼 의심과 불안을 멈출 수 없었다.

'나는 그것을 던져 무엇을 깨부술 수 있을까? 나는 그만큼 열렬한 인간일까? 어쩌면 권력에 반역한다는 기분 좋은 상상에 현혹되어 있는 건 아닐까?'

정확하게 조준되지 못한 폭탄은 날아가지 못하고 발밑에 떨어진다. 날아가도 터지지 못하는 불발탄일 수 있다. 오래된 접시에

생긴 실금처럼 밖으로 드러나지 않은 균열이 조금씩 느껴지기 시작했다. 사랑했으므로 고작 미세한 차이를 느끼는 것만으로 고통스러웠다. 고통스러웠기에 차마 말할 수 없었다. 책상 위의 신문을 한참 동안 물끄러미 바라보는 후미코를 박열이 어두운 눈빛으로 지켜보고 있었다.

사람이든 조직이든 고립된 상황과 열정이 만나면 과격하고 극렬해지기 마련이다. 점점 극심해지는 탄압 속에 정치적 낭만주의를 바탕으로 태어난 불령사는 노골적이고 뻔뻔했다. 도요타마 군 요요기의 전형적인 일본식 목조 건물 2층 셋집에는 '불령사'라는 표찰이 당당하게 걸려 있었다. 한길을 향한 벽에는 만화가 오가와 다케시가 그린 검붉은 벽화가 선명했다. 붉은 잉크로 그려진 커다란 하트 안에는 검은 글씨가 선명히 새겨져 있었다.

'반역!'

도발적인 문구는 지나가는 행인들의 눈에도 쉽게 띄었다. 이웃들은 이 집을 이상한 곳이라고 생각했다. 2층 방 안 책상 위 작은 액자에는 무언가에 찔려 피를 철철 흘리고 있는 심장 그림이 들어 있었다. 불안정하고 무모하고 격렬하게 치닫는 젊음이 상처 입은 심장처럼 검붉게 흘러넘치고 있었다.

불령사의 동인은 모두 21명이었다. 조선인 15명에 일본인이 6명이었고 모두 20대였다. 사상적으로는 무정부주의자가 절대 다수였지만 벤텐도의 승려였던 최영환 같은 불교도나 세이소쿠 영어 학교에 다니는 한현상 같은 기독교도도 포함되어 있었다. 배경과 이력이 잡다한 이들의 공통점은 고학생 또는 노동자의 신분이라는 것이었다.

"이러한 단체로는 비밀 운동을 할 수 없소. 그래서 문호를 개방하는 것이오. 단체에서 할 수 있는 일은 연구 정도에 그칠 것이오. 다른 비밀 운동은 뜻을 모아 할 수도 있고 하지 않을 수도 있소. 모두 각자가 결정할 바이오."

첫 번째 모임에서 박열이 밝힌 대로 불령사는 느슨한 공개 조직이었다. 후미코와의 친분으로 모임의 일원이 된 하쓰요나 염세주의자인 목수 게이자부로까지도 부담 없이 참가할 수 있을 정도였다. 가입은 추천제였지만 탈퇴는 자유로웠다.

모임의 조직 문제에 대한 논의가 있던 날, 일부에서는 불령사가 연구뿐만 아니라 실제 운동도 병행해야 한다는 의견이 나왔다. 직접 행동에 나서야 한다는 주장도 있었다. 난상 토론 끝에 직접 행동에 나서는 것은 각자의 자유 의지에 맡기기로 결정했다.

자유의지! 매혹적이고도 불안정한 것!

그들은 흔들리는 채로 길을 찾았다. 머리를 맞대고 함께 공부하고 토론하고 모색했다. 매월 1회의 정기 모임을 가질 때면 요요기의 작은 2층 방은 뜨거운 열기로 가득 찼다. '주의자'의 상징인 루바시카를 걸쳐 입은 박열은 열성적으로 불령사를 이끌었다. 절도 있으면서도 때로 과장된 듯한 그의 모습은 안톤 체호프의 소설에 등장하는 '유로지브이'를 닮아 있었다. 성스러운 바보! 미혹을 넘어 깨달음을 얻기 위해 기행을 일삼는 수도사처럼 우스꽝스럽고도 경건했다.

"저 남자는 자기과시적인 혁명적 로맨티시즘의 색채가 너무 강해."

회의주의자에 가까운 하쓰요는 박열의 불같은 정열과 신념을 마뜩잖아 하기도 했다.

"난 네가 왜 그를 사랑하는지 모르겠어. 넌 정말 사랑을 믿니? 우리 같은 부류에게 그런 건 너무 낯설지 않아?"

하쓰요가 도발했지만 후미코는 잠시의 망설임도 없었다.

"사랑…… 그래, 그건 언제나 낯선 말이야. 하지만 사랑이 낯설 수밖에 없는 건 여전히 삶이 익숙지 않기 때문일 거야. 삶에 익숙해지면 사랑에도 익숙해져. 익숙해진 사랑은 사랑이 아니야. 누추한 관성일 뿐이지. 나는 사랑에도 삶에도 언제까지나 익숙해지고 싶지 않아."

후미코는 무정부주의자로서 동인들의 자유 의지를 구속하지 않는 불령사에 큰 애착을 가지고 있었다. 그리고 뜨거운 빛을 향해 달려드는 불나방처럼 무모할지라도 물러서지 않는 박열을 진심으로 존경했다.

소크라테스는 "사랑을 이기려면 사랑을 피하는 것이 상책이다"라고 말했던가. 그런데 대체 사랑을 이겨먹는다고 무슨 소용이 있을까? 패배하리라, 기꺼이, 흔쾌히!

자유의지를 내세우지만 불령사가 탁상공론이나 일삼는 허황된 조직은 아니었다. 그때그때의 결의에 따라 직접 행동을 실천했다. 체계는 조직을 강고하게 하지만 둔중하게도 한다. 체계를 벗어난 체계를 가진 불령사는 실천의 몸이 훨씬 가벼웠다. 때로 공산주의자들보다 무정부주의자들이 더 과격하고 급진적으로 보이는 것도 무게와 부피의 가뿐함 때문이었다.

독립운동 자금을 착복한 장덕수와 사회주의자를 매도한《동아일보》기자 김형원이 그들의 의분한 몽둥이세례를 받았다. 민중화가 모치즈키 가쓰라나를 초청해 일본노동사를 듣고 민중예술론을 주장하던 가토 가즈오를 초청해 혁명 사상을 배우기도 했다. 백정해방운동을 벌이던 조선형평사에 응원 전보를 보내고, 도쿄시전의 파업을 지도하다 투옥되었던 나카니시 이노스케의 출옥 환영회를 개최했다. 무정부주의의 상징색인 검정처럼 세상의 모든 빛깔을 흡수해 강렬한 힘으로 분출하고자 했다.

나슨한 듯 밀도 있는 생명력으로 활동하던 불령사가 예상치 못했던 위기를 맞은 것은 8월에 열린 제6차 정기 모임에서였다.

도쿄의 여름밤은 습하고 후터분했다. 의제로 오른 사안 또한 유쾌하지 않은 것이었다. 스트라이크를 일으킨 마산의 노선공부와 해산 명령을 받은 군산형평사에 격려 전보를 보내는 사안은 간단히 처리했지만 중요한 문제는 다음에 있었다. 박열이 불령사를 만들기 전 조직했던 흑우회 해산 건이었다.

흑우회는 회원들의 사상 차이가 극심해 지식 계급의 흉내나 내는 연구 조직으로 전락했다는 비판을 받았다. 흑우회는 불령사 동인이기도 한 김중한의 명의로 사무소를 임대하고 있었는데, 얼마 전 김중한이 흑우회 기관지《민중운동》의 편집인을 사임하고《자천(自擅)》이라는 새로운 잡지를 펴내면서 유명무실한 것으로 전락한 상태였다.

그 밤의 끈적끈적한 불쾌감은 평소와 달랐다. 팽팽한 긴장과 적대감 같은 것이 담배 연기와 모깃불에 섞여 야릇하게 피어올랐다. 토론 끝에 흑우회는 해산하기로 결정되었다. 회의 내내 못마땅한 표정을 감추지 못하던 김중한이 불만을 털어놓은 것은 결정이 내려진 직후였다.

"박열 동지! 당신은 나와 관련된 일을 모든 사람에게 중상모략하고 다니는 게 아니오?"

김중한의 일갈에 모두의 시선이 박열에게 쏠렸다. 박열은 짐작했던 바가 있는지 흥분하지 않고 차분하게 대꾸했다.

"당신의 일을 비판한 적은 있지만 중상모략하고 다닌 적은 없소."

조선에서 무정부주의 운동을 하다가 불령사가 설립된 직후 일본에 온 김중한은 성격이 괄괄한 달변가였다. 그는 박열에게 무정부주의를 배우러 왔다며 적극적으로 조직에 가담했다. 박열은 김중한이 조선에서 보내온 편지를 읽고 무정부주의에 대해 보기 드문 이해를 지닌 사람이라고 평가했다. 그런 신뢰가 있었기에 흑우회의 기관지 편집인까지 맡겼던 것이다.

후미코는 김중한에 대한 평가를 유보했다. 행동보다 말이 앞서는 성격이 켕기는 한편 김중한과 하쓰요의 관계가 점점 심각해지고 있다는 것을 낌새챘기 때문이었다. 터져 나오는 재채기를 참을 수 없듯 사랑에 빠진 사람들의 들끓는 열기는 숨길 수 없었다. 김중한이 《민중운동》의 편집인을 그만두고 새 잡지 《자천》을 만들기로 한 것도 하쓰요의 환심을 사기 위한 행동임을 후미코는 알고 있었다.

김중한의 목소리가 흥분으로 높아지기 시작했다.

"당신은 너무 독선적이오! 오늘 의제만 해도 그렇소. 당신은 흑우회를 휘저어 불령사와 합치려는 계획을 갖고 있던 게 아니오?"

"아니오. 흑우회를 저런 상태로 방치해서는 안 되니까 해산하고 불령사와 통합하는 게 나을 거라고 생각했던 것뿐이오."

"그럼 하쓰요에게 《현사회》를 만드는 데 참가하라고 제안한 건 무엇이오? 내가 하쓰요와 함께 《자천》을 발행하고자 하는 것을 방해하려고 하쓰요를 《현사회》에 끌어들이려 한 것이 아니오?"

"그렇지 않소. 니야마 씨에게 그런 의도로 제안한 적은 없소."

박열이 거듭 부인하자 김중한의 곁에 바싹 붙어 앉아 있던 하쓰요가 반짝 고개를 쳐들었다.

"그런 의도가 아니었다고요? 아니, 당신은 분명 내게 그런 적이 있어요! 내가 《자천》을 펴낼 계획을 설명하자 당신은 김중한이 일면 든든해 보이지만 경박하고 매명적이라서 아무래도 믿을 수 없다며 둘이서 잡지를 내는 것은 중지하는 게 좋을 거라며 충고하지 않았던가요?"

하쓰요의 돌연한 반격에 모두가 놀란 사이 응원에 고무된 김중한이 목소리를 높였다.

"그럼 내게 폭탄 입수를 위한 상해행을 제안했다가 중지시킨 이유는 뭐요? 뭐든 구체적으로 말해주시오! 그래야 변명이라도 할 게 아닌가? 뭔가가 잘못됐다면 그건 분명 실수일 거요!"

그야말로 폭탄선언이었다. 김중한이 공개적으로 털어놓은 계획의 전모는 좌중을 경악시키기에 충분했다. 박열은 김중한을 처음 만났을 때부터 폭탄 입수 방법에 관해 의견을 교환했고, 상해와 연락을 취해 폭탄을 입수하는 데 김중한이 연락책이 되어주길 청했다고 했다. 그런데 박열이 생각이 바뀌었다며 의뢰한 것을 취소하겠다고 통보하니 김중한은 박열이 자신을 무시한다고 생각해 자존심이 상해버린 것이었다.

"대체 무엇 때문이냐니까? 왜 이유는 말해주지 않고 무조건 나를 피하는 거요?"

분을 이기지 못한 김중한이 품고 온 단도를 꺼내 들었다. 번쩍거리는, 방향을 잃은 적의.

"김중한 씨, 성급하게 굴지 마세요!"

하쓰요의 비명이 터지는 순간 김중한은 다다미 위에 단도를 내리찍었다. 가까이에 있던 최영환이 재빨리 흔들리는 칼을 거두어 치웠다. 소란의 와중에도 박열은 여전히 냉정하고 단호했다.

"내가 계획을 취소한 건 당신이 중요한 일을 의뢰받고서도 니야마 씨와 같이 새 잡지를 발행하려 하고, 또 믿을 수 없는 인물과 함께 신의주를 거쳐 상해로 간다고 했기 때문이오. 그런 우원한 방법으로는 목적을 언제 달성할 수 있을지 도무지 판단할 수가 없었소. 당신에게 중대 사건을 의뢰하기에는 아직 불안한 점이 많다고 생각했기 때문에, 나는 비겁하다는 걸 알면서도 당신과 얘기하는 것을 피했던 것이오. 어쨌거나 이 문제는 일방의 잘못이라고 말할 수 없소. 그러니 책임 또한 서로 분담하지 않으면 안 되는 것이오."

소영웅주의든 과시욕 때문이든 김중한은 결정적인 실수를 저질렀다. 비밀 결사도 아닌 공개적인 모임에서 폭탄 입수 계획을 발설하는 안이하고 경솔한 처신을 한 것이었다. 후미코는 짐짓 박열을 원망했다. 후미코가 김중한의 입이 가볍다고 경고했음에도 박열은 별다른 주의를 기울이지 않았다. 꿈에 열광해 현실을 얕보았다.

게다가 김중한은 폭탄 입수 비용으로 1천 엔이라는 거금을 요구했다고 했다. 금액을 듣는 순간 김중한이 얼마나 허황된 성격인지가 확연해졌다. 꼭 필요한 액수라 할지라도 박열의 형편에 가당

치도 않은 것이었다. 지금만이 아니라 목표도 시기도 모든 게 불분명한 모의였다.

불발탄은 내부에서 터졌다. 박열과 김중한은 서로를 불신하고 있었다. 믿지 못했기에 소통할 수 없었다. 서로를 신뢰하지 못하는 조직은 위태롭고 위험하다. 흔들, 땅울림의 전조가 그곳에 있었다.

'그런데 왜?'

무의미하고 무가치한 언쟁이 오가는 동안 후미코는 멍하니 다다미에 남은 칼자국을 바라보았다.

'상황이 이 지경에 이르도록 그는 왜 내게 아무 말도 하지 않았을까?'

누구보다 그의 열망을 잘 알고 있는 자신에게까지 비밀이었다는 게 믿기지 않았다. 모든 위험을 함께해왔고 앞으로도 그러리라 다짐했지만, 그는 마지막 그곳까지는 그녀를 데려가지 않을 작정이었던가 보다.

예부터 일본에는 '어리석은 자의 집념'이라는 말이 전해진다. 허(虛)와 가(假)는 실제로 존재하는 세계가 아니라 이미지의 세계이지만 이미지를 계속 품고 있으면 현실이 된다는 뜻이다.

박열은 스스로 폭탄이 되기로 한 게 분명했다. 현실을 폭파하겠다는 각오가 허상과 거짓까지도 훌쩍 뛰어넘은 것이었다. 후미코는 그곳에 자신의 질문을 내려놓았다.

'그를 따라 그와 함께 폭발할 수 있을 것인가? 산산이 부서져, 가뭇없이 사라질 수 있을 것인가?

손끝이 스칠 만한 거리

"당신이 가네코 후미코인가?"

뼛속까지 곰팔 듯한 날카로운 눈으로 재판관이 물었다.

"그렇습니다."

눈이 시렸다. 간수에게 이끌려 법정으로 오는 동안 줄곧 용수를 쓰고 있었기에 낮은 조도의 빛마저 찌르는 듯 아팠다. 법정 수행원이 안내한 피고석에 엉거주춤히 앉아 손에 든 용수를 만지작거렸다. 죄수의 얼굴을 보지 못하도록 머리에 씌우는 대오리로 만든 둥근 통, 그 둥그스름한 어둠 속에 갇혀 있노라면 숱한 생각들이 무거운 날개를 퍼덕이며 달려들었다. 어떻게 된 일일까, 어떻게 될 것인가……?

"내 소개부터 하자면, 나는 동경재판소 예심판사 다테마쓰 가이세다."

법정에 들어설 때 보내온 시선에 비해 목소리는 차분했고 태도는 얼마간 친근하기까지 했다. 깎은 밤같이 단정한 옷차림을 한 젊은 판사에게선 은은한 면도 크림 냄새가 풍겼다. 그에게는 매일 셔츠를 빨아 다려 대령하는 엽렵한 아내와 어쩌면 얼뚱아기도 하나쯤 있을 테다.

후미코는 여유를 되찾고 조금 웃었다.

"부디 당신이 자비롭기를 바랍니다."

판사는 다시 사무적인 표정으로 심문을 시작했다.

"원적은 어디인가?"

"야마나시 현 히가시 야마나시 군 스와 촌."

"철도로 어떻게 갈 수 있는가?"

"엔잔이 가장 가까운 역이지요."

"흠, 엔잔이라, 요후치 마을과 가깝군. 요후치에는 꽤 실력이 좋은 사냥꾼이 살고 있어. 나는 겨울에 종종 거기 가서 그와 함께 사냥을 하곤 하지."

심문 수사는 심리적 줄다리기였다. 얼마나 상대의 긴장을 늦추어 허점을 파고드는가가 심문자의 유능과 무능을 가늠할 터였다. 후미코는 정신을 바짝 차렸다.

"유감스럽게도 요후치란 곳이 어딘지 모릅니다. 스와 촌이 원적이지만 나는 거기서 2년간 지냈을 뿐입니다."

"그러면 당신은 거기서 태어나지 않았나?"

"부모에게 듣기로 나는 요코하마에서 태어났다고 합니다."

"알았다. 그러면 당신 부모의 이름은 무엇인가? 그들은 어디 살고 있는가?"

어쩔 수 없이 피식 웃고 말았다. 판사는 경찰 조서를 통해 다 알고 있는 것을 물어보고 있었다. 9월 3일 느닷없이 '보호검속'이라는 이름으로 체포되어 세타가야 경찰서에 유치된 이래 이 같은 심문 과정이 수없이 반복되었다. 24시간으로 규정된 보호검속은 다음 날 '경찰범 처벌령'으로 대체되었고, 마침내 도쿄지방재판소 검사국에서 '치안경찰법 위반' 혐의로 기소되기에 이르렀다.

집을 떠난 지 벌써 한 달 보름이 넘어가고 있었다. 멀쩡히 집에서 체포된 사람을 '일정한 주거 또는 생업이 없어 이곳저곳을 배회하는 자'로 낙인찍어 구류 기간을 연장하면서까지 그들이 얻고자 하는 것이 무엇일까?

"좀 복잡하긴 하지만 호적상 아버지는 가네코 도미타로이고 어머니는 가네코 요시라고 기록되어 있습니다. 그러나 그건 사실 내 어머니의 부모, 외조부모의 이름입니다."

후미코의 대답에 판사는 놀란 척하며 친부모에 대해 물었다.

"내 아버지의 이름은 사에키 후미카주이고 지금 시즈오카 현 하마마쓰에 있을 겁니다. 내 어머니의 이름은 가네코 기쿠노. 확신할 수는 없지만 그녀는 자기 부모의 집 근처에 살고 있을 테고요. 호적상 어머니가 나의 언니이고 아버지는 형부입니다."

"잠깐,"

판사가 끼어들었다.

"그건 좀 이상하게 들리는군. 만약 당신 어머니와 아버지가 다른 이름을 가지고 다른 장소에 살고 있다면, 당신은 그들과 전혀 관련되지 않은 것과 마찬가지 아닌가?"

"그건…… 맞습니다."

절로 무거운 한숨이 새어 나왔다.

"아버지와 어머니는 오래전에 헤어졌습니다. 지금 아버지는 내 어머니의 여동생, 그러니까 이모와 결혼해서 그녀와 같이 살고 있습니다."

"알았다. 그것으로 설명이 된다고 이해하겠다. 언제 어머니와 아버지가 헤어졌는가?"

"13년 전쯤일 겁니다. 그때 나는 일곱 살 정도였고 어머니를 따라갔습니다."

"당신 어머니는 그때부터 혼자서 당신을 길렀나?"

"아니요. 아버지가 떠난 지 얼마 뒤 어머니와 나도 헤어졌습니다. 그 후로 어머니도 아버지도 나를 돌보지 않았습니다."

질문에 대답하노라니 생애 전부가 꿰뚫리는 듯한 기분이 들었다. 가슴 가장 밑바닥에서 버림받은 어린아이가 울고 있었다. 팽팽히 조였던 마음의 끈이 툭 끊겼다.

'아, 바보같이 울면 안 돼!'

후미코는 눈물을 참으려 입술을 깨물었다.

"니야마 하쓰요가 경시청에서 진술했다. 박열이 '올 가을이 혁명의 최적기'라고 말하는 것을 당신도 들은 적이 있는가? 니야마는 그 말을 듣고 여기서 말한 가을이 황태자님의 결혼식을 의미하는 거라고 직감했다던데. 김중한을 상해로 보내 폭탄을 입수하려던 시도가 가을 경사에 맞추어 직접 행동을 하기 위한 것이 아니었는가?"

복받친 감정을 추스를 겨를도 없이 다짜고짜 판사가 던진 질문은 다름 아닌 박열의 폭탄 입수 계획이었다. 생의 밑바닥과 해묵은 상처까지 후비어 캐내려는 게 바로 그것이었다.

'하쓰요가 어쩌자고 그런 말을?'

예상치 못했던 판사의 질문에 후미코는 크게 당황했다. 더욱 놀라운 건 폭탄 투척 시기를 황태자의 결혼식 때일 거라고 확신했다는 니야마의 진술과 그것을 물고 늘어져 추궁하는 판사의 의도였다. 직감적으로 느꼈다.

'생각보다 훨씬 위험한 무엇이 다가오고 있다!'

후미코는 알고 있었다. 박열에게는 구체적인 계획이 없었다. 폭탄 투척의 목표와 시기조차 정하지 못할 정도였다. 그래서 혁명적 로맨티시즘이라고 비판까지 받았다.

"왜 대답하지 않는가? 기억나지 않는다고 말할 텐가? 하쓰요는 올해 8월 12일에 당신에게서 '올봄에 계획했을 때 의열단에게서 암호 편지를 받은 적이 있다'는 이야기까지 들었다고 하던데. 이건 당신 입으로 한 말이니 잊어버렸다고 할 수 없겠지?"

둔기로 뒤통수를 얻어맞은 듯 띵했다. 하쓰요는 김한을 통해 폭탄을 입수하려던 세 번째 시도까지 말해버렸다. 악의인가, 무지인가, 지나친 순진함인가? 원인이 어쨌든 결과는 같을 수밖에 없었다.

불령사 정기 모임에서 박열과 김중한이 대립한 다음 날 후미코는 하쓰요를 만났다. 대화를 통해 쌓인 감정을 풀어야겠다고 생각했다. 하쓰요는 잔뜩 찌푸린 얼굴로 신경질을 부렸다.

"박열은 김중한과 나를 이용해 폭탄을 투척하게 하고 자기는 도망갈 생각을 하고 있는 게 틀림없어. 박열은 무책임하고 비겁한 야심가야!"

타인의 입을 통해 연인의 비난을 듣는 건 고통스러웠다. 기분보다 더 중요한 문제는 행여 하쓰요가 감정에 겨워 계획을 폭로할까 하는 것이었다. 후미코는 하쓰요의 오해를 풀기 위해 간곡히 설명했다.

"조선의 어딘가에서 폭탄에 대한 편지가 와서 김중한에게 입수할 것을 의뢰한 모양이야. 하지만 박열은 스스로 그것을 사용할 생각을 하고 있어. 김중한이나 네게 사용케 하고 자기는 도망가

버리는 그런 비겁한 짓을 할 사람이 아니야!"

후미코는 최선을 다했지만 하쓰요는 평정심을 모조리 잃어버린 상태였다.

"넌 그렇게 믿고 있을지 모르지. 그렇지만 박열은 이름을 팔고 다니는 사람에 불과해!"

언젠가 하쓰요는 후미코의 사랑을 비웃었다. 사랑 따위를 믿는 건 바보짓이라고 냉소했다. 그러나 이성적이었던 하쓰요가 위험한 비밀을 함부로 내뱉고 무작정 상대를 매도하는 것. 그 또한 어리석은 사랑이었다. 사랑에 빠진 사람에게 사리 분별을 요구하는 건 헛수고였다. 후미코의 설득은 아무런 효과도 없이 도리어 비밀을 폭로해버리는 결과를 낳았다.

후미코도 경시청에서 어느 정도 폭탄 입수 계획에 관해 이야기했다. 하쓰요의 감정적인 진술과 전혀 다른 의도에서였다. 이미 조직은 털린 상태였다. 대지진 중 요시찰 요주의 조선인 단속으로 정태성과 장상중이 검속되고 도쿄 시외로 피난을 갔던 동인들까지 검거되었다. 구직을 위해 오사카에 갔다가 허탕 치고 돌아온 가즈오가 잠복하던 형사에게 검거되고 조선에 있던 김중한까지 체포되었다는 사실이 전해졌다.

사태가 심각했다. 동인들이 검거되어 고립된 상태에서 앞으로 닥쳐올 일들에 대한 입장 정리가 절실했다. 후미코의 가장 큰 걱정은 하쓰요가 경시청 관리들에게 김한이 보내온 편지 이야기를 하지나 않을까 하는 것이었다. 하쓰요는 사상적으로 각성되었을지 모르나 정치적으로는 전혀 단련되지 않은 인물이었다.

숙고 끝에 하쓰요의 자백으로 사건이 새로운 국면으로 전개되는 걸 막아야겠다고 결심했다. 폭탄 문제에 대해 먼저 인정함으로써 경시청 사람들의 주의를 자신에게 돌리려 했다. 그것만이 하쓰요를 칼끝에서 비껴가게 할 수 있는 유일한 방법이었다.

후미코는 김한을 통한 폭탄 입수 계획을 자백했다. 직접 관여하지 않았던 그 일, 김중한에게 의뢰한 폭탄 입수 계획까지도 자신과 관련이 있는 것처럼 진술했다. 다른 동인들에게 누를 끼치지 않기 위해 스스로 부담을 떠맡고자 했던 것이다.

"예스 노우로만 대답하라. 하쓰요에게 의열단에게서 암호 편지를 받았다고 말한 적이 있는가?"

하쓰요는 후미코의 우정을 눈치채지 못했다. 박열에 대한 증오심만으로 경시청 취조 단계에서 폭탄 입수 계획을 모두 말해 버렸다.

"네, 있습니다."

후미코의 전술은 무위로 돌아갔다. 판사의 입귀가 만족감으로 씰룩였다.

"좋다. 박열도 경시청과 검사국에서 진술했다. 반역적인 기질을 갖고 불령사를 조직한 일, 김중한에게 폭탄 입수를 부탁한 일 등 자신이 주도한 사건 전부를 털어놓았다. 그가 주범이고 나머지는 종범이라고 부르기도 뭣한 심부름꾼이더군. 나는 당신의 말을 존중하겠다. 무엇이든 솔직하게 말해라. 우리 대일본 제국의 전통은 무엇보다 이름과 명예를 존중하지 않는가? 불령선인에게 현혹되어 잠시 외도한 거라면 충분히 정상을 참작할 여지가 있다."

'아, 기어코 당신은!'

판사의 은근한 회유가 비수처럼 가슴을 찔렀다. 보호검속 당한 후 한 달 반이 지나도록 후미코와 박열은 만나지 못했다. 이런 사태가 벌어질 줄 몰랐기에 입 맞춰둔 말도 없었다. 오직 서로의 영감을 믿을 뿐이었다.

후미코의 예상대로 박열은 정치권력에 무방비 상태인 다른 동인들과 적이 달랐다. 폭탄 입수 계획은 자신의 단독 행동이며 비밀 결사가 아닌 불령사는 계획과 전혀 관련이 없다고 주장하고 있었다. 혼자 형벌을 떠안을 작심이다. 자신은 어떤 희생을 치를지라도 동인들을 석방시키고자 안간힘 쓰고 있다.

'그는 얼마나 고독할 것인가? 광야에 홀로 선 채로 얼마나 외로울 것인가?'

판사는 기다리고 있었다. 사랑이라는 감정의 장난질에 눈이 멀어 작패를 모의하던 말괄량이가 반성하고 회개하기를. 선처를 구하며 눈물을 펑펑 쏟으면 건네줄 손수건도 속기사를 시켜 준비해둔 터였다.

"아니요!"

마지막 입맞춤

3장짜리 다다미방에 홀로 앉아 있다. 높다란 창문으로 파고든 햇살이 다다미 위에 뚜렷이 가로 비낀다. 석 자나 되는 담벼락의 높이에도 불구하고 햇살은 자유롭다. 철창살로 토막 나 있지만 하늘은 여전히 짙푸르다.

어김없이 계절이 바뀐다. 가을이 가고, 겨울이 오고, 봄이 왔다가 다시 겨울로⋯⋯. 벌써 감옥에서 두 번째 맞는 봄이다.

"어라, 오늘도인가?"

간수가 손댄 흔적이 없는 식판을 보더니 얼굴을 찡그렸다.

"도대체 무엇 때문에 이러는 건가?"

후미코와 함께 이치가야 형무소에 수감된 박열은 사흘째 배식을 거부하고 있었다.

"배가 아파서 밥을 먹을 수 없다."

"그렇다면 의사를 불러 치료받게 해주겠다."

"헛수고 마라! 의사를 부를 필요 없다. 진단 따위는 받지 않을 테니까!"

배가 아파 밥도 못 먹겠다는 사람의 목소리가 카랑카랑 쇠꼬챙이 같다. 허리를 고부려 몸을 말고 뒤척이는 대신 꼿꼿이 앉아 묵상에 빠져 있다.

"혹시…… '헝거 스트라이크'를 하는 건가?"

배식을 거부한 지 사흘째 되던 날에야 형무소 당국은 박열이 단식 투쟁을 벌이고 있다는 사실을 확인했다.

"이래봤자 당신만 손해라는 걸 잘 알지 않나? 무작정 단식을 한다고 뭘 얻을 수 있나?"

처진 눈초리에 비대한 몸집을 가진 소장 아키야마가 땀을 뻘뻘 흘리며 설득했다. 간수의 협박과 회유가 통하지 않으니 교도소장이 직접 나선 것이었다.

독방 안에서는 반응이 없었다. 소장과 얼굴도 마주하기 싫다는 듯 박열은 몸을 돌려 벽을 향해 앉았다.

"일단 조금이라도 먹고 이야기하자. 몸부터 추슬러야 대화든 뭐든 할 수 있지 않겠는가?"

소장이 애원하다시피 했지만 아예 수행이라도 할 자세로 결가

부좌까지 단단히 틀었다. 고작 스물네 살밖에 되지 않는 젊은이의 오만과 방자가 형무소 전체에 짝자그르하게 소문나 있었다.

"뭐 하던 자이기에 저리도 빳빳한가? 저 나이에 야쿠자의 오야분일 리는 없을 텐데."

"야쿠자가 아니라 '주의자'라는군."

"주의자? 보아하니 조선인 같던데 사상범으로 일본 감옥에 갇힐 정도면 얼마나 대단한 극렬분자인가?"

"저래 봬도 보통이 아닌 모양이야. 심문을 받던 중에 검사의 심문 태도가 불손하다며 검사가 읽고 자서하라고 건네준 조서를 몇 번이고 박박 찢어버렸다지 않는가?"

"뭐야? 완전한 꼴통이 아니라면 사나이 대장부로군!"

감옥이란 아무도 스스로 죄인이라고 말하지 않지만 누구라도 죄인으로 만들어버리는 곳. 권력의 절대성에 잔뜩 주눅 든 수감자들은 조선인 사상범의 오만 방자를 용기와 배짱으로 해석하고 내심 통쾌해했다.

사흘이 지나니 주린 배도 감각이 없었다. 그저 먹먹하고 알알할 뿐이었다.

'후미코는 자서전을 쓰고 있다지. 저 햇살이 그녀의 펜 끝에도 가서 닿을까?'

회색 벽을 물끄러미 바라보고 앉은 박열의 눈앞에 후미코의 모습이 삼삼했다. 거칠거칠한 종이 위에 신산한 삶을 한 자 한 자 새겨 넣고 있을 그녀의 굽은 등을 떠올리니 탄식이 저절로 나왔다.

'가메자와에 간이식당을 열 궁리로 그토록 기뻐하고 즐거워했
는데⋯⋯ 그 작은 꿈마저 산산이 깨어져버렸구나!'

그녀를 생각하면 가슴 한구석이 아릿했다. 강단 있는 평소 모
습은 삶의 열기에 들뜬 소년 같았지만 박열은 후미코의 내면에
깃든 어둠을 눈치채고 있었다. 얼마간 황당했던 서투른 고백을 뿌
리칠 수 없었던 것도 문득 얼비치던 상처의 흔적들 때문이었다.
기실 사랑은 누군가의 취약점을 알게 되면서부터 시작된다. 필사
적으로 가리거나 숨기고자 했던 것을 어쩔 수 없이 발견하고야
만다. 그 무르고 약한 점을 나만이 볼 수 있다는 생각 때문에 차
마 외면할 수 없게 되는 것이다.

그랬다. 후미코는 약했다. 박열은 또한 알고 있었다. 그녀는 약
하지만 강해지려고 한다. 필사적으로, 필사적으로.

"가네코 후미코가 예심 신문에서 진술했다. 황족과 정치 실권
자에게 폭탄을 투척하기 위해 당신과 논의했고, 김중한에게 상해
에서 폭탄을 입수해달라는 의뢰를 한 적도 있다고. 이 모든 진술
이 사실인가?"

예심판사 다테마쓰의 추궁을 받았을 때 박열은 잠시 할 말을
잊었다. 검속된 순간부터 박열은 일본 정부가 간토 대학살을 무
마할 희생양으로 자신을 주목했다는 사실을 알았다. 목표가 정해
진 이상 간교한 놈들은 무슨 수를 써서라도 사건을 부풀려 선전

의 도구로 이용할 것이었다. 가능한 한 피해를 최소화해야 한다. 박열은 주변의 인물들에게 누를 끼치지 않으려고 세심한 주의를 기울여 심문에 응했다.

폭탄 입수 계획의 실행을 위한 자금 출처에 대해서는 일체의 진술을 거부했다. 관련자들을 밝힐 때도 최대한 기만전술을 썼다. 첫 번째 폭탄 입수 계획에 관계한 스키모토 데이치는 모리타라는 가명으로 진술해 판사를 속였다. 두 번째 계획에 관련된 최혁진은 일본 관헌의 세력 범위 밖에서 살고 있으므로 부담 없이 이름을 밝혔지만 말이다. 비록 칼까지 빼 들고 맞섰던 사이지만 김중한에 대해서도 최대한 비호의 노력을 기울였다. 김중한이 폭발물단속벌칙위반 혐의를 뒤집어쓰는 걸 막기 위해 짐짓 강경한 태도로 진술했다.

"김중한과 나의 관계는 당신들이 생각하는 것과 다르다. 나는 다만 테러리즘 운동에 대해 김중한이 어떤 생각을 갖고 있는지 마음을 떠보았을 뿐이다. 그럼에도 불구하고 당신들이 변함없이 김중한을 모욕한다면 그건 돌이킬 수 없는 비열한 태도를 스스로 드러내는 것이나 다름없다."

그들 모두가 필사적으로 혐의에서 벗어나려 애쓰고 있을 테니 박열이 혐의를 인정한다면 큰 도움이 될 것이었다. 오직 후미코, 그녀에 대해서만은 면밀한 검토와 신중한 대처가 아무 소용 없었다.

박열은 김중한에게 의뢰한 폭탄 입수 계획을 후미코에게 말하지 않았다. 그 일은 전적으로 박열의 독단이었다. 후미코는 내막을 전혀 모르는 채로 박열의 과실에 희생된 셈이었다. 그럼에도 불구하고 후미코는 진술했다고 했다. 박열과 '함께' 폭탄 입수 계획을 세웠노라고.

'도대체 왜? 무엇 때문에?'

앞서 김한과 교섭해 폭탄을 입수하려는 계획을 세울 때 후미코는 적극적으로 동조했다. 너무 열렬한 모습이 불안할 정도였다. 하지만 김한이 검거되었다는 소식을 들었을 때 책상 위에 놓인 신문을 물끄러미 바라보는 후미코의 눈빛에는 회의감이 스며 있었다.

후미코는 스스로를 '개인주의적 무정부주의자'라고 칭했다. 그녀가 가장 좋아하는 말은 '자유의지'였다. 일체의 의존과 속박 없이 철저한 자유 의지에 의해 살겠노라고 선언했다. 폭탄을 던질 준비가 되지 않은 후미코를 다시 끌어들일 수는 없었다. 그녀에게는 그녀만의 폭탄이 있을 것이었다.

"당신이 생각하기에 일본 권력자 계급에 대한 가네코 후미코의 사상은 어떠한가?"

"후미코와 나 사이의 일은 다른 사람과 나 사이의 일에 비해 이야기하기 수월하다. 하지만 나와 직접 관계된 일이 아니라면 무엇이라도 말하고 싶지 않다. 그녀의 사상은 그녀에게 물어보라."

후미코와의 관계를 파고드는 예심판사의 질문에 박열은 답변을 거부했다.

"다시 묻겠다. 정말로 폭탄을 입수해 직접 행동에 나서는 일을 후미코와 협의했는가?"

예심판사는 집요했다. 그 질문이 사건의 주모자를 정하기 위한 핵심이었다.

"……."

스스로 몸피를 불리는 괴물처럼 사건은 시간이 갈수록 육중해 졌다. 박열과 후미코의 완강한 부인과 부정으로 불령사 동인 13인 은 불기소되었다. 대신 혐의를 들쓴 박열과 후미코, 그리고 빠져 나갈 방법이 없었던 김중한은 폭발물단속벌칙위반 혐의로 추가 기소되었다.

일본 정부의 음모는 여기서 끝이 아니었다. 황태자를 저격했다 가 실패한 소위 '도라노몬 사건'의 범인인 난바 다이스케가 사형 판결을 받은 뒤, 처음에 '음모 사건'으로 발표되었던 것이 '대역사 건'으로 둔갑하기에 이르렀다. 판사가 '형법 제73조'를 들먹이기 시 작한 것도 이 무렵부터였다.

'형법 제73조—천황, 태황, 태후, 황태후, 황후, 황태자 혹은 황 태손에 대하여 위해를 가하거나 또는 가하고자 했던 자는 사형에 처한다.'

그에 해당한다고 결정되는 순간 전혀 다른 국면이 시작된다. 그 때부터는 어디로도 빠져나갈 수 없을 것이다. 음습하고 흉악한 죽 음의 손아귀로부터, 탈출은 없다.

'아아, 정녕 후미코는 이 모든 사실을 알고도 끝내 함께하겠노라고 억지를 세우고 있는 것인가?'

한참 동안 침묵을 지키던 박열이 천천히 입을 열었다.

"과거의 사실을 사실대로 말하다 보면 후미코의 감정을 상하게 할지 모른다. 과거의 사실을 부인하고 거짓을 말하는 것 또한 후미코의 마음을 상하게 할지 모른다."

사랑은 각자의 거울에 비친 서로의 모습을 보는 것. 박열은 후미코를 알 듯도 모를 듯도 했다. 그저 이해하기 위해 믿어보려 애썼다. 이해하기 전에 믿기로 했다.

"나는 후미코의 감정을 존중하기에…… 후미코가 그같이 진술하고 있다면 후미코의 의견에 긍정할 것이다."

후미코의 사상은 순정하다. 단순히 머리로 받아들이는 게 아니라 자신의 삶을 모두 건 것이기 때문이다. 그녀는 자신이 품은 반역 사상의 순결성을 지키기 위해 폭탄 입수 계획에 참여했다고 진술했을 것이다. 동시에 자신의 사랑을 지키기 위해 공범을 자처했을 것이다. 형벌을 모면하는 쪽을 택하든 재판을 사상적 저항의 장으로 삼든, 모든 것을 후미코의 주체적 판단에 맡기리라! 그것만이 박열이 후미코를 진정한 동지로서 존중할 수 있는 유일한 방법이었다.

'보고 싶다. 단 한 번만이라도 만나고 싶다!'

허기는 텅 빈 위장에서가 아니라 펄떡펄떡 뛰는 심장으로부터 치밀어 올랐다.

"이러다 무슨 사고라도 나면 내 입장이 정말로 곤란해진다. 제발 무엇 때문에 이러는지 알려다오. 그러면 내가 할 수 있는 범위 안에서 최선을 다해보겠다."

단식 나흘째 다시 찾아온 교도소장은 울음보를 터뜨릴 듯한 얼굴이었다. 호주머니에서 꼬깃꼬깃 구겨진 손수건을 꺼내 얼굴을 닦는 소장의 몸에선 시큼한 땀내가 풍겼다.

인간의 체취는 기묘한 감정을 불러일으킨다. 아무리 강고한 조직에 속해 있다 해도 제복을 벗으면 그 또한 나약한 한 인간일 뿐이다. 일본인의 정신을 장악한 집단의식과 폐쇄성은 그런 약점을 숨기고자 하는 버둥질의 결과물이었다. 그들은 배려에 익숙하고 친절한 듯 보인다. 하지만 그 배려와 친절의 밑바닥에는 복종과 눈치라는 압박감이 깔려 있다.

"옥내의 대우가 나쁘니 정 이럴진대 절식 자진하고 말겠다. 당신이 지금 당장 교도소 대문을 활짝 열어놓는다 해도 나는 도망칠 생각이 없다. 그러니 후미코와 나를 잡범 취급하며 오라를 지어 끌고 다닐 필요가 없다!"

"아, 그런 것이었나?"

새삼스레 놀란 듯 교도소장의 좁쌀눈이 휘둥그레졌다.

"그런 문제라면 판사님과 의논해 시정하도록 하겠다!"

'대역사건!'

이름은 거창했다. 그런데 엄청난 이름에도 불구하고 이렇다 할 물증이 없었다. 명색이 폭탄 입수 사건이었음에도 엉성한 사제 폭발물 하나 발견하지 못했다. 자금이 오고 간 흔적이나 범행 현장이나 현행범도 없었다.

허술하기 이를 데 없는 조작된 사건이었기에 사건은 피고인들의 자백에 의해서만 공소 유지와 재판 진행이 가능했다. 언제든 박열과 후미코가 마음을 바꿔먹고 어깃장을 놓으면 대내외에 공표한 그 어마어마하고 무시무시한 '대역사건'이 일순간 '파투'가 날 지경이었다.

그들이 특별히 자비로워서가 아니었다. 잘난 '인도주의적' 조치도 아니었다. 예심판사 다테마쓰부터 교도소장까지 박열의 비위를 맞추며 편의를 보아준 것은 이런 흑막 때문이었다.

박열의 단식 투쟁은 성공했다. 그 결과 재판 때까지 옥중에서 '특별 대우'를 받게 되었다. 박열은 죄수복 대신 명주 두루마기와 흰 바지저고리를 입었다. 후미코는 일본 부인복에 하오리를 입고 근시를 교정하는 안경을 쓸 수 있게 허락받았다. 형무소 측은 박열을 극진히 대접해 면회 장소로 전옥의 응접실을 개방하고 면회실로 박열을 안내하고 입회하는 일은 반드시 간수장이 하도록 했다. 후미코는 면회객과 재감인 사이에 응접 테이블을 놓고 대담할 수 있게 해주었다. 모두가 보통의 옥중 규칙에 없는 대우였다.

죄인 아닌 죄인으로 받는 마지막 심문이었다. 제15차 예심 심문을 위해 박열은 다시 조사실로 나갔다. 오라를 짓지 않은 손이 자유로우니 마음도 훨씬 가볍고 흔흔했다.

"지금까지의 진술 내용 중 사실이 아닌 것이 있어서는 안 되니 작성한 조서 전부를 읽어주길 원하는가? 원한다면 그리하겠다."

예심판사 다테마쓰의 질문에 박열은 담담하게 답했다.

"아니, 읽어주지 않아도 괜찮다. 애당초 나는 소위 재판이나 권위 따위를 인정하지 않는다. 원래 재판이라는 것의 본질은 권력자들이 무지한 민중을 속여서 자신을 보호하기 위해 만든 그다지 정교하지도 못한 일종의 조작에 불과하다. 그렇기에 나는 지금까지 일본의 사법 관헌을 모욕해왔지만, 당신은 그렇게 모욕할 수가 없었다. 좌든 우든 적이든 아군이든, 진실한 사람이라면 그를 모욕할 수가 없다. 아니, 기꺼이 존경한다."

'존경'이라는 단어에 다테마쓰의 얼굴이 붉어졌다. 부끄러움, 그것을 아는 자가 인간이다. 그것을 알아야만 인간이다. 본질적으로는 조직이라는 기계의 작은 부품에 불과할 테지만 그나마 다테마쓰는 얼마간 인간성이 남아 있는 자였다. 다테마쓰는 후미코가 옥중에서 쓴 자서전을 읽고 그녀의 불우한 삶에 동정심을 품었다. 박열의 사나이다운 기개를 높이 사 인간적으로 존중했다. 박열은 천황제 국가에 봉사하는 사법관 다테마쓰가 아니라 인간 다테마쓰에 신뢰를 표했다.

"오늘이 몇 월 며칠인지 아는가?"

서류를 정리하던 다테마쓰가 뜬금없이 물었다.

"5월 1일! 오늘이 바로 당신들이 기념하는 '메이데이'다."

"알고 있다. 전 세계의 노동자 계급과 그 동지들의 축제일이지."

"축제를 맞아, 뭔가 바라는 것이 있는가?"

다테마쓰의 얼굴에 야릇한 열기가 스쳐 지나갔다. 사법관이면서도 체제의 조직 안에 얌전히 붙어 있지 못하는 사람이라고 평가받는 그의 돌발성이 야생의 사내 같은 박열에게 자극받은 것이었다.

"소원이라면…… 하나 있지."

"그게 뭔가?"

"내 마지막 소원은 후미코와 함께 사진을 찍어 오랫동안 뵙지 못한 조선의 어머니와 가까운 지인 몇에게 보내는 것이다."

다음 날 오전 11시경 다테마쓰는 박열을 재판소 신관 예심 조사실로 다시 불렀다. 어제 확인한 바대로 조서 작성이 모두 끝났는데 무슨 용건이 남아 있나 싶었다.

'혹시? 그럴 리가……'

조사실에 머문 지 3시간가량이 지났을 때 얼핏 문밖에서 타박타박 낮은 발자국 소리가 들렸다. 지루한 표정으로 의자에 기대어 앉았던 박열이 흠칫했다. 오랜 긴장과 고립감 속에 얼어붙었던 심장이 발소리의 주인공을 알아챈 듯했다. 철문이 새된 비명을 질렀다.

"가네코 후미코를 데려왔습니다!"

일 년하고도 다시 절반이 지났다. 예상치 못했던 이별이 그리 오래되었다. 하루하루는 여삼추였으나 지나니 찰나 같았다. 그리움과 고독의 무게까지 지우는 시간의 요사.

"당신들의 축제에 내가 주는 선물이오!"

다테마쓰는 멋쩍고도 뿌듯한 표정으로 박열과 후미코를 번갈아 보았다. 박열이 믿기지 않는 듯 멍하니 후미코를 쳐다보았다. 후미코도 얼떨떨한 눈으로 박열을 바라보았다. 손끝이 닿을 만한 거리에서 스쳐버린 연인이 눈앞에 있었다.

"하고 싶은 이야기가 많을 테니 천천히 나누시오. 아, 그 전에 사진부터 찍읍시다! 당신 소원대로 조선에도 보내고 나도 그동안 심혈을 기울여온 사건을 기념할 징표로 한 장쯤 지니고 싶소!"

어쩌면 그들보다 더 흥분한 다테마쓰가 준비해두었던 사진기를 들이댔다. 후미코가 의자에 앉은 박열을 향해 다가왔다.

"오랜만이네."

"그래, 오랜만이야."

"좀 야윈 것 같아."

"소화가 안 돼서 몇 끼 굶었어. 회복 중이니 곧 좋아질 거야."

가슴속에서 들끓던 수많은 말들이 하나도 터져 나오지 않았다. 그저 맥없는 안부 인사뿐이었다.

단정하게 깎은 머리에 한쪽 가르마로 빗질한 박열이 후미코를 향해 미소했다. 후미코는 박열을 안심시키기 위해 근심 없이 명랑한 표정을 지었다. 고단한 삶과 죽음의 불안조차 한순간 까맣게 잊혀졌다.

"너무 딱딱하지 않소? 좀 자연스러운 포즈를 취해보시오. 평소에 지냈던 것처럼 말이오."

평소에? 몇십 몇백 년 전처럼만 느껴지는 아득한 그때 후미코가 가장 좋아했던 자세가 있었다. 마주 보는 대신 한곳을 바라보았다. 박열의 가슴에 등을 붙이고 가져온 책을 펼쳤다. 따뜻한 체온, 익숙한 체취, 지상을 떠나 지옥 끝까지 내몰린대도 잊을 수 없는 사랑.

'찰칵—!'

그 순간 셔터가 눌렸다. 원하던 사진을 찍은 다테마쓰는 후미코를 호송해 온 간수까지 모두 이끌고 조사실을 빠져나갔다. 기왕 특혜를 베푸는 김에 둘만의 시간을 만들어주고 싶었던 것이다.

"막스 슈티르너군."

"응, 요즘 읽는 책이야."

단둘이 남은 후에도 박열과 후미코는 서로에게 기대앉은 채 움직이지 않았다.

"슈티르너를 읽으며 국가와 개인은 서로 용납할 수 없는 존재라는 사실을 다시금 깨닫고 있어. 개인이 자아에 눈을 뜰 때 국가는 무너지지. 나는 내면에서 타오르는 질서 아닌 질서, 참된 질서 외

터 삼엄한 경비 속에 팽팽한 긴장에 휩싸여 있었다. 고토쿠 슈스이 사건, 난바 다이스케 사건에 이어 일본 사법 사상 3번째로 열리는 박열과 후미코의 대역사건 공판이 시작되는 날이었다.

"피고인 가네코 후미코 입정!"

법정 경위의 외침에 재판정은 찬물을 끼얹은 듯 조용해졌다. 새벽부터 방청권을 얻기 위해 소란을 벌였던 방청인들이 일제히 법정 입구를 향해 고개를 돌렸다. 일본과 조선에서 취재 나온 기자들, 응원하기 위해 몰려온 조선인 학생들, 정부에서 발표한 '대역 사건'이라는 이름보다는 '국경을 넘은 애정 사건'이라는 선정성 보도에 이끌린 일반인들까지. 방청권 140매는 오전 7시에 배포가 끝난 상태였다.

호기심과 흥분으로 가득 찬 법정 안으로 후미코가 간수장의 호송을 받으며 들어왔다. 수갑을 차지 않고 용수도 쓰지 않은 후미코는 하얀 비단 저고리에 검은 두루마기의 조선옷 차림이었다. 저고리 아래 받쳐 입은 얇은 분홍색 셔츠에 얼비친 얼굴은 투명했고, 뒤로 늘어뜨린 머리카락을 장식용 빗으로 꽂아 단장한 모습은 정갈하고 새뜻했다. 테러리스트, 대역범인이라는 이름으로 불리기에는 너무 가냘프고 아름다운 모습에 방청인들은 순간 호흡을 멈추었다. 그녀의 손에 들려 있는 것은 폭탄도 분첩도 아닌 안톤 체호프의 단편선 한 권이었다.

후미코는 피고석에 착석하기 전 뒤돌아서서 방청석을 한 바퀴

둘러보았다. 동지들의 낯익은 모습이 눈에 들어오자 미소를 지으며 무언의 인사를 보냈다. 피고석은 두 자리가 마련되어 있었다. 후미코는 왼쪽에 앉아 손수건으로 얼굴을 가린 채 두어 번 기침을 하고는 무릎 위에 올린 책을 만지작거렸다.

"따뜻한 차 한 잔만 가져다주실래요?"

법정 안의 시선이 자기에게 쏠린 걸 의식한 후미코의 얼굴이 상기되었다. 간수에게 엽차를 청해 두 손으로 찻잔을 감싸고 천천히 불어가며 차를 마셨다.

비어 있는 오른쪽 의자의 주인, 박열은 그로부터 10분 후에 입정했다. 박열이 법정에 모습을 드러내자 방청석에서는 아, 하는 낮은 감탄사가 터져 나왔다. 하얀 바탕에 보랏빛 무늬가 수놓인 비단 저고리와 쥐색 바지를 입고 허리에는 두 날개를 활짝 펴고 날아가는 학을 새긴 각대를 둘렀다. 영락없는 예복 차림의 조선 선비였다. 수염을 말끔하게 깎고 긴 머리를 빗어 넘긴 박열은 격식에 맞춰 신발과 관을 갖추고 비단 부채까지 펼쳐 들고 있었다. 그는 유유한 걸음걸이로 법정에 들어와 동지들과 인사를 나누었다.

박열이 후미코를 보았다. 그녀가 그를 쳐다보았다. 두 사람은 반갑게 활짝 웃었다. 이런 자리에서 이런 복장으로 만난 것이 신기하고 만족스러운 표정이었다.

"치마저고리가 아주 잘 어울리는데!"

"당신도 근사해! 정말 멋진걸!"

나란히 의자에 앉아 정담을 주고받는 모습에선 조금의 긴장도 느껴지지 않았다. 2년이 넘도록 질기게 공방을 벌이고 마침내 '대역죄'를 심판받기 위해 재판정에 선 사람들이라고는 생각할 수 없었다.

박열과 후미코가 입은 옷은 조선에서 왔다. 동지들에게 특별히 부탁해 조선옷을 수운한 것은 재판을 천황제 비판의 장이자 민족적 저항의 기회로 삼기 위한 의도였다. 젊음의 치기와 객기가 동해 한판 소극(笑劇)을 벌이는 것이라고 해석한대도 상관없었다. 엄숙주의자들에게 대항하는 데는 웃음이 무엇보다 강력한 무기다. 그들은 웃으며, 즐겁게 싸우기로 약속한 터였다.

9시 정각이 되자 후세 다츠지를 비롯한 야마자키, 우에무라, 진현직 등 박열과 후미코의 변호인 6명이 법정에 들어왔다. 마키노 기쿠노스케 재판장을 비롯한 재판관들이 입정했다.

마키노 재판장이 인정신문을 시작했다.

"이름이 무엇인가?"

"나는 박열이다!"

순간 법정이 술렁였다. 재판장의 질문에 박열이 조선말로 대답했기 때문이었다. 조선인들은 감탄하며 무릎을 쳤고 조선말을 모르는 일본인들은 서로 수군덕거리며 박열이 무슨 말을 하고 있는지를 넘겨짚기에 바빴다.

"그것은 조선말인가?"

"그렇다."

박열은 조금의 망설임도 없이 조선말로 대답을 이어나갔다.

재판일이 확정된 후 박열은 재판장에게 4가지 조건을 제시했다. 하나, 공판정에서는 일절 죄인 대우를 하지 않아야 하며 '피고'라고도 부르지 말 것. 하나, 공판정에서 조선 예복 착용을 허락할 것. 하나, 자리도 재판장과 동일한 좌석을 마련할 것. 하나, 공판 전에 선언문 낭독을 허락할 것.

대심원은 뻔뻔스럽다 못해 능글능글한 조선인의 요구에 기가 찼지만 응하지 않을 시 일절 신문에 응하지 않겠노라고 을러대니 어쩔 수 없었다. 겨우 설득해 조선어 사용과 좌석의 높이에 대해서는 타협했지만 자신은 죄인이 아니며 법정에서 천황제 국가를 대표하는 재판장과 대등한 입장에서 자기주장을 펼치겠노라는 요구는 들어줄 수밖에 없었다. 그런데도 조선어 사용을 양보한 게 못내 섭섭했던 박열이 인정신문에서나마 조선어로 답해 자신의 의지를 다시금 밝힌 것이었다.

치미는 울화를 꾹꾹 참으며 후미코의 인정신문까지 마친 재판장은 그제야 음흉한 계략을 드러냈다.

"본건의 개심은 안녕질서를 어지럽힐 우려가 있기 때문에 일반인의 방청을 금지한다. 잠시 휴정하겠다. 재판은 삼십 분 후에 속개한다!"

재판장의 돌연한 선언에 법정이 발칵 뒤집혔다.

"횡포다! 불법 무도다!"

"방청객을 바보 취급하지 마라!"

"나가지 말자, 나가지 마!"

방청인들을 고함을 지르며 항의의 표시로 탁자를 두드려댔고 법정 경찰들은 이들을 몰아내기 위해 여기저기로 쫓아다녔다. 30분 후 다시 신문이 개시되었지만 퇴정을 거부한 13명의 방청인을 검거하느라 법정은 여전히 소란스러웠다.

일반 방청인을 대신해 종교인, 교육자, 관정 대표자와 신문사 사장 등 특별 방청인 100여 명이 법정으로 들어왔다. 후세와 우에무라 두 변호인이 공개 금지에 대한 이의를 신청했지만 각하되었다. 후세와 야마자키가 다시 관리들의 특별 방청 허락에 대해 이의를 신청했지만 그 또한 각하되었다.

쉽지 않은 싸움이 될 것이 분명했다. 박열과 후미코에게 이 재판은 죽음을 담보로 한 일본 제국주의와의 일대 격전이었다.

검사의 공소 사실에 관한 진술이 끝난 후 박열이 일어나 「소위 재판에 대한 나의 태도」를 낭독하기 시작했다.

"인간의 신체, 생명, 재산, 자유를 끊임없이 침해하고 유린하는 조직적 대강도단인 국가의 틀 속에 있는 재판관이 공명정대한 판결을 내릴 리 없다. 내가 이 자리에 선 것은 재판을 받기 위해서가 아니라 나 자신을 정확하게 선언하기 위해서다!"

재판은 처음부터 엇박자였다. 옳고 그름을 판단한다는 본래의 목적은 의미가 없었다. '대역사건'을 조작한 자들에겐 요식 행위에 불과했고, 스스로 '대역범인'이란 이름을 들쓴 이들에겐 물러설 수 없는 전투였다.

"'소치라'는 검사의 진술에 대해 어떻게 생각하는가?"

박열을 피고라는 호칭 대신 '소치라'—그대 혹은 그편이라고 부를 수밖에 없는 재판장의 목소리에는 위엄이 없었다. 박열은 재판장을 '그편' 혹은 '군'이라고 호칭했다. 일본 사법 역사상 전무후무한 일이었지만 어쨌거나 약속은 약속이었다.

재판장의 질문에 박열이 미리 작성해온 「나의 선언」을 낭독했다.

"지배자와 부자의 민중에 대한 수탈, 타민족에 대한 강대국의 지배, 피압박 민족인 조선 민족 사이에서 볼 수 있는 백정에 대한 차별 또는 노동자들 사이에서 볼 수 있는 고참 노동자의 신참에 대한 압정 등 극히 무의미하고 강렬한 우월감, 정복욕, 지배욕, 따라서 가장 우매하고 추악한 약육강식! 이것만이 인류의 빼놓을 수 없는 참된 본성이며 자연의 대법칙이다. (…) 나는 너희의 증오를 사랑으로 보답할 만큼 천진난만하지 않다. 나는 너희의 이기심에 대해 자기 양보를 할 정도로 미친 사람이 아니다. 너희의 폭행에 무저항으로 보답할 만큼 선량하지도 않다. 그것은 모두 추악한 위선이다. 이같이 비굴한 태도는 용서받지 못할 너희들의 죄악을 묵인하고 그에 대해 암흑의 조력을 주는 셈이 된다. 나는 그런 일은 하지 않겠다!"

"그렇다면 천황 폐하와 황태자님을 위해하려는 것은 어떤 생각에서였는가?"

재판장이 형법 제73조와 관련된 대목을 신문하기 시작하자 법정은 숨 막히는 긴장 속에 빠져들었다.

형법 제73조로 정해진 '절대 신성한 일본 황실에 대한 반역 사건'은 극형에 처하는 것이 원칙이었다. 재판도 대심원 단심으로 형법에 규정되어 있었다. 항소와 상고 따위 아예 없었다. 처음이자 마지막인, 삶과 죽음의 싸움이었다.

박열은 예정된 사형 판결에 주눅 들지 않았다. 다시금 「어느 불령선인이 일본의 권력자에게 주는 글」을 펼쳐 또박또박 읽기 시작했다. 일본 제국주의의 조선에 대한 침략, 동화 우민화 정책, 관헌과 결탁한 재조선 일본인의 조선인에 대한 수탈 등이 그의 입을 통해 낱낱이 폭로되었다.

시베리아 침엽수림을 누비던 호랑이는 새끼를 사냥한 밀렵꾼을 끝까지 추격해 찾아냈다. 매서운 앞발로 밀렵꾼을 한 방에 때려죽인 후 고기를 먹지 않고 시체를 남겨두었다. 복수의 증거이자 엄중한 경고였다. 박열이 분노와 원한으로 이글거리며 포효했다.

"천황이란 자는 국가라는 강도단의 두목이다! 약탈 회사의 우상이며 신단(神壇)이다! 나는 폭탄으로 일본의 정치적 경제적 실권을 가진 모든 계급 및 간판을 전멸시키려 했지만, 이것이 가능하지 않았기에 천황과 황태자를 투탄 대상으로 삼았다. 조선인의 입장에서 그들을 대상으로 삼은 이유는 첫째, 일본 민중에 대해 일본 황실의 진실을 알리고 그 신성을 땅에 떨어뜨리기 위함이며 둘째, 조선 민중에 대해 일본 황실을 무너뜨려서 독립에 대한 열정을 고취하기 위해서이며 셋째, 침체하고 있는 것처럼 보이는 일본의 사회 운동에 대한 혁명적인 기운을 고취하기 위해서였다. 그러기 위해 황태자의 결혼식에 폭탄을 사용하는 것이 일본에 대한 조선 민중의 의지를 세계만방에 표명하기에 가장 적절한 기회라고 생각했다. (…) 나는 법률이나 재판의 가치를 전혀 인정하지 않으므로 형법 73조에 해당하는지 아닌지는 아무 상관 없다. 그건 너희들 마음대로 하라!"

후미코는 자기가 앉아 있는 자리가 피고석이라는 사실을 잊었다.

'반역, 오로지 반역!'

당당한 반역자의 선언이었다. 죄 없는 죄인의 울부짖음이었다. 끝까지 박열의 손을 놓치지 않고 여기까지 함께 다다른 자신이 자랑스러웠다.

"아무리 연인 관계라도 박열과 당신은 다르다. 그는 불령선인이지만 당신은 대일본 제국의 신민이 아닌가? 당신의 반항은 불우한 어린 시절에 대한 보상 심리일 뿐이다."

후미코는 예심판사 다테마쓰에게 심문을 받는 동안 7번에 걸친 전향 요구를 받았다. 당국은 조선인도 아닌 일본인이 '대역사건'의 범인이라는 사실이 가져올 충격과 파장을 염려해 필사적으로 후미코의 마음을 돌리려고 애썼다.

후미코는 자신을 철부지 불량소녀 취급하는 판사를 비웃었다.

"내가 박열과 동거 생활을 하게 된 건 그가 조선인이라는 사실을 존경했기 때문이 아니었다. 동정해서도 아니었다. 박열이 조선인이라는 것과 내가 일본인이라는 사실을 완전히 초월해 동지애와 성애(性愛)가 일치했기 때문이다."

'불령일본인'의 존재를 외면하고자 안간힘 쓰는 일본 정부의 비루한 실체가 후미코의 폭로를 통해 까발려졌다.

"나는 박열에게 동화되거나 뇌동하여 천황과 황태자를 타도하려고 생각한 게 아니다. 나 자신이 천황이라고 하는 것을 필요 없는 것, 있어서는 안 되는 것으로 생각하고 있었다. 내 생각이 박열과 일치했기 때문에 더불어 살게 된 것이고 우리는 동지로서 함께 계획하고 행동했다!"

박열의 뜨거운 눈길이 후미코에게 닿았다. 기쁨과 슬픔, 감사와 연민, 감동과 후회가 뒤엉킨 눈빛이었다.

"나는 박열을 알고 있다! 나는 박열을 믿고 있다! 그가 갖고 있는 모든 과실과 모든 결점을 뛰어넘어 나는 그를 사랑한다!"

그를 향해, 그리고 세상을 향해 후미코는 대담하고 정연하게 목소리를 높였다.

"나는 그가 나에게 저지른 과오까지도 무조건 받아들인다. 먼저 박열의 동료들에게 말해두고자 한다. 이 사건이 우습게 보인다면 우리 두 사람을 비웃어달라고. 그리고 재판관들에게 말해두고자 한다. 부디 우리 둘을 함께 단두대에 세워달라고. 박열과 함께 죽는다면 나는 만족스러울 것이다. 마지막으로 박열에게 말해두고자 한다. 설령 재판관의 선고가 우리 둘을 나눠놓는다 해도 나는 결코 당신을 혼자 죽게 하지는 않을 것이라고!"

일본 정부는 끝내 전향을 거부한 후미코에게 조국을 등진 배신자라는 낙인을 찍었다. 거룩한 국체를 손상시킨 반역자라는 주홍 글씨를 새겼다. 가문의 이름을 더럽혔다며 간단히 의절을 선언해버린 아버지처럼, 딸이 위험한 처지에 놓일 수 있다는 예상만으로 놀라 도망친 어머니처럼.

제1차 공판은 1시간여 만에 끝났다. 제2차 공판과 제3차 공판은 주말임에도 불구하고 이어져 진행되었다.

죽음의 판결이 성큼성큼 가까워지고 있었다. 대심원 지하실의 가감(假監)에서 수인 자동차를 기다렸다가 이치가야 형무소로 돌아가는 길이 아득히 멀고도 지척인 듯 가깝게 느껴졌다. 얼마 남지 않은 이번 생의 시간이 빠르게 스쳐 지나고 있었다.

'죽음! 그것은 과연 무엇일까?'

후미코는 지난날의 생생한 체험과 뼈아픈 고뇌를 통해 알고 있었다. 아무리 강한 척해도 인간은 살고 싶어 하는 존재라는 것을. 사형이 확실한 대심원으로 회부된다는 말을 처음 듣고는 한 달이 넘도록 밥 한 술조차 넘기기 버거웠다. 그녀는 아직 젊었다. 그녀의 육신에는 힘겨웠던 과거를 통해 단련된 강인한 생명이 고동치고 있었다. 자신의 의지가 개입되지 않은 사건에 의해 희생되고 싶지 않다는 생각이 물밀기도 했다. 자유로운 몸이 되어 손과 발을 힘껏 펼쳐보고 싶었다.

'다시 한 번, 단 한 번만이라도……!'

잠시만 눈을 질끈 감으면 되었다. 무릎을 꿇고 반성하는 시늉을 하면 되었다. 그러나 전향하고 출옥한다면 4년간의 옥중 생활을 경제적 정신적으로 지탱해준 동지들은 등을 돌릴 것이다. 다시 처절하게 외로워질 것이다. 그조차 견뎌낸대도 고통스러운 진실이 남아 있었다. 백 명의 동지보다 더 소중한 자아, 말간 눈으로 그녀의 삶을 낱낱이 꿰뚫어 보는 자기 자신을 배반하는 것이다.

'산다는 것이 숨이 붙은 채 움직이는 것만을 뜻하지는 않을 거야. 그건 오직 자신의 의지에 따라 움직임을 의미하는 것! 그저 살아가는 것은 아무런 의미가 없지. 행위가 있고서야 비로소 살아 있다고 말할 수 있지. 자신의 의지에 따라 움직였을 때 그 행위가 비록 육체의 파멸을 초래한대도 그건 생명에 대한 부정이 아니야. 긍정, 절대 긍정이지. 설사 적과 우군으로부터 동시에 버림받아 감옥 문을 넘는 순간 자살한다 해도 나는 지금의 나 자신을 획득할 필요가 있어. 나를, 내 삶을 지킬 수 있는 건 오직 나 자신뿐이야!'

선고 공판은 결심으로부터 2주일이 지나 열렸다. 마지막 재판에 나온 박열은 흰 한복을 단정하게 입고 있었다. 후미코는 평직으로 거칠게 짠 메이센 비단옷에 하오리를 걸치고 있었다. 조선식으로 다듬은 머리가 후미코의 얼굴에 차양을 드리웠다. 뺨에는 불안한 열기를 미미하게 띠고 있었으나 표정만은 여느 때처럼 차분했다. 제2차 공판에서 검사는 형법 제73조 후단 및 폭발물 취체 규칙 위반으로 박열과 후미코에게 사형을 구형한 상태였다.

박열과 후미코는 피고석에 나란히 앉아 서로를 바라보았다. 그들은 더 이상 동거인이 아닌 부부였다.

선고 공판을 하루 앞두고 박열과 후미코를 각각 면회한 변호사 후세 다츠지는 한 통의 서류를 내놓았다. '혼인신고서'였다. 세간에는 온갖 추측 보도가 떠돌았지만 박열과 후미코의 결혼은 사람들이 호기심에서 상상하는 '옥중 결혼식'과 전혀 달랐다.

"축하하오!"

후세가 떨리는 목소리로 인사를 건넸다. 후세는 박열이 일본에 건너온 직후 혈권단을 조직해 활동할 때부터 협력해온 법률가이자 사회운동가였다. 톨스토이의 인도주의 사상에 영향을 받아 '살아서는 민중과 함께 죽어서도 민중을 위하여'라는 좌우명을 지켜온 그는 조선인 운동가들의 든든한 후원자이기도 했다. 《흑우》와 《현사회》의 광고란에는 '프롤레타리아의 벗, 변호사계의 반역자'라는 소개가 빠짐없이 실려 있었다.

"고맙소."

새신랑이 씩씩하게 답했다.

"고맙습니다."

새신부가 산듯하게 답했다.

선정적이고 감상적인 허울 뒤에 비장하고 처참한 알속을 아는 유일한 사람, 후세만이 비통에 입술을 깨물었다. 허무주의자로서 죽음을 재촉한 박열과 후미코는 죽음 이후까지 스스로 준비했다. 법률적 형식에 복종할 생각이 일절 없는 그들이 형식적인 결혼 신고서를 얻기 위해 노심초사한 것은 사후에라도 표류하거나 모욕당하지 않기 위해서였다.

후세가 석 달 전 이치가야 형무소에 들여보낸 3통의 결혼 신고서는 선고 공판을 이틀 앞두고 돌아왔다. 한 장에는 박열의 지장이, 한 장에는 후미코의 지장이, 나머지 한 장에는 간수장 오쿠무라 아키라의 자필 설명서가 첨부되어 있었다. 후세는 법률 대리인으로서 결혼 신고서를 우시고메 구청에 제출했고, 신고서는 그날로 수리되었다.

박열이 후미코의 손을 끌어 잡았다. 금은의 예물 대신 강파리한 손가락을 단단히 깍지 꼈다. 그들은 동시에 한곳을 뚫어져라 바라보았다. 고개 돌려 외면하지 않고 그들의 생을 향해 다가오는 죽음을 정면으로 마주 보았다.

"피고 박열, 사형!"

"피고 가네코 후미코, 사형!"

오랫동안 기다려온 순간이었다. 꿈속에서 몇 번인가 반복해 보았던 장면이었다. 마침내 싸움은 끝났다. 승리할 수 없었을지언정 결코 패배하지 않았다.

"만세!"

후미코가 번쩍 팔을 치켜 올리며 외쳤다.

"수고했군, 재판장!"

박열이 재판장에게 인사말을 던졌다.

"내 육체야 자네들 마음대로 죽이려거든 죽여라! 그러나 나의 정신이야 어찌할 수 있겠는가?"

당사자들은 태연히 웃음 짓고 있지만 몇몇 동지들은 울음을 터뜨렸다. 저희가 저지른 악행의 결말을 지켜보기 객쩍었던지 권력의 개들은 서둘러 꼬리를 감추려 들썩거렸다. 사형이 언도된 법정의 괴이쩍은 흥분 속에 후미코가 외친 마지막 말이 쟁쟁 울려 퍼지고 있었다.

"모든 것이 죄악이요, 허위요, 가식이다! 박열과 나를 한 교수대에서 같이 목매어 죽여달라! 그리고 죽은 백골도 더불어 묻어달라!"

1926년 3월 25일, 일찍 핀 벚꽃이 천지를 뒤덮은 화창한 봄날이었다.

은사, 그리고 음모

잠이 깨기도 전에 눈이 먼저 떠졌다. 달음질쳐온 봄이 천지간에 한창이었다. 쪼개진 하늘, 쇠창살 너머에도 봄볕은 어김없이 다가와 궁싯거렸다.

부시다. 시리다. 짓무른 눈에 물기가 배어난다. 쓰리다. 아프다. 아직 살아 있었다.

사형 선고를 받은 지 10일이 지났다. 대심원 법정에서 헤어진 박열과 후미코는 독방에 수감된 채 막막한 시간을 견디고 있었다.

"가네코 후미코! 형무소장실로 호출이다!"

호출을 받는 순간 생각했다.

'마침내 때가 왔다!'

종전의 '대역범인'이었던 무정부주의자 고토쿠는 판결받은 지 6일 만에 처형되었다. 황태자를 저격했던 난바는 판결 바로 다음 날 처형되었다. 봄비 끝에 그악스럽게 돋아나는 잡초를 두려워하듯, 신성의 허울을 들쓴 천황제에 대한 도전자를 뿌리 뽑는 우악살스러운 손아귀는 재빠르고 날쌨다.

감방을 나설 채비를 하다가 예전에 읽었던 수필 한 대목을 떠올렸다. 작자는 뜻밖의 사고를 당할 게 두려워 외출하기 전 속옷을 새로 갈아입는다고 했다. 그때는 강박신경증으로 무심히 읽어 넘겼던 글이 예사롭지 않다. 문밖이 천 길 낭떠러지라 언제 어디서라도 맞닥뜨릴 수 있는 게 죽음이다. 하물며 판결까지 받아 든 사형수의 몸으로야.

어젯밤에는 릴케의 시를 읽다 잠들었다. 마음이 닿는 시에서 눈길이 멈췄다.

　　　단 한 번뿐이야. 그 이상은 없어
　　　그리고 우리도 한 번뿐이야
　　　다시는 없어
　　　그러나 단 한 번 존재했다고 하는 것
　　　지상에 실존했다는 것
　　　이것은 더할 나위 없이 의미 있는 일

머리를 깨끗이 빗고 동지들이 차입해준 새 옷으로 갈아입었다. 기모노 깃을 젖혀 세울 때 문득 목덜미를 쓸어보았다. 보이지 않는 끈이 드리운 듯, 서늘했다.

"가네코 후미코, 대령했습니다."

간수장의 인도로 소장실에 들어가니 박열이 먼저 와 있었다. 눈을 마주치자 주체할 수 없는 애정과 연민의 미소가 번졌다. 그럼에도 불구하고 가려지지 않았다. 밤잠을 설쳐 충혈된 눈은 퀭하게 꺼지고 혈색 없는 얼굴이 꺼칠했다.

박열은 선고 공판이 끝난 후 열흘 동안 깊은 고뇌와 번민에 빠져 있었다. 신념이든 과오든 자신의 선택과 행동에 의해 죽는 건 두렵지 않았다. 어차피 한 번인 삶에 한 번뿐인 죽음이었다.

하지만 후미코를 생각하면 착잡한 심정을 가눌 길이 없었다. 뜻밖의 일에 휘말려 억울한 죽음을 맞게 된 그녀가 애처로웠다. 한순간도 원망하거나 후회하는 빛을 보이지 않기에 더욱 가슴이 미어졌다.

"잘 지냈어?"

"그럭저럭."

인사는 한결같았다. 최대한 담담한 태도만이 최선의 예의였다.

'오늘인가 봐.'

'그래. 그런가 봐.'

눈빛이 허공에서 어지러이 엉겼다. 죽음, 그 어림할 수 없지만 도저한 실체 앞에서 인간이 느끼는 유일한 감정은 공포였다. 모두가 떠나지만 누구도 되돌아온 적 없는 길, 그곳은 언제나 일방통행이었다. 그나마 낯선 길에 동행이 있어 서글픈 일말의 위로가 되었다.

"박열! 가네코 후미코!"

제복의 단추를 끝까지 단단히 채워 입은 아키야마 형무소장은 오늘따라 더욱 긴장한 표정으로 땀을 뻘뻘 흘리고 있었다. 그의 축축한 겨드랑이에서 시큰하고 누릿한 땀내가 풍기는 듯해 후미코는 올칵 욕지기가 치밀었다.

'기왕 닥칠 일이라면 빨리 끝내라! 순간일 뿐이다. 오직 한순간!'

입안에서 다글다글 구르는 절규를 애써 삼켰다. 초침까지 헤아릴 수 있을 듯 벽시계는 아주 천천히 움직였다.

"기립하라!"

대단한 의식이라도 치르려는 양 소장의 명령에 간수들이 박열과 후미코를 일으켜 세웠다. 소장이 부푼 볼에 파묻힌 얇은 입술을 조심스레 달싹였다.

"오늘, 폐하의 황공한 어인자(御仁慈)로 은사가 내렸다!"

박열과 후미코가 영문을 알 수 없어 어리둥절한 사이 소장이 근엄한 목소리로 낭독을 시작했다.

"조선 경상북도 상주군 화북면, 사형수 박열, 25세. 야마나시현 히가시 야마나시 군 스와 촌 1238번지, 박열의 처 사형수 가네코 후미코, 24세. 특히 사일등(死一等)을 감하여 무기징역에 처함. 내각 총리대신은 칙(勅)을 봉(奉)하여 차(此)를 선(宣)함. 대정 15년 4월 5일 내각 총리대신 와카쓰키, 대독."

커튼콜까지 끝냈다고 생각했던 순간 다시 막이 열리는가? 어이없이 펼쳐진 연극의 제목은 '은사 받은 대역 죄인들'이고 연출의 주제는 '황실의 인자함'이었다. 그 줄거리는 대충 이러했다.

판결 당일 중의원 원내에서는 긴급 각료 회의를 열어 박열과 후미코를 사형에서 한 등급 감형하는 방안을 논의한다. 논의의 결과물을 들고 와카쓰키 수상은 섭정궁 전하의 어전에 나아가 상주하고 재가해주실 것을 아뢴다. 에기 법무상은 고야마 검사총장과 협의한 뒤 총장으로부터 은사령에 의한 감형을 상주해달라는 요청을 받고……

그들이 제출한 '은사 신청서'의 신청 이유야말로 사건과 재판이 얼마나 기만적이고 허위적이었는가를 제풀에 드러내는 것이었다.

'박열과 후미코의 폭탄 투척 대상은 황실이 유일무이한 것이 아니었고 폭탄 투척 계획의 실현 가능성이 희박했다.'

'가네코 후미코는 종범이기 때문에 정상 참작의 여지가 있다.'

'가네코에게만 은사를 인정한다면 차별한다는 이유로 조선인들의 반발을 불러일으킬 것이기 때문에 박열에게도 '은사'를 부여해야 한다.'

하나 같은 궤변이었다. 그중에도 앞의 두 항목은 판결 이유서에 공모에 의한 대역을 인정한 것과 정면으로 모순되었다. 결국 간토 대지진 이후 벌어진 조선인 학살을 변명하기 위해 사건을 조작하고 정치 재판을 벌였지만, 이토록 속이 빤한 일들에 대한 비판과 반발을 우려하지 않을 수 없어 '은사 감형에 의한 황실의 일시동인'이라는 연극을 제작한 것이었다.

"은사를 받은 당신들에게 와카쓰키 수상의 말씀을 전하겠다."

소장은 칙칙한 분홍빛 혀를 내밀어 입술을 핥고는 빠르게 말을 이었다.

"박열과 가네코 후미코가 각별한 은명에 따라 감형된 것을 보건대 광대한 성은이 황공할 따름이다. 박열처럼 무분별한 자가 나온 것은 심히 유감스러운 일이지만, 광대무변한 성은을 접한 이상 반성해 참된 인간이 되리라 믿는다. 아무쪼록 바다와 같이 넓고 태산과 같이 드높으신 인덕에 감읍할 수밖에 없다."

과장된 표현과 노골적인 농담과 우연성과 황당무계함이 모두 들어 있는 소극(笑劇)이었다. 그러나 쓴웃음만 자아내는 코미디였다. 아키야마는 두 손으로 특사장을 받쳐 들고 박열을 향했다. 죽음의 채무를 면제해주겠노라는 증서가 축축한 손바닥 위에 놓여 있었다.

"흥!"

머리를 숙여 특사장을 떠받든 소장을 향해 박열이 코웃음 쳤다. 소장은 박열의 손에 반강제로 특사장을 쥐여주고 나머지 한

장을 후미코에게 내밀었다. 후미코는 잡아채듯 그것을 받아 들더니 특사장을 손아귀에 넣자마자 반으로 쭉 찢어버렸다.

순간 모두가 얼어붙었다. 소장의 단춧구멍만 한 눈이 화등잔같이 커졌다. 간수들은 턱이 빠진 듯 입을 헤벌린 채 꼼짝도 못했다.

"사람의 생명을 멋대로 죽였다 살렸다 장난감으로 생각하다니, 무엇이 특사인가? 모든 게 당신들 멋대로 될 줄 아는가?"

후미코가 악다구니를 쓰며 반으로 찢은 특사장을 갈기갈기 조각내기 시작했다. 비명 같은 신음만 흘리던 소장은 그제야 정신이 드는지 박열의 손에 들린 특사장을 재빨리 빼앗았다. 박열까지 특사장을 찢어버리면 걷잡을 수 없다고 생각한 것이다.

"어라, 저걸 어째? 아이고, 아이!"

허를 찔린 소장은 발만 동동 굴렀다. 아무리 방약무인한 대역범인이라도 명색이 천황의 특사장을 찢어버리리라고는 상상도 못했던 것이다. 갈가리 찢긴 특사장은 아무 의미 없는 종잇조각에 불과했다. 후미코는 그 한 움큼을 공중에 집어 던졌다. 꽃잎처럼 먼지처럼 허망한 약속처럼, 그것들은 분분히 흩어졌다.

"아이고, 이게 어떤 거라고…… 에고, 이 일을 대체 어쩌라고……!"

채신머리 따윈 내팽개친 소장이 잘 접히지도 않는 허리를 굽혀 종잇조각이나마 주워보려고 허둥대는 사이 후미코와 박열의 눈빛이 허공에서 부딪혔다. 후미코가 피식 웃었다. 박열이 따라 웃었다. 하지만 그의 입아귀는 괴로움으로 비틀렸다. 난파선의 마지막 구명조끼는 후미코의 것이었다. 그녀는 그것을 가분히 벗어 검은 물결 속으로 던져버렸다.

형무소장은 박열과 후미코를 감옥으로 돌려보내고 사건을 수습하기 위해 동분서주했다. 일단 이 사실이 바깥으로 새어 나가지 않도록 주위에 단단히 입조심을 시켰다. 그렇지만 상사인 모토지 행형국장에게까지 보고하지 않을 도리는 없었다. 사건을 보고받은 행형국장은 길길이 날뛰며 불철저한 일처리를 야단쳤다.

"가뜩이나 세간에 죄인들이 후회하고 반성하는 기색을 조금도 보이지 않는데 은사를 주청하는 법이 어디 있냐는 여론이 드센 마당에 이런 사실을 공표하면 어찌 되겠는가? 문책을 당하는 건 둘째 치고 내각이 완전히 무너져버리는 사태가 빚어지지 않겠는가?"

"그럼 어떻게 하면 좋겠습니까? 당장 감형 사실을 취재하기 위해 신문기자들이 들이닥칠 텐데요."

"어떻게 하긴 어떻게 해? 일절 비밀에 부치고 기자들에게는 그럴싸하게 둘러대야지!"

행형국장에게 단단히 치도곤을 당한 형무소장은 가분수 머리를 감싸 쥐고 고민을 거듭한 끝에 기자 간담회에 나섰다.

"특사장을 받은 죄인들의 반응은 어떠했습니까?"

"아, 그들은 이 뜻밖의 은사에 진실로 감읍하는 모습이었습니다. 박열은 침묵하고 있다가 몇 번씩이나 고개를 숙였고, 가네코 후미코는 대단히 고맙다며 경건한 태도로 감사의 말을 전했습니다."

연출에 저항하는 주연배우 때문에 연극이 깨진 것도 모르고 가면극에 익숙한 기자들은 독자들의 눈물 콧물까지 다 뺄 심산으로 사실을 부풀렸다. 다음 날 《도쿄아사히신문》에는 눈물 없이 볼 수 없는 신파극의 한 장면이 기사로 실렸다.

"특사장을 받아 든 가네코 후미코는 감격으로 말을 잇지 못했다. 박열도 함께 은전을 입었다는 이야기를 듣고 그녀는 웃음 띤 얼굴로 심심한 경의를 표하며 머리를 조아렸다. 감옥에서 규칙만 잘 지키면 머지않아 세상에 나올 수 있을 것이며 박열도 마찬가지라는 말을 듣는 후미코의 눈은 눈물로 빛났다."

아름답고 훈훈한 천황제 국가의 미담이었다. 온정으로 가득한 황실의 상(像)과 후회하며 반성하는 신민의 상. 속고자 하는 사람들만 속일 수 있는 허상이었다.

한 번도 청한 적 없는 '은사'를 굳이 베푼 것은 박열과 후미코의 전향을 염두에 두었기 때문이었다. 적의 포탄을 맞을 때는 분노로 용솟던 병사들도 포탄이 자신의 몸을 꿰뚫지 않았다는 걸 아는 순간 기쁨을 느낀다. 살아남았다는 기쁨은 분노까지도 까맣게 지운다. 이토록 누추하고도 지고한 생명의 본능을 이용해 박열과 후미코를 굴복시키려던 것이다.

함께 사형대에 올라가는 꿈은 깨어졌다. 같은 형무소에마저 있을 수 없었다. 무기징역으로 감형받은 직후 박열은 지바 형무소로, 후미코는 우쓰노미야 여자형무소로 이감되었다. 끝이 보이지 않는 시간과 가열한 전향 공작에 맞선 지난한 싸움이 시작된 터였다.

이런 내막을 알 턱이 없는 외부에서는 박열과 후미코에 대한 논란이 끊임없이 이어졌다.

21회에 걸친 검찰 조사에서도 소신을 굽히지 않고 당당한 태도를 보였던 박열과 7회의 전향 요구를 물리친 후미코가 어쩌자고 특사장을 덥석 받아 들었단 말인가? 정말 죽음 앞에서는 모든 인간이 나약하고 비루해질 수밖에 없단 말인가?

동지들은 이것이 당국의 계략이리라 짐작했지만 한편으로 피어오르는 의구심 또한 떨칠 수 없었다.

우익들은 우익들대로 '대역죄'를 저지른 범인들을 당장 죽이지 않고 무기징역으로 감형했다는 사실에 분노했다. 그들은 불령선인 박열도 미워했지만 조국을 배신한 후미코를 용서할 수 없었다. 후미코는 미국 군선이 처음 일본을 침범했을 때 미국인 사절 해리스의 애첩 노릇을 했던 오키지와 같은 부류로 치부되었다. 일본 전설에 전해지는 악녀의 화신인 아마노자쿠나 다름없다고 여겨졌다.

우익들은 박열에게 타격을 주고 후미코를 세상에서 매장시킬 의도로 음모를 꾸미기 시작했다. 이른바 '은사'가 내려진 지 얼마 지나지 않아 우익 단체 정우회의 조직원 기타 잇키의 집에서 비밀스러운 회동이 이루어졌다.

"이게 바로 그 사진이오?"

"그렇소. 그들과 함께 이치가야 형무소에 수용되었던 나의 매형이 보석으로 출옥하면서 이불 속에 감춰 갖고 나왔던 것이오."

"기가 막힌 꼬락서니군! 여기다 적절한 문구만 달아 뿌리면 누구도 연놈을 더 이상 동정하지 못할 거야. 개전의 정이 없는 대역 범죄인을 이따위로 우대한 당국에도 책임을 물어야지. 이제 와카쓰키 내각은 끝장이다!"

애국적인 정열에 불탄 그들은 선정적인 문장으로 가득 찬 '괴문서'를 작성하기 시작했다.

"박열과 가네코는 황실에 위해를 가하고자 했던 극악무도한 국적(國賊)임에도 불구하고 정부는 이들을 국사(國士) 이상으로 대우해 옥중 특별실에 기거하게 하며 결혼식에 이어 동서(同棲) 생활까지 시키고도 모자라 감형의 은전까지 베풀었다. 이런 조처를 취한 정부 자체가 국적이 된 게 아닌가?"

뱀의 길은 뱀만이 안다. '타락자'들을 말살시키고야 말겠다는 욕망으로 충천한 그들의 펜은 점점 더 음탕하고 난잡해졌다.

"불령선인 박열은 책을 들고 있는 반역자 가네코를 포옹하고 있다. 박열의 한쪽 팔은 책상에 턱을 괴고 있지만 다른 한 팔은 가네코의 젖가슴을 누르고 있다. 하루의 취조를 마친 후 다테마쓰는 예심 법정에 박열과 가네코 후미코 두 사람만을 남겨놓은 채 변소에 간다는 평계로 퇴정하여 감시도 없이 문만 잠그고 약 30분

동안 내버려두었다. 해방된 30분 사이 인적 없는 법정 안에서 불령한 남녀가 무슨 짓을 했을지는 어렵지 않게 추측할 수 있다. 그 후부터 박열과 가네코는 생리적인 어떤 기능이 조절되어 점차 유순해졌고, 그들은 다테마쓰를 이해자이자 동정자라고 부르게 되었던 것이다!"

어머니께 마지막 인사를 보내고 싶었던 박열의 마음과 다테마쓰의 오버액션이 남긴 기념사진은 음란한 펜 끝에서 춘화(春畵)로 둔갑했다. 사진 속의 후미코는 타락할 대로 타락한 여자였다. 요망스럽고 발칙한 계집애였다.

탕녀에게 쏟아지는 비난에는 좌우가 없었다. 기세등등한 우익과 퇴폐성을 비판하는 동지들은 한목소리로 맹폭을 쏟아붓게 될 것이었다. 후미코는 국적과 사상을 넘어선 '여성'이라는 형틀에 매달려 뭇매를 맞게 되었다. 지옥에는 밑바닥이 없었다. 오직 끝없는 추락이었다.

풀의 선택

일상에 지친 자들을 위로하는 황금의 날. 영어를 쓰는 나라 사람들은 금요일을 맞아 외친다.

"신이시여, 감사합니다. 금요일입니다!"

아주 작고 소박한 위무. 값을 셈할 수 없는 금빛으로 반짝이는 행복.

감옥의 금요일은 대청소 날이었다. 눅눅해진 다다미를 걷어내 털고 정돈하는 동안 굳었던 몸이 더워졌다. 묵은 먼지와 때를 벗겨내니 마음도 가분했다. 청소를 마치고 땀에 절어 축축한 옷을 갈아입으려는데 널빤지 문을 두드리는 소리가 났다.

"49호!"

처진 눈초리가 선량한 인상을 주는 주임 간수였다. 이름도 아닌 수감 번호로 불리는 신세일망정 사무적인 말투가 아닌 친절한 목소리는 듣기 좋았다.

한 통의 두툼한 편지가 건네졌다. 생활을 박탈당한 자에게 주어지는 유일한 즐거움, 동지들의 서신이었다. 대단한 내용은 없었다. 언제나 그들은 '건강해야 한다. 동지들은 모두 잘 있다'고 또박또박 적어 넣곤 했다. 행여 옥중에 있는 사람을 심난하게 할까 봐 나쁜 소식은 전하지 않으려 애쓰는 것이다. 그럼에도 불구하고 모든 게 좋고 즐거울 수 없는 세상 이치는 행간을 읽지 않아도 알 수 있었다.

사형 선고까지 받았던 그들은 살아 있는데 벌써 동지를 둘이나 잃었다. 애증의 감정으로 기억할 수밖에 없지만 한때 후미코의 가장 가까운 친구였던 하쓰요는 예심 심문이 진행되던 중에 세상을 떠났다. 설익은 채 터져 나온 자신의 감정이 어떤 엄청난 결과를 가져왔는지 모르고 협조회 병원에서 결핵이 악화되어 죽었다. 다른 동지 하나는 불온 삐라를 뿌렸다는 혐의로 검거되어 옥중에서 죽었다. 빈틈없는 모습에 냉혈한이라는 오해도 받았지만 후미코가 박열에게 먹을 것을 차입해달라고 부탁했을 때 스스럼없이 소망을 들어주던 벗이었다. 하늘은 언제나 좋은 사람부터 먼저 데려가는 것일까? 그들은 하늘의 부름을 일찍 듣는 천리이(千里耳)를 가졌는지도 모른다.

죽음이 아니라면, 삶이었다. 후미코는 모두가 기어이 피하려 애쓰는 죽음보다 목전의 삶이 더 두려웠다.

"오늘은 정말 날씨가 좋네요."

"글쎄 말이오. 덥지도 춥지도 않으니 딱 좋아. 이번 주말에는 무코지마에 행락객들이 버글버글하겠네."

"꽃은…… 다 졌을까요?"

"꽃이 져도 무코지마 명물인 벚꽃 떡은 사계절 팔지. 아내가 단것을 좋아해서 연애 시절엔 월급의 거지반을 떡값으로 썼다오."

간수의 농담에 후미코는 후훗 휘파람 불듯 웃었다. 날씨 이야기 끝에 발돋움해 쇠창살 너머 옥뜰을 바라보았다. 조경 따위와는 무관한 감옥의 마당에는 잡초가 무성히 자라고 있었다.

"마당에 풀을 좀 뽑았으면 좋겠네요. 작업하도록 허락해주시겠어요?"

간수가 망을 보는 가운데 후미코는 옥뜰에 쭈그리고 앉아 풀을 뽑기 시작했다. 감옥의 한낮은 깊은 물속처럼 조용했다. 다른 여수(女囚)들은 작업에 동원되어 보이지 않았다. 한 점 물보라 없는 고요 속에서 제가 어느 집 지붕에 앉았는지도 모르는 참새들만 들까불며 재잘거렸다.

수많은 생각이 물밀어 들었다. 머릿속에서 출렁이던 그것들이 운율에 실려 토해져 나왔다. 후미코는 얼마 전부터 시를 쓰기 시작했다. 시는 삶을 찬미하기에 가장 알맞은 양식이었다. 그리고 코

끝에서 스멀거리는 죽음을 음미하기에 더욱 적절한 양식이었다.

> 손끝에 잡히는 이름도 없는 작은 풀,
> 불쑥 뽑으면
> 들릴 듯 말 듯 울먹이네,
> '나 살고 싶어요'라고.

무심코 뻗은 손가락을 간질이며 풀이 울고 있었다. 소리 없이 우는 풀과 함께 슬퍼져서 뻗었던 손을 거두었다. 정갈한 관상용 나무도 화려한 꽃도 아닌 잡초일망정 풀은 뽑히지 않으려 몸부림치고 있었다. 살겠노라고 앙버티는 버둥질이 애처로웠다. 아울러 생명에 대한 집착이 징그럽고 미웠다. 후미코는 발작적으로 풀포기를 잡아챘다. 우두둑! 양분과 수분을 빨아들이기 위해 그악스럽게 뻗쳤던 실뿌리들이 통째로 딸려 나왔다. 생각보다 훨씬 길고 깊었던 풀뿌리는 질기고 허옜다.

감정의 데자뷰!

언젠가 이런 느낌을 겪었다. 가로 2자 세로 3자의 작은 책상 앞에 쪼그려 앉아 희미한 등불에 의지해 자서전을 쓸 때였다. 잉크 자국이 얼룩진 손으로 깨알같이 적어나가는 짧은 생애는 자해의 상흔처럼 고통스럽고 처참했다. 문득 결막염으로 핏발 선 눈에 고물고물 기어가는 벌레 한 마리가 보였다. 눈을 갖지 못한 벌레는

긴 더듬이로 머뭇머뭇 갈 길을 찾고 있었다. 냉기가 배어나는 다
다미 바닥이 추운지 발까지 질질 끌고 있었다.

'살아가지 않으면 안 되는구나!'

돌연한 깨달음으로 탄식했다.

'그런데 무엇 때문에?'

곧바로 의문이 닥쳐들었다. 책상에 턱을 괴고 앉아 '맨발의 여
행자'를 살펴보았다. 볼수록 더듬이질이 답답하게 느껴졌다. 아무
리 재게 놀려도 헛바퀴를 도는 발버둥이 역겨웠다.

'어쩌면 산다는 것은 목청 높여 찬미할 만한 축복이 아니라 자
연이 생명에게 부과한 귀찮고 성가신 의무가 아닐까?'

그는 자유로운 여행자가 아니라 감옥에 갇힌 징역수일 뿐이었
다. 종신형을 받은 죄수는 권태롭다거나 초조하다는 말로는 부족
한, 둘을 마구잡이로 뒤섞은 묘한 기분에 시달린다. 모든 것을 닥
치는 대로 매도해버리고 싶은 기분에 몸부림친다. 누구든 그 앞
에 쓰러져 맘껏 울고 싶은 기분에 뒤척이기도 한다. 심장을 갈기
갈기 찢어버리고 싶은 기분, 온 세상을 깡그리 태워버리고 싶은
기분, 하루에도 몇 번씩 널뛰기하는 숱한 기분들 속에서…… 지
독하게 외롭다.

울화가 솟구쳤다. 참혹한 방법으로 그것을 죽여버리고 싶다는
생각에 사로잡혔다.

'손톱으로 눌러 내장을 터뜨려버릴까? 보기 싫은 더듬이를 잘

라내어 제자리에서 뱅뱅 맴돌다 죽게 할까? 발을 도려내고 날개를 떼어내 산송장으로 만들어버릴까? 아니, 성냥이라도 있다면 단번에 태워버릴 수 있을 텐데!'

파사삭! 그 얇은 껍질이 타드는 소리는 참으로 가볍고 경쾌할 테다.

벌레가 다시 꿈틀 작은 몸을 뒤치었다. 후미코는 퍼뜩 놀라 정신을 차렸다. 그토록 잔인한 생각에 골몰했던 스스로에게 진저리를 쳤다. 자신을 좁고 음습한 감옥에 가둔 것은 나약한 미물이 아니라 천황제 국가 권력이라는 광포한 흉물이었다. 그럼에도 불구하고 자기보다 보잘것없는 존재를 발견한 순간 증오와 분노가 그에게 퍼부어진 것이다. 부끄럽고 혐오스러웠다. 그야말로 괴물과 싸우다 괴물을 닮아가는 꼴이었다.

'아아, 이렇게 미쳐가나 보다……!'

벌레의 불우한 여행을 지켜보길 포기하고 읽다 만 책을 펼쳐 들었다. 법정에 가지고 나갔던 안톤 체호프의 단편집이었다.

'과거는 싱겁게 흘러가버렸고 미래는 부질없어라. 인생에 단 한 번뿐일 이 기적 같은 밤도 이윽고 끝이 나서 영원과 하나가 되리니. 무엇 때문에 사는가?'

책갈피는 단편 「베짱이」 중 화가 랴보프스키의 독백에 꽂혀 있었다. 사형을 구형하는 검사의 목소리를 듣고 나와 마지막으로 읽었던 대목이었다. 그때 이 구절을 읽으며 무슨 생각을 했는지 기억할 수 없었다.

감옥의 시간은 무섭도록 빨랐다. 시간이라는 썰매가 몸뚱이를 홱 낚아채어 묘지로 끌고 가버릴 것 같았다. 반면 이성은 남은 시간이 너무도 길다는 사실을 자각하고 있었다. 끝끝내 영원과 하나가 되는 순간은 쉽게 와줄 것 같지 않았다.

'어떻게, 무엇으로 견뎌야 하나?'

벌레를, 그것을 죽여버리고 싶은, 그것처럼 죽고 싶은 충동을 이기기 위해 책장을 넘겼다.

단편 「내기」는 체호프의 소설 중 특이하게도 고딕소설의 분위기를 풍겼다. 내기에서 지면 2백만 루블을 지불하겠다는 은행가의 호언장담에 젊은 변호사가 맞건 것은 15년 동안의 수감 생활이었다. 감옥에서의 15년, 미리 엿보는 미래.

감금된 첫해에 변호사는 고독과 무료함 때문에 몹시 괴로워했다. 낮이고 밤이고 피아노를 치며 혼자 있는 시간의 중압감을 견디려 했다. 술은 욕망을 부추기고, 그 욕망이야말로 수인의 첫 번째 적이라는 이유로 사절했다. 첫해에 변호사가 받아 본 책들은 지극히 가벼운 내용의 오락물이었다. 복잡한 삼각관계로 이루어진 애정 소설, 결말이 궁금해 뒤적이는 탐정 소설, 신비주의와 가설이 적당히 뒤섞인 공상 과학 소설, 허탈한 웃음을 자아내는 코미디물 따위였다.

해가 바뀌자 음악 소리는 잠잠해졌다. 변호사는 고전 서적들을 요구하기 시작했다. 5년째 되던 해 다시 음악 소리가 들리더니 술을 달라는 요청이 왔다. 그해가 다 가도록 변호사는 오로지 먹고 마시고 침대에 누워 있었다. 자주 하품을 하고 신경질적으로 혼잣말을 했다. 책은 읽지 않았지만 이따금 내용을 알 수 없는 글을 쓰다가 날을 지새웠다. 그러나 아침이면 썼던 것을 모두 갈가리 찢어버렸다. 울음소리도 여러 번 들렸다.

감옥에 갇힌 지 6년 반이 되었을 때 변호사는 외국어와 철학과 역사를 공부하기 시작했다. 얼마나 탐욕스럽게 공부했던지 은행가가 책을 대주기 벅찰 정도였다. 4년 동안 6백여 권을 읽었다. 10년째 되는 해 변호사는 책상 앞에 꼼짝 앉고 앉아서 복음서만을 읽었다. 4년 만에 6백여 권의 심오한 서적을 섭렵한 사람이 두껍지도 어렵지도 않은 책 한 권을 읽는데 꼬박 1년을 허비했다. 복음서를 뒤이은 책은 종교사와 신학 서적이었다.

마지막 2년간 그는 엄청나게 많은 다양한 책을 읽었다. 자연과학, 바이런과 셰익스피어, 화학과 의학 교과서, 장편 소설, 철학과 신학 논문 등등. 그의 독서열은 바다 위에 널린 난파선의 잔해들 속에서 목숨을 건지기 위해 아무것에나 무턱대고 매달리는 인간을 연상시켰다…….

저녁 배식이 시작되어 멀건 국과 밥 한 덩이를 받았다. 식욕은 가장 고집스럽고 끈질긴 욕망, 삶의 욕망 그 자체라고도 할 만했다. 얼마 전 후미코는 이상하게도 단것이 먹고 싶어서 빵을 주문했다. 그런데 빵이 차입되기도 전에 어금니가 아프기 시작했다. 머릿골을 울릴 정도로 쑤시고 저렸다. 결국 먹지 못한 빵은 창 너머로 찾아오는 참새와 까마귀의 몫이 되었다. 창틀의 빵 부스러기까지 바람에 다 날려간 후 깨달았다. 지독한 치통은 착각이었다. 진짜 아픔이 아니라 아픈 것처럼 느낀 것에 불과했다.

몇 술 뜨다 만 밥을 배식구로 물리고 다시 책상 앞에 앉았다. 창문 너머로 달빛이 검은 격자 모양으로 어른거렸다. 감옥의 밤은 무덤이었다. 일말의 생기는 물론이거니와 강철 같은 의지와 사상까지도 파묻는 어둡고 깊은 잠의 묘지. 후미코는 이대로 쓰러져 잠들고 싶지 않았다.

'소설의 결말은 어떻게 될까?'

책장을 넘기는 손길이 빨라졌다.

15년 사이에 은행가는 파산했다. 빈털터리가 된 그는 2백만 루블을 마련하지 못해 약속이 이루어지기 바로 전날 새벽 변호사를 죽이러 간다. 마른 걸레처럼 구겨진 채 잠들어 있는 더 이상 젊지 않은 젊은 변호사. 깨끗이 정돈된 책상 위에는 마지막 메모가 놓여 있었다.

"자유와 생명과 건강을, 그리고 그대들의 책 속에서 지상의 축복이라고 불리는 모든 것들을 경멸하노라. 내게 지혜를 가져다준 책들을 사랑하면서 경멸하노라. 이 세상의 모든 행복과 지혜를 경멸하노라!"

15년의 인내를 물거품으로 만든 선언이 후미코의 얼어붙은 심장을 관통했다.

"모두가 시시하고 무상하며 신기루처럼 공허하고 기만적인 것이다. 그대들이 아무리 오만하고 현명하고 아름답다고 해도 죽음은 그대들을 마루 밑의 쥐새끼들처럼 지상에서 쓸어버릴 것이다. 그리고 그대들의 자손과 역사, 천재들의 불멸의 업적들은 꽁꽁 얼어붙어버리거나 아니면 지구와 함께 불타 없어질 것이다."

흘러넘친 눈물로 후미코의 뺨이 축축이 젖었다. 이 밤이 지나 아침이 오면 또다시 육신은 깨어날 것이다. 상쾌한 아침 공기를 호흡하려 콧구멍을 발씬댈 것이다. 태양과 함께 떠오르는 희망으로 가슴이 두근대기도 할 것이다. 그러나 어제와 같은 오늘, 오늘과 같은 내일은 아무런 의미가 없다. 저당 잡힌 삶은 다만 죽음의 유예일 뿐이다.

가족으로부터 버림받았다. 세상의 돌팔매를 맞았다. 사상도 이념도 찬란한 빛이 바래간다. 완벽한 고립감과 사무치는 고독 속에 엄습하는 격통처럼 한 사람이 그리웠다.

웃을 틈도 없이
또다시 떠오르는 B의 모습
나는 열아홉 그는 스물하나
둘이 함께 살다니 조숙했다 할 수밖에

집을 나와 그를 만나
밤늦도록 길을 걸은 적도 있었지
너무도 뜻이 높아
동지들에게마저 오해를 산 니힐리스트 B
적이든 우리 편이든 웃을 테면 웃어라
어리석으나 기꺼이 사랑에 죽으리니

　동지가 되어 함께 싸웠다. 불가침의 성역이라는 허상을 깨부수기 위해 온몸을 던졌다. 그를 통해 새로운 세상을 엿보고 그곳에 닿기 위해 발돋움했다.
　같은 곳을 바라본다는 것만으로 완벽한 일체가 될 수는 없었다. 그는 이상주의자였고 그녀는 현실주의자였다. 그는 시인이었고 그녀는 투사였다. 그를 싸우게 한 것이 꿈이었다면 그녀를 싸우게 한 것은 오로지 맞서고자 하는 의지였다. 그리하여 그의 꿈은 삶을 향해 뻗쳐 있었고 그녀의 싸움은 돌이킬 수 없는 죽음을 향해 있었다. 다만, 그뿐이었다.
　'스물네 살, 삶과 고통과 실패. 그것을 통틀어 계산한다면 플러스일까 마이너스일까? 이퀄 혹은 제로일까?'
　고통과 실패를 넘어 제로 같은 삶에서도 사라지지 않는 하나는 남아 있었다. 사랑했다. 사랑한다. 그러니 용서할 수도 있는 것이다. 용서할 것조차 없는 것이다.

기결수로 이감한 후부터 도치기 지소의 분위기는 묘하게 변해 갔다. 친절한 주임 간수는 전출되었고 새로 온 간수는 중차대한 임무를 맡은 듯 사명감에 넘쳤다. 물론 모두가 꼭두각시였다. 간 수는 지소장의 명령에 충실하고 지소장은 형무소장에게 충성했 다. 우쓰노미야 형무소장 요시가와는 이치가야 형무소장 아키야 마와는 비교할 수 없는 독종이었다.

9백 매의 원고용지, 만년필 2자루, 잉크병 2개, 75전어치 우표 를 쓸 데가 없어졌다. 지바 형무소에 수감된 박열과의 편지 왕래 는 중단되었다. 전에 보낸 엽서 몇 장도 답장이 없었다. 검열로 너 덜너덜해진 편지일망정 본인에게 전달되었는지조차 알 수 없었다. 사물함을 수색당해 알티바세프와 단눈치오와 슈티르너의 책 곳 곳이 절취되었다. 세 권의 수첩에는 검은 칠이 가득했다. 일주일에 한 번씩 훈계를 받기 위해 끌려가 시끌빽적지근한 앵무새의 노래 를 들었다.

"회개하라! 높고 거룩하신 '은사'를 받았으니 마땅히 회개해야 하지 않겠는가?"

감사할 수 없는 '은사'를 뿌리치기 위해 규칙을 무시하고 단식을 했다. 날로 집요해지는 전향 공작에 맞서 자해를 하며 버텼다.

"권력 앞에 무릎을 꿇고 살아가기보다는 기꺼이 죽어 끝까지 나 자신의 내면적 요구를 따를 것이다! 그것이 정녕 마음에 들지 않는다면 어디든 나를 데려가라. 나는 결코 두려워하지 않을 것이다!"

저항의 대가로 돌아온 것은 차갑고 팽팽한 가죽 수갑뿐이었다. 팔을 뒤로 묶인 채 어두운 방에 내던져져 벌레처럼 꿈틀거렸다. 인간이면서 인간이 아니었다. 지옥의 밑바닥에서 눈물 흘리며 기도했다. 바랄 수 있는 단 하나는 영혼의 불멸뿐! 육체라는 구속에서 벗어난 영혼이 원수들에게 복수하는 모습을 상상했다. 진정한 '내기'의 승리는 그런 것일 테다. 승부의 다툼과 보상까지도 넘어서는 것.

> 손발은 비록 부자유스러워도
> 죽겠다는 의지만 있다면 죽음은 자유로운 것

3개월의 줄다리기 끝에 가네코 후미코가 비로소 얌전해졌다는 소식을 들은 요시가와 형무소장은 회심의 미소를 지었다. 경험으로 미루어보아 아무리 기세등등하게 날뛰는 죄수도 두세 달만 고립시킨 채 압력을 가하면 고분고분해졌다. 진정한 개전(改悛)인지 체념인지는 상관없었다. 더 이상 저항할 수 없는 상황이라 판단하고 포기하는 순간 슬쩍 낚시를 던져 넣기만 하면 되었다. 설령 미끼 없는 낚싯대라 할지라도 지칠 대로 지친 죄수들은 허겁지겁 달려들기 마련이었다.

지금까지 도치기 지소에 특설된 중형감에서 특별 감시를 받았던 후미코는 다른 수용자들과 달리 노역에 종사하지 않았다. 독서 말고는 아무 흥미가 없는 듯 작업에 참여해보겠느냐는 건의도 묵살했다. 그랬던 후미코가 노끈을 잇는 작업에 참여하겠다는 의사를 밝혔다고 했다. 홀로 수감되어 있기 무료하니 일감을 주면 소일하기 좋겠다는 것이었다.

"그것 봐! 아무리 대단한 사상을 가지고 은사까지 거절하며 용심을 부려도 고립무원의 상태에서 제깟 게 별수 있나? 그렇게 살살 불빛을 향해 기어 나오는 거야. 처음이 어렵지 두 번째 세 번째는 일도 아니거든!"

형무소장의 허락이 지소장을 거쳐 간수에게 전달되었다. 간수는 마닐라삼을 한 타래 말아 들고 감방 문을 열었다. 후미코가 반가운 듯 명랑한 얼굴로 간수를 맞았다.

"전 별로 손재주가 좋지 못해요. 끊어지지 않도록 튼튼하게 노끈을 잇는 법을 가르쳐주실래요?"

후미코는 새로운 일거리에 완전히 마음을 빼앗긴 듯했다. 여름 햇살로 후끈 달아오른 옥방에서 온종일 미동도 없이 작업에 몰두했다. 다음 날 아침 기상 사이렌이 울리자마자 간수가 들여다보았을 때도 일찍 일어난 후미코는 고요히 앉아 삼실로 노끈을 잇는 작업에 열중해 있었다. 철창을 파고든 아침볕에 깔끔히 빗어 넘긴 머리칼이 금가루를 뿌린 듯 반짝거렸다. 창백한 이마에 금세 송골송골 땀이 솟았지만 후미코는 옴짝달싹도 않고 재바르게 손

278

을 놀렸다.

"아침부터 대단한 날씨군. 오늘도 꽤 무더울 모양이야."

간수는 혼잣말인 듯 중얼거리며 후미코의 방을 지났다. 그런데 중형감을 한 바퀴 순찰하고 나오는 간수의 가슴에 뭔가 설명할 수 없는 불길한 예감이 스쳤다. 뙤약볕 아래 정물처럼 앉아 있던 후미코의 모습과 그녀의 손에 들린 하얀 노끈이 눈앞에 어른거렸다.

서둘러 중형감으로 돌아온 간수는 곧장 후미코의 방으로 향했다. 멀쩡히 작업하는 모습을 보고 돌아선 지 겨우 10분 만이었다. 무슨 일이 생기려도 생길 수 없는 짧은 시간이었다. 아무래도 무더위 속에 과로한 탓에 기가 허해져 쓸데없는 생각에 꺼둘리는 것 같았다. 보양식이라도 좀 먹어볼까 궁리를 하며 간수는 후미코의 감방을 들여다보았다.

"49호! 작업은 잘 되어가고……?"

조금 전 앉아 있던 그 자리에 후미코의 모습이 보이지 않았다. 화들짝 놀라 자물쇠를 열고 감방 안으로 들어간 간수는 그 자리에 얼어붙고 말았다. 높은 창문을 가른 철창살에 하얀 삼노끈이 매여 있었다. 노끈의 끝에는 빨아 널은 낡은 외투처럼 무거운 후미코의 몸뚱이가 흔덕이며 걸려 있었다.

허겁지겁 노끈을 풀고 인공호흡을 했지만 소용없었다. 이미 후미코의 영혼은 육신을 떠난 후였다. 한여름 뙤약볕이 밀랍 인형 같은 그녀의 몸을 자글자글 끓였다. 하지만 짧은 생애를 열정의

도가니에서 불태웠던 그녀는 더 이상 뜨거움을 느끼지 못했다. 최후의 완전범죄에 성공한 후미코의 몸은 누추한 세상의 열기에 냉소하며 빠르게, 빠르게 썩어가고 있었다.

열아홉 번의 여름이 가고

다시 가을이었다.

도쿄에서 북쪽으로 6백 킬로미터 떨어진 해안가 아키타 형무소의 철문이 비명 같은 쇳소리를 내며 열렸다. 사내 하나가 뚜벅뚜벅 걸어 나왔다. 가슴을 활짝 펴고 목을 꼿꼿이 세운 자세는 당당했지만 열 걸음쯤 걷다 문득 멈추고 또 열대여섯 걸음쯤 걷다가 멈춰 서곤 했다. 22년 2개월 동안 감옥 안에서 허락되었던 공간이 딱 그만큼뿐이었던 탓이었다. 쓸쓸한 미소와 함께 고개를 절레절레 흔들었다. 마음은 언제라도 철문을 꿰뚫고 날아오를 듯했지만 몸은 어느덧 구속과 차단에 길들여져 있었다.

서두를 필요는 없었다. 그는 제자리에 선 채로 오후의 햇살을 음미했다. 깊은 숨을 들이쉬어 짜고 비릿한 바람을 호흡했다. 가볍게 큼큼 잔기침을 했다. 바깥공기는 아무래도 낯설었다. 하지만 곧 익숙해질 터였다.

"박열 동지! 어서 오시게!"

혼자만의 시간은 잠깐이었다. 형무소 밖에서 아침부터 기다리던 사람들이 그를 발견하고 반갑게 소리치며 달려왔다.

"고생 많았네! 이게 대체 얼마 만인가? 자네 나이가 이제 마흔넷인데 스물다섯에 재판정에서 보았을 때와 하나도 변한 게 없네. 아니, 오히려 더 건강해 보이는군. 우리는 이렇게 백발에 중늙은이가 다 되었는데 말이야. 사형 선고까지 받았던 사람이 어떻게 이처럼 강건할 수 있나?"

"인간이 살려는 것에 대한 집착이 강하면 강할수록 뜻밖의 병마에 시달려 목적을 달성할 수 없기 마련이지. 반대로 죽고 싶다고 입버릇처럼 말하는 자는 좀처럼 죽지 않지. 죽게 되지 않는 게야. 죽음의 고통에 직면하면 죽을 각오를 하게 되고, 각오가 서면 죽거나 살거나 상관없게 되거든. 문제의 핵심은 사느냐 죽느냐 하는 문제에 투철하면서도 그것을 초월하는 일이지."

"그 논리와 달변도 여전하군. 이러니 왜놈들이 전쟁에 패해 항복 문서를 쓴 지 석 달이 지났는데도 가둬놓고 풀어주려 하지 않을 수밖에. 연합군 사령부가 모든 정치 사상범들을 즉각 석방하라고 통고했음에도 불구하고 놈들은 유독 자네만 일반 정치 사상범과는 다른 대역범이라는 이유로 지금껏 억류하고 있지 않았나?"

"저간의 사정은 대충 전해 들었네. 재일본조선인동맹이 애를 많이 썼더군. 나를 위해 집회와 시위를 벌이고 연합군 총사령부에 석방 탄원서를 넣어준 덕택에 늦으나마 이렇게 자유의 몸이 되었지. 모두들 고맙네!"

"지금 시기에 자네의 역할이 얼마나 중요한지 잘 알고 있기 때문이지. 해방이 되어 동포들이 속속 귀국하고 있네. 새 조국을 건설하는 데 자네 같은 투쟁 경험을 가진 인물이 얼마나 필요한지 몰라. 자네야말로 세계 감옥사상 단일 범죄로 최장 기간의 수감 생활을 이겨낸 강철의 투사가 아닌가? 아, 여기서 이러지 말고 서두르세. 오오다테 역전 광장에서 자네의 출옥을 환영하는 대회가 열릴 예정이야. 모두들 손에 태극기를 들고 박열 동지가 오기만을 기다리고 있어!"

욱일승천의 기세로 승승장구할 것만 같던 일본 제국주의는 태평양전쟁의 패배로 처참하게 몰락했다. 살아 있는 신을 사칭하며 민중을 현혹하던 천황제 국가는 오만과 탐욕으로 잿더미가 되었다. 이미 20여 년 전에 그들이 비판하며 저항하고 도전했던 허상이었다. 아무도 이의를 제기하며 나서지 못할 때, 감히 맞겨루려는 생각조차 하지 못할 때, 젊은 프로메테우스들은 심장을 독수리에 뜯어 먹힐 각오로 온몸을 던져 불을 지폈다. 패배를 각오했으나 질 수 없는 싸움이었다. 시간이, 역사가 마침내 그들의 승리를 증명했다.

"어서 서두르자니까? 왜, 감옥일망정 20년을 살아온 집에 미련이 남는가? 저 흉물스런 괴물의 기억은 이제 깨끗이 잊어버려. 자네를 자동차에 태워 시가행진을 할 기대에 부푼 사람들이 눈이 빠져라 기다리고 있다고!"

흥분한 동지들이 옷깃을 끌었지만 박열은 잠자코 주위를 두리번거렸다. 무언가 찾아야만 할 것이 있는 듯 그의 눈이 열기로 번쩍거렸다.

"아! 저기, 저기 있나 보네. 저것이…… 맞지?"

박열이 떨리는 손으로 가리킨 것은 형무소 앞에 우뚝 서 있는 한 그루의 나무였다.

"내가 입감하던 날에 동지들이 묘목을 심었다고 했지. 그게 벌써 아름드리나무로 성장했군."

나무를 향해 다가가는 박열의 눈빛에 뿌연 안개가 드리워져 있었다. 그는 키라도 재려는 듯 나무 옆에 나란히 붙어 섰다.

"이렇게 올려다보아야 할 정도로 높이 자랐군. 이파리가 무성하고 그늘도 깊고……."

가을바람이 건듯 불어 나뭇가지를 흔들었다. 휘불어온 바람에도 나무는 의연했다. 계절이 바뀌어도 단풍이 지지 않고 동장군이 세상을 뒤덮어도 잎을 떨어뜨리지 않는 상록수였다. 눈부신 초록, 그 알알한 황홀과 함께 아무리 세월이 흘러도 잊을 수 없는 한 사람의 얼굴이 떠올랐다.

박열이 그 소식을 들은 것은 사건이 발생한 지 사흘 뒤였다. 오랜만에 면회를 온 변호사 후세의 표정이 심상찮았다. 시시한 이야기로 면회 시간을 다 썼지만 아무래도 용건이 남아 있는 것 같았다.

"잘 지내게. 또 찾아옴세."

인사를 나누고 돌아서려는 순간 후세의 외마디가 박열의 뒤통수에 날아와 꽂혔다.

"후미코가 죽었다!"

서신 왕래가 중단된 지 오래였다. 형무소의 경계가 강화되고 일절 면회가 금지된 것도 수상쩍었다. 하지만 후미코의 죽음은 꿈에서조차 상상하지 못했던 일이었다. 교도소 당국은 후미코의 죽음을 박열에게 알리지 않는다는 조건으로 변호사 후세의 면회를 허락한 터였다.

'후미코가 죽었다!'

아무리 곱씹어도 뜻을 헤아릴 수 없었다. 더군다나 병사도 사고사도 아닌 자살이라고 했다.

'자살? 자살!'

후미코가 자살한 이유에 대해 숱한 추측이 있었다. 동지들은 자살이 아닌 타살이라고 주장하기도 했다. 후미코가 죽은 직후 터져 나온 '괴문서 사건'에서는 후미코가 박열의 아이를 임신 중이었다는 억측까지 있었다. 공동묘지에 묻혔던 시신을 화장해 조선의 고향 땅에 옮길 때도 한바탕 소란이 있었다고 했다.

박열에게는 그 모든 논란이 무의미했다. 설명도 분석도 필요치 않았다.

'후미코가 죽었다!'

그녀가 더 이상 세상에 없다. 믿을 수 없고 잊을 수 없었다. 곡기를 끊고 밤새 몸부림치며 통곡했다. 폐결핵을 앓는 몸에 단식과 불면은 치명적이었지만 그 외에 다른 애도의 방법을 알지 못했다.

"아아, 후미코, 어쩌자고, 어떻게……."

그는 언제나 죽고 싶어 했고 그녀는 언제나 살고 싶어 했다. 그랬던 그는 살아남았고 그녀는 스스로 죽음을 택했다. 모순! 모순! 견딜 수 없는 삶과 죽음의 모순이었다.

"당신들이 나를 추억 속에서 그리다가 혹시 적막한 내 마음을 채워주고 싶은 생각이 들거든 새싹을 피워 올리고 있는 상록수 한 가지를 묘석 앞에 산뜻하게 놓아주세요. 나는 피었다가 곧 시들어버리는 풀과 꽃을 좋아하지 않습니다. 화려함을 자랑하듯 앞다투어 피어나는 꽃들은 그다지 좋아하지 않아요. 화려하지 않고 사람의 눈에 띄지도 않지만 언제나 푸르게 하늘을 향해 활짝 피어나는 상록수의 새싹을 나는 끝없이 사랑합니다. 새롭게 뻗어오를 상록수의 새싹, 하늘을 향해 당당하고 기운차게 피어오를 새싹이 그 어느 날엔가 다시 돌아올 것을 나는 믿습니다."

후일 면회를 온 가즈오가 후미코가 남긴 최후의 편지를 들려주었다.

'상록수, 영원한 초록!'

유서이자 생의 고백인 그 편지가 아니었다면 박열은 후미코의 선택을 끝내 받아들일 수 없었을 것이다. 그녀와 헤어진 채로 살아 있는 자신을 용서하지 못했을 것이다.

'살겠다! 죽지 않겠다! 천황제가 고꾸라지는 그 순간까지 반드시 살아남겠노라!'

새벽마다 이를 악물고 냉수마찰을 했다. 천황제의 몰락을 목격하고야 말겠다는 투지를 불태웠다. 그리고 마침내 살아 그 순간을 맞았다.

인간은 한 가지 이유만으로 살아가지 않듯 한 가지 이유만으로 죽지 않는다. 후미코의 삶을 이해한다면 그녀의 죽음까지도 이해할 수밖에 없었다. 혁명, 저항, 투쟁, 자유의지, 그리고 사랑……. 그녀의 짧은 생애는 뜨거운 것들로 충만했다. 상처의 잿더미 위에서 영원히 푸르른 나무를 꿈꾸었던 그녀에게 죽음은 결코 죽음이 아니었다.

"여기, 나무 옆에서 기념사진을 한 장 찍고 싶군. 한 장 찍어주시겠소?"

박열은 한 손으로 가장이를 짚고 몸을 곧추세웠다. 먼 바다로부터 펄럭이며 불어온 바람이 다시 나뭇가지를 흔들었다. 울긋불긋한 낙엽 대신 푸른 기억들이 우수수 졌다.

서투른 고백 끝에 얼굴을 붉히던, 그에게서 자신의 길을 찾았노라고 선언하던, 품을 파고들며 가늘게 몸을 떨던, 끝내 헤어지지 않겠노라 맹세를 하던……. 그녀의 모습이 뿌옇게 흐려진 눈앞에 떠올랐다 사라졌다. 아득히 길게도 찰나인 듯 짧게도 느껴지는 세월이 흘렀지만 후미코는 스무 살의 그 모습 그대로였다.

사진기의 플래시가 펑 터졌다. 박열은 웃어보려고 한껏 입귀를 치켜 올렸지만 슬픔으로 일그러진 얼굴을 숨길 수 없었다.

"어서 갑시다!"

사람들이 머뭇거리는 그를 재촉했다. 그들에게 이끌려 새로운 세상을 향하며 박열은 마지막으로 뒤돌아보았다. 햇살 아래 초록이 뒤척이고 있었다. 찬란한 연둣빛 틈새로 지상에서 영원을 꿈꾸었던 그들의 맹렬한 사랑이 신기루처럼 언뜻번뜻했다. 청춘이, 그 청춘의 심장을 꿰뚫었던 열애가 그렇게 점차로 멀어져갔다.

　1945년 10월 27일, 22년 2개월의 수감 생활 끝에 출옥한 박열은 도쿄에서 조선건국촉진청년동맹과 신조선건설동맹 등을 결성하고 해방 조선을 위한 활동을 벌였다. 1946년 백범 김구의 요청으로 3의사(윤봉길·이봉창·백정기)의 유해를 발굴해 본국에 보냈으며 재일조선거류민단을 창단해 1946년부터 1948년까지 5대에 걸쳐 단장으로서 재일조선인들을 위해 일했다.

　1947년 2월 《일본국제신문》 기자 장의숙과 재혼했고 이후 남한 단독정부 수립 노선을 지지하며 사상적으로 전향했다. 1948년 7월 초대 대통령 이승만으로부터 대한민국 임시정부 국무위원으로 임명받은 뒤 민단 단장을 사임하고 1949년 5월 일본을 떠나 영구

귀국했다.

1950년 한국전쟁 발발 직후 서울 모처에서 피랍당해 납북되었으며 북한에서 재북평화통일촉진협회장을 지낸 뒤 1974년 73세를 일기로 사망했다.

1926년 7월 우쓰노미야 형무소 도치기 지소에서 사망한 가네코 후미코의 유골은 같은 해 11월 박열의 형 박정식에 의해 경상북도 문경시 문경읍 팔령리에 안장되었다.

1946년 3월 박열후원회 일본총본부 주최로 '박열 선생 부인 고(故) 가네코 후미코 여사 추도식'이 열렸다.

1973년 7월 문경의 묘소에서 묘비가 제막되었고 1976년 3월 야마나시 현에 있는 가네코가(家)에서 금자문자비(金子文子碑) 제막식이 거행되었다.

박열은 1993년 대한민국 국가유공자로 지정되었다.

　아나키스트이면서 허무주의자이고, 테러리스트이면서 시인이고, 한 여자를 지극히 사랑했으나 잃어버려야 했던 남자가 있다. 학대 받은 유년의 상처 때문에 절망 속에서 몸부림치다 한 남자를 만나 삶과 사랑을 일치시킨, 그러나 가장 빛나는 순간 새벽이슬처럼 지상에서 사라진 여자가 있다.

　그들을 만난 것은 우연이었다. 소설적 관심의 방향이 고대에서 중세로, 중세에서 근대로 움직이는 가운데 문득 그들이 거기 있었다. 나는 변방에서 태어나 변방에서 살아가길 소원했기에, 역사의 변방에서 재티에 묻힌 채 외로이 반짝이는 그들을 만날 수밖에 없었다. 곰곰 따져 보노라면 모든 일이 우연이자 필연이다. 필연일 수밖에 없는 우연이다.

　박열(1902~1974)과 가네코 후미코(1903~1926)의 사랑과 투쟁은 그간 몇몇 매체를 통해 단편적으로 알려져 왔다. 아나키즘에 대한 대중적 이해가 얕고 아나키즘운동사의 연구 또한 성창하지 못한 상태에서 그들의 삶은 '조선인 독립운동가와 일본인 아내'로 정형화되어 근대사의 변방에 붙박여 있었다. 어쩌면 박열과 가네코 후미코는 그들이 가장 원하지 않았던 방식으로 후대에 기억되고 있는지도 모른다.

　박열은 '조선인 독립운동가'라는 호칭에 가둘 수 없는 열혈한이다. 가네코 후미코의 자유의지는 '일본인 아내'라는 이름에 가려질 수 없다. 1926년 봄, 도쿄의 대심원 대법정에 울려 퍼졌던 일갈은 민족과 성별을 뛰어넘는 인간성의 절규였다.

　그들은 젊고 치열했다. 아나키즘의 상징색인 검정처럼 세상의 불순한 빛을 모두 흡수해 청정한 새 빛으로 부활하고자 했다. 불가능한 꿈을 꾸었다. 실패를 두려워하지 않았고 실수까지도 끝내 책임졌다. 그토록 아름답고 순정한 사랑의 빛에 어찌 홀리지 않을 수 있을까.

　박열의 삶과 사상은 『박열 평전』(김삼웅 저, 가람기획, 1996), 『잃어버린 역사를 찾아서』(황용건 저, 한빛, 2002), 『신조선혁명론』(박열 저, 범우사, 2004) 등을 자료 삼았고 가네코 후미코에 대해서는 『The Prison Memoirs of a Japanese Woman』(가네코 후미코 저, M. E. Sharpe. Inc, 1995), 『가네코 후미코(식민지 조선을 사랑한 일본 제국의 아나키스트)』(야마다 쇼지 저, 산처럼, 2003) 등을 바탕으로 했다. 이외에 『한국 아나키스트들의 독립운동』(김명섭 저, 이학사, 2008), 『한국 아나키즘운동사 연구』(오장환 저, 국학자료원, 1998), 『개인주의적 아나키즘』(김은석 저, 우물이있는집, 2004), 『크로포트킨 자서전』(표트르 알렉세예비치 크로포트킨 저, 우물이있는집, 2003) 등도 참고했다.

    대한제국–식민지조선의 '이식된 근대'야말로 수많은 빛깔의 보석을 품은 채 파묻혀 있는 거친 원석과 같다. 어떤 시대 아무러한 상황에서도 삶과 일상은 있다. 뭉뚱그려 '저항'일 수밖에 없는 저항들 속에도 차이는 엄연하다. 그것들을 좀 더 세분화하는 가운데 생동하는 '시간'과 '인간'을 복원하는 것이 나의 관심사이며 이 소설은 그 지난한 시도의 일부분이다.

김별아

열애

초판 1쇄 2009년 5월 30일
개정판 1쇄 2017년 6월 15일

지은이 | 김별아
펴낸이 | 송영석

편집장 | 이진숙 · 이혜진
기획편집 | 박신애 · 정다움 · 김단비 · 정기현 · 심슬기
디자인 | 박윤정 · 김현철
마케팅 | 이종우 · 김유종 · 한승민
관리 | 송우석 · 황규성 · 전지연 · 황지현 · 채경민

펴낸곳 | (株)해냄출판사
등록번호 | 제10-229호
등록일자 | 1988년 5월 11일(설립일자 | 1983년 6월 24일)

04042 서울시 마포구 잔다리로 30 해냄빌딩 5 · 6층
대표전화 | 326-1600 **팩스** | 326-1624
홈페이지 | www.hainaim.com

ISBN 978-89-6574-617-1

파본은 본사나 구입하신 서점에서 교환하여 드립니다.

이 도서의 국립중앙도서관 출판예정도서목록(CIP)은 서지정보유통지원시스템 홈페이지
(http://seoji.nl.go.kr)와 국가자료공동목록시스템(http://www.nl.go.kr/kolisnet)에서 이용
하실 수 있습니다.(CIP제어번호:CIP2017013087)